COLLECTION
FOLIO/ESSAIS

Rémi Brague

Europe, la voie romaine

Gallimard

Cet ouvrage a initialement paru aux Éditions Critérion.
L'édition en « Folio Essais » a été revue et augmentée.

Rémi Brague, professeur de philosophie à l'université Paris-I, est notamment l'auteur d'*Aristote et la question du monde. Essai sur le contexte cosmologique et anthropologique de l'ontologie*, PUF, 1988, de *La sagesse du monde. Histoire de l'expérience humaine de l'univers*, Fayard, 1999, et de *La loi de Dieu. Histoire philosophique d'une alliance*, Gallimard, 2005.

I

Les divisions constitutives

Quand, comme je le fais ici, on se propose de parler de l'Europe, il faut d'abord dire ce que l'on entend par là. Autrement, on se condamne à appeler de ce nom tout et le contraire de tout. Ainsi, on a été le témoin en France, au moment du référendum de 1992 sur la ratification du traité de Maastricht, d'une inflation de livres dont le titre s'ornait du mot « Europe » ou de l'adjectif « européen ». Souvent, il s'agissait, de la part d'éditeurs peu scrupuleux, d'ajouter à n'importe quoi une étiquette qui, à l'époque, faisait vendre. Là où le titre correspondait au contenu, le livre portait le plus souvent sur des réalités que l'on aurait été mieux inspiré d'appeler soit les sociétés industrielles, soit l'Occident (face à un « Orient » surtout économique), soit la modernité, soit de tout autre nom. Mais de réflexion sur ce que c'est que l'Europe, point.

Or c'est justement une réflexion de ce genre que je me propose de mener ici. Étant philosophe de métier, j'appartiens à cette race de gens un peu obtus « à qui il faut vraiment tout expliquer », même les choses les plus claires — l'Être, le Bien, la Cité, l'Homme, et quelques autres prétendues évidences. Je commencerai donc par me poser la question bête, la question socratique, « qu'est-ce que... ? », à propos de l'Europe.

Contenu et espace

Quand on la pose, on se demande souvent quel genre de choses on qualifie d'« européennes ». On obtient alors une liste plus ou moins longue de données, qui sembleront positives ou négatives selon le goût de chacun : l'économie de marché, la « démocratie », la technique, mais aussi l'impérialisme, etc. On n'aura pas de mal, alors, à voir que ces phénomènes se rencontrent aussi dans des régions du globe que l'on ne rattache pas à l'Europe, voire qu'ils s'y rencontrent plus tôt ou à un degré plus élevé que là. Ainsi, les États-Unis ont fait leur révolution, et émancipé leurs juifs, plus tôt que la France. Aujourd'hui, ils sont peut-être plus « démocratiques ». Le Japon, de son côté, est plus avancé techniquement que l'Europe. Du coup, on voit apparaître deux concepts de l'Europe : l'un, celui que l'on pourrait appeler « culturel », regroupe un certain nombre de faits économiques et politiques ; l'autre, le concept « géographique », désigne un certain endroit du globe, que l'on peut montrer du doigt sur la carte.

Ce qui est « européen », même s'il se rencontre sur la totalité ou la majeure partie du globe, tire son nom de son origine en un point de celui-ci. Il semble donc de bonne méthode de prendre pour point de départ le concept « géographique » de l'Europe. Et c'est bien de celui-ci que je parlerai dans le présent chapitre.

Encore faut-il remarquer que l'approche géographique par laquelle l'Europe apparaît comme un espace n'est pas un point de départ. Même pour les géographes, le nom d'Europe a désigné dans l'histoire des choses différentes. Je distinguerai ici trois acceptions successives :

a) Le premier sens, celui que suggère l'étymologie, probablement sémitique, est celui d'une *direction*, celle du soleil couchant — ce que signifie le mot arabe *Maghreb*, qui a d'ailleurs peut-être la même racine. On ne peut alors montrer où est l'Europe, encore moins définir ses frontières. Ce sens est aussi vieux que l'expansion maritime phénicienne : pour les marins venus de Tyr ou de Sidon, l'autre rive de la Méditerranée était située vers l'ouest.

b) Le second sens, qui se rencontre chez les géographes grecs, est celui d'un *espace* autour duquel on peut naviguer, et à l'intérieur ou à l'extérieur duquel on peut se trouver. Plus précisément, il s'agit de cet espace qui va de la rive occidentale de la mer Égée jusqu'à l'Océan. Tant qu'on en reste à l'un de ces deux sens, être situé *vers* l'Europe, ou *dans* l'Europe, n'est qu'une façon de situer ce dont on parle, sans lui accorder une importance, et encore moins une valeur, particulière — pas plus que nous n'en accordons au fait de vivre du côté des numéros pairs ou impairs dans notre rue. Ce qui le montre, c'est que, en ce second sens, l'adjectif « européen » ne désigne pas une qualité permanente et que l'on emporte avec soi, mais une simple localisation, qui est donc variable. Ainsi, Hérodote, dans un passage qui contient d'ailleurs la plus ancienne occurrence en grec — et dans toutes les langues — de l'adjectif « européen » (*europèios*), parle d'une peuplade qui, habitant jadis sur la rive occidentale de l'Hellespont, s'est installée en Asie Mineure. Il note qu'ils ont changé de nom, abandonnant celui qu'ils avaient quand ils étaient « européens[1] ».

c) Le troisième sens est celui d'un *tout* auquel on peut appartenir. Être européen ne signifie plus alors simplement être situé à l'intérieur d'un espace, mais être l'un des éléments qui constituent un tout. C'est seulement depuis le rêve de la reconstitution d'un empire d'Occident que « Europe » se met à désigner une totalité de ce genre. Cette totalité est elle-même d'extension variable : ce qui était au départ l'empire romain d'Occident s'est élargi jusqu'à englober la péninsule Ibérique et les îles Britanniques, le monde scandinave, l'Europe centrale, etc., sans supprimer les nuances entre ces régions.

Distinguer ces trois sens permet d'écarter d'apparentes contradictions. Ainsi, par exemple, Aristote place Athènes en Europe — c'est-à-dire à l'ouest de la mer Égée. Mais, par ailleurs, lorsqu'il parle des caractères nationaux, il situe les Grecs, non pas *en* Europe, mais bien *entre* celle-ci et l'Asie : l'Europe, trop froide, produit des peuples hardis mais ingouvernables, l'Asie, trop chaude, des paresseux à la merci du premier despote; en revanche, la Grèce, tempérée, est le pays de la liberté[2].

1. Hérodote, VII, 73.
2. Respectivement, Aristote, *Physique*, V, 1, 224b 21, et *Politique*, VII, 7, 1327b 20-33, surtout 24 *sq*.

De la sorte, l'idée d'Europe quitte le domaine de la géographie pour entrer dans celui de l'histoire. C'est ce qui permet de s'interroger, au second degré, sur ce qu'implique la question « qu'est-ce que c'est ? » à propos de l'Europe. Elle pose un problème de méthode : comment définir une réalité qui relève de l'histoire et de la géographie sans tomber dans un certain « essentialisme », sans l'hypostasier de façon indue ? Car, si l'on peut construire un concept des réalités naturelles, qui ne changent pas, comment faire pour les réalités qui relèvent de l'histoire, et qui sont donc, par définition, instables et mouvantes ? On peut tenter une philosophie de l'homme, de la vertu, de la science, etc., parce que ce sont là des réalités consistantes et stables. Mais en quoi une philosophie de l'Europe serait-elle plus faisable qu'une philosophie de l'Eure-et-Loir ?

Je ne supposerai ici nullement une sorte d'idée platonicienne de l'Europe flottant dans un ciel intelligible. Mais, à l'autre extrême, je ne considérerai pas pour autant ce mot comme une étiquette qui recouvrirait des réalités totalement étrangères les unes aux autres. En effet, on parvient à tout le moins à retrouver, sur une période de temps assez longue, une continuité dans l'usage de ce terme. Pour le dire dans un vocabulaire philosophique, d'ailleurs simplifié : si l'on n'est ni platonicien ni nominaliste, on peut être aristotélicien, c'est-à-dire conceptualiste. Ce qui s'appelle concept en philosophie se traduit en histoire par la présence d'une *conscience d'appartenance*. Est européen celui qui a conscience d'appartenir à un tout. Si l'on n'a pas cette conscience, et si donc on n'est pas européen, cela ne veut pas dire pour autant que l'on est un barbare. Mais on n'est pas européen sans le vouloir. Pour transposer ce que Renan disait de la nation, l'Europe est un plébiscite constant. Même ce qui repose dans la conscience historique, tout ce qui est source, racine, est revu à partir d'une conscience ; et, dans une certaine mesure, l'histoire elle aussi est fabriquée à partir de celle-ci.

Ce choix de la conscience comme critère de l'appartenance à l'Europe me permet de répondre à une objection que l'on a faite à la première édition du présent ouvrage. Les préhistoriens constatent la présence de traits communs définissant certaines cultures qui recouvrent à peu près l'ère de l'Europe. Il y aurait donc eu une unité européenne antérieure à Charlemagne, et même à la Grèce, à Rome, etc. Je répondrai : certes, nous savons que certaines traces matérielles (poteries, restes de rites funéraires, etc.) se retrouvent identiques d'un bout à l'autre de cet espace. Mais comment pouvons-nous savoir avec certitude que ces gens-là avaient *conscience* d'appartenir à un même tout ? Avec les Japonais, nous partageons beaucoup de choses quant à la technique : nos ordinateurs, nos voitures sont à peu près semblables. Mais avons-nous pour autant conscience de faire partie de la même civilisation ? Pour prêter à un groupe humain une conscience, nous devons avoir accès aux traces linguistiques de celle-ci. Ce qui n'est pas possible pour les sociétés antérieures à l'écriture.

Ce critère de la conscience permet en outre de concevoir l'appartenance à l'Europe de façon souple et évolutive. On pourra se demander, à propos de chaque région, à quelle date et en quel sens elle en est venue à se considérer comme européenne. De la sorte, on pourra éviter les revendications abusives, véritables annexions spéculatives, qui peuvent enfermer dans un espace des gens qui n'en ont ni l'envie ni même l'idée...

L'Europe comme totalité est bien située en un endroit déterminé de la planète. Mais ce renvoi à la réalité concrète ne va pas de soi pour autant. En effet, « Europe » désigne bien un espace que l'on n'a pas de mal à désigner d'une geste vague. Mais la difficulté commence dès que l'on tente de le délimiter. L'espace européen, à la différence de l'Amérique, n'a pas de frontières naturelles. Sauf à l'ouest, où elles ne sont d'ailleurs pas toujours perçues comme telles. S'il existe en effet des caps nommés « fin des terres » en Bretagne, en Galice et en Cornouaille, il n'en est pas ainsi de l'espace vécu : un pays comme le Portugal se considère plus comme ouvert par l'Atlantique que comme borné par lui. Les frontières de l'Europe, nous le verrons, sont exclusivement culturelles.

Dans ce qui suit, je chercherai à cerner l'espace européen par une approche progressive, en l'enserrant dans une série de dichotomies. Leur réseau devra se resserrer et se refermer sur un résidu qui sera l'Europe. De la sorte, ce n'est pas par une union que l'on aboutira à l'Europe, union qui est pourtant en train de se réaliser tant bien que mal au niveau de l'économie et de la politique. On l'atteindra bien plutôt au prix d'une division, qui la séparera de ce qui n'est pas elle. Ce paradoxe apparaît, de la façon la plus élémentaire, sur une carte de géographie. Je commencerai donc par rappeler quelques données fondamentales, pour mémoire, et sans prétendre à la moindre originalité[1].

Dichotomies

On peut considérer l'Europe, telle qu'on peut la pointer aujourd'hui sur la carte du monde, comme le résultat, le résidu, d'une série de dichotomies. Celles-ci se sont opérées selon deux axes, un axe nord-sud, qui sépare un Est d'un Ouest, et un axe perpendiculaire, est-ouest, qui sépare un Nord d'un Sud. Elles remontent à plusieurs millénaires. Chose curieuse, et à laquelle je ne prétends d'ailleurs pas attribuer une signification particulière, elles se sont opérées à peu près tous les cinq siècles.

a) La première dichotomie se fait selon un axe nord-sud. Elle divise un Ouest et un Est, en gros le bassin méditerranéen d'une part (« Occident ») et, d'autre part, le reste du monde (« Orient »)[2].

Elle commence à s'opérer lorsque la Grèce conquiert sa liberté par rapport à l'Empire perse, au moment des guerres médiques. Elle s'accomplit pleinement lors de la conquête par l'hellénisme de l'en-

1. Pour ce rappel historique et géographique, je renonce à indiquer une bibliographie. On trouvera tout le nécessaire dans les travaux des historiens. Je me bornerai à indiquer en note quelques ouvrages topiques. L'importance d'une délimitation chronologique et géographique de l'Europe est soulignée par O. Halecki, *The Limits and Divisions of European History*, Sheed & Ward, New York, 1950, XIV-242 p.

2. L'importance du bassin méditerranéen comme cadre général de l'histoire occidentale n'a plus à être rappelée, en particulier depuis les divers travaux de F. Braudel.

semble du bassin méditerranéen. Celle-ci est effectuée d'abord par Alexandre le Grand et les royaumes hellénistiques qui en prennent la succession. Elle se poursuit ensuite par la conquête romaine : à partir de la campagne victorieuse de Pompée contre les pirates, terminée en 67 avant J.-C., jusqu'à la conquête par l'Islam[1] de ses rivages méridionaux, aux VIIe et VIIIe siècles, l'espace maritime méditerranéen sera la possession paisible et indivise du monde romain qui lui donnera son nom : ce que les Romains appellent *mare nostrum* est encore *bahr Rûm* pour l'Islam.

Cette conquête isole une « terre habitée » (*oikouménè*) du reste de l'univers, considéré comme barbare. La frontière qui les sépare est longtemps restée flottante. L'expansion maximale vers l'est, à l'époque d'Alexandre, qui était allé jusqu'à l'Indus, était surtout militaire. Le processus d'hellénisation de l'Orient fut lent, et concerna avant tout les villes. La présence de Rome dans la région ne put jamais faire totalement coïncider la frontière de l'hellénisme avec celle qui sépare le monde romain de l'Empire perse. En effet, ce dernier, du moins sous la dynastie sassanide, subit lui aussi l'influence culturelle hellénistique.

Le voisinage de l'« Orient » ne sera pas sans permettre en retour une certaine « orientalisation » du

1. Ici comme dans la suite de cet essai, je me conforme à la convention orthographique qui distingue, d'une part, le nom commun islam (avec la minuscule) désignant une attitude de soumission, puis la religion de Muhammad, et d'autre part le nom propre Islam (avec la majuscule) désignant la civilisation marquée par la religion de l'islam — un peu comme on distingue le christianisme de la Chrétienté.

monde romain, qui vire par exemple à un totalitarisme imité de son adversaire parthe[1].

C'est dans cette unité méditerranéenne, à partir du début de notre ère — qui d'ailleurs se définit par lui —, que s'installe le christianisme, lequel commence à s'appeler catholique, c'est-à-dire universel.

b) Vient ensuite une seconde division, selon un axe est-ouest. Elle s'opère à l'intérieur du bassin méditerranéen, qu'elle sépare en deux moitiés à peu près égales : il s'agit de la division nord-sud consécutive à la conquête musulmane de l'est et du sud de la Méditerranée, au VIIe siècle[2].

Les frontières entre ces deux domaines n'ont guère bougé depuis cette époque jusqu'à aujourd'hui. Tout au plus l'axe est-ouest a-t-il légèrement basculé sur lui-même. On peut faire abstraction d'avancées provisoires : l'incursion de pillards arabes jusqu'à Poitiers[3], l'occupation de la Sicile par l'Islam, ou celle de la Palestine par les Croisés. Les rec-

1. Cf. H.-I. Marrou, *Décadence romaine ou antiquité tardive ?*, Seuil, Paris, 1977, p. 25.

2. Cf. l'essai germinal de H. Pirenne, « Mahomet et Charlemagne » (1922), dans *Histoire économique de l'Occident médiéval*, DDB, Paris, 1951, p. 62-70. Les historiens ont contesté non pas l'importance capitale de la coupure entre rivages septentrionaux et méridionaux de la Méditerranée, mais les conséquences que l'historien belge y rattachait. Cf. le dossier de la discussion dans P.E. Hübinger (éd.), *Bedeutung und Rolle des Islam beim Übergang vom Altertum zum Mittelalter*, Wissenschaftliche Buchgesellschaft, Darmstadt, 1968, XII-329 p.

3. Je rappelle ici le peu de conséquence de la bataille de Poitiers. Le véritable arrêt de l'expansion musulmane vers l'ouest est plutôt, à la même époque, l'échec des expéditions contre Byzance. Cf. B. Lewis, *Comment l'Islam a découvert l'Europe*, Gallimard, Paris, 1990, p. 10-12.

tifications durables sont restées rares : on retiendra, à partir du XIe siècle, le passage à l'Islam de l'Anatolie (à laquelle ses conquérants ont donné son nom actuel, celui de Turquie), compensé par la reconquête chrétienne de la péninsule Ibérique, achevée trois siècles plus tard. Les incursions ottomanes vers la Hongrie et l'Autriche aux XVIe et XVIIe siècles ont été sans lendemain. En revanche, elles ont laissé des traces plus durables sous la forme de populations musulmanes en Bulgarie, en Bosnie, en Albanie. Et la Grèce a dû attendre jusqu'au XIXe siècle pour recouvrer son indépendance, perdue au XVe.

L'Islam, de son côté, ne s'est pas limité au monde méditerranéen. Il en est sorti bien vite. D'abord vers l'est en englobant dès le VIIe la Perse et l'Asie centrale, puis, à partir de la conquête du Pendjab par Mahmud de Ghazna (1021), l'Asie orientale. Ensuite vers le sud, en s'infiltrant en Afrique. De la sorte, il a remis en question la division du monde en un Orient et un Occident — redistribution de l'espace qui a eu de grandes conséquences culturelles, comme nous le verrons plus loin. Vers le nord et l'ouest, le voisinage de l'Islam n'a pas été sans marquer la Chrétienté et sans l'ouvrir à des influences venues soit de lui-même, soit d'un Orient plus lointain. Le monde latin médiéval en a hérité une bonne partie de l'hellénisme[1]. Et le monde byzantin, pourtant directement en lutte contre l'Islam, s'est développé dans un constant rapport avec lui[2].

1. Cf. *infra*, chap. IV, p. 87 *sq*.
2. Cf. l'essai extrêmement suggestif de G.E. von Grünebaum, « Parallelism, Convergence and Influence in the Relations of Arab and Byzantine Philosophy, Literature and Piety », dans *Dumbarton Oaks Papers*, 18 (1964), p. 91-111.

De même que l'Islam a éloigné son centre de gravité de la Méditerranée, ce qui se concrétisa lorsque les califes abbassides déplacèrent leur capitale de Damas à Bagdad, de même la Chrétienté s'est recentrée plus au nord, entre la Loire et le Rhin. Quant à l'Europe, le domaine où elle naquit (en son sens actuel, le troisième de ceux qu'on a distingués plus haut) est justement le nord de la Méditerranée. Elle ne s'y est pas limitée, puisqu'elle a essaimé, comme on le sait, dans deux directions : sur terre, avec l'expansion allemande, puis russe — jusque vers l'Asie centrale et la Sibérie ; sur mer, à partir des grandes découvertes, qui menèrent à la colonisation et au peuplement par des Européens des deux Amériques et de l'Océanie.

L'Église, elle non plus, ne se limite pas à ce domaine « européen » : le christianisme, dès avant les missions de l'époque moderne, vers l'Amérique, puis vers l'Afrique, est dès le début aussi africain, avec l'Église monophysite d'Éthiopie, et oriental, avec les nestoriens d'Asie centrale et de Chine — sans parler des chrétiens d'Orient, vivant sous la domination musulmane en qualité de communauté religieuse « protégée » (*ḏimmī*), ou en marge de celle-ci (Arménie, Géorgie).

c) On assiste ensuite à une troisième division[1]. Elle s'opère à l'intérieur de la Chrétienté, selon un axe nord-sud. C'est le schisme entre Latins et Byzantins, survenu au niveau religieux peut-être

1. O. Halecki, lui-même polonais, montre avec quelle prudence il faut ici pratiquer cette coupure. Cf. *op. cit.*, chap. VI : « The Geographical Divisions (a) Western and Eastern Europe », p. 105-122. Cf. J. Szúcs, *Les trois Europes*, traduit du hongrois, L'Harmattan, Paris, 1985, 127 p.

dès le xe siècle, en tout cas en 1054, et politiquement consommé en 1204 avec la prise de Constantinople par les soldats de la IVe croisade. Il inaugure une tension qui ira croissant entre un Ouest catholique et un Est orthodoxe.

Cette division s'opère à l'intérieur du monde resté romain et chrétien. Et elle se coule dans une ligne de clivage qui préexistait dès l'époque païenne : elle commence en effet par coïncider en gros avec celle qui séparait l'empire d'Occident, dans lequel le latin est la langue de l'administration, du commerce et de la culture, et l'empire d'Orient qui, s'il est aussi, jusque très tard, administré en latin, a pour principale langue de culture le grec. Elle se prolonge ensuite vers le nord au moment de la conversion des Slaves[1]. Ceux-ci ont choisi en effet de basculer, les uns vers le côté latin du christianisme (Polonais, Tchèques, Croates, Slovènes, Slovaques, etc.), comme l'ont fait aussi les Hongrois, les Scandinaves et, enfin, les Lituaniens, les autres vers son côté grec (Russes, Serbes, Bulgares), comme l'ont fait aussi les Roumains. Cette division ne sera pas entièrement remise en question, au plan de la culture, par l'émergence, aux xviie et xviiie siècles, d'Églises rattachées au siège romain (et dites « uniates » par leurs adversaires), par exemple en Ukraine.

Cette division s'opère également à l'intérieur de la Chrétienté qui était venue se loger dans le monde romain, et qui lui était liée. Elle divise l'Église qui

1. Sur ce domaine, un livre m'a aidé à comprendre à quel point je n'y comprenais rien : A. et J. Sellier, *Atlas des peuples d'Europe centrale*, La Découverte, Paris, 1991, 192 p.

jusqu'alors affirmait son orthodoxie face aux hérésies nestorienne et jacobite, et sa fidélité à l'Empire (d'où le nom de « melkite » qu'elle recevait en terre araméenne). Le schisme scinde en deux ce qui était jusqu'alors resté indivis. Mais il constitue du même coup l'Europe. C'est après le schisme d'Orient que le mot « catholique » prend un sens différent. Or, l'Église qui se désigne elle-même par cet adjectif occupe un domaine qui recouvre plus ou moins ce que nous appelons aujourd'hui l'Europe : les deux moitiés, centrale et occidentale, d'un tout qui va jusqu'à l'est de la Pologne, et que l'après-guerre n'avait divisé, comme on s'en aperçoit aujourd'hui, que d'une façon totalement artificielle.

Quant au monde orthodoxe, et avant tout la Russie, son appartenance à l'Europe ne va nullement de soi, ni pour l'un ni pour l'autre des deux côtés[1]. Le slogan « l'Europe de l'Atlantique à l'Oural » est celui d'un Européen de l'Ouest. Cette appartenance est, à l'est, l'objet d'un débat interne, séculaire, mais toujours actuel, entre tendances slavophile et occidentaliste.

d) Enfin, une dernière division s'opère selon un axe est-ouest. Elle est consécutive à la Réformation. Je préfère ce terme, qui permet de singulariser les événements qui ont suivi l'an 1517 par rapport aux multiples réformes de l'histoire de l'Église, y compris la réforme catholique liée au concile de Trente et effectuée en réponse à la Réformation. Au XVIe siècle, elle a mené à séparer le domaine protes-

1. Pour la réticence des Occidentaux de la Renaissance à intégrer la Russie à l'Europe, cf. D. Hay, *Europe. The Emergence of an Idea*, Edinburgh University Press, 1957, p. 123.

tant du domaine catholique. En gros, le Nord passa au protestantisme luthérien ou calviniste (Scandinavie, Écosse), l'Angleterre choisissant de ne pas choisir, avec l'anglicanisme. Le Sud (Espagne, Portugal, Italie) demeura catholique. Le Centre resta disputé. En Allemagne, on l'a remarqué, la Réformation a surtout trouvé un écho dans des zones qui étaient situées au-delà de la frontière de l'Empire romain (*limes*). La France resta longtemps indécise. Dans le monde danubien lui aussi, les frontières mirent quelque temps à se fixer : une bonne partie de celui-ci, passée au protestantisme, fut reconquise par le catholicisme au XVIIe, non sans laisser bien des ressentiments, comme en Bohême.

Cette division s'opéra à l'intérieur de la Chrétienté d'Occident. Comme celle-ci coïncide avec l'Europe, elle n'en remit pas en cause l'existence. Avec la Chrétienté, c'est aussi l'Europe qui se trouva divisée. De la sorte, le monde réformé est tout aussi décidément européen que le monde catholique, évidence que je souligne ici pour éviter des malentendus sur l'adjectif « romain », auquel je donnerai plus tard un sens précis.

Une mémoire balafrée

L'Europe nous présente ainsi un visage balafré, qui garde la trace des blessures qui la constituent. Les Européens doivent garder souvenir de ces cicatrices. Elles jouent un double rôle : d'abord, elles les définissent par rapport à ce qui n'est pas l'Europe ; ensuite, elles déchirent l'Europe en son intérieur même. Garder mémoire de ces divisions peut nous éviter de commettre plusieurs confusions.

D'une manière générale, on évitera de superposer trop rapidement les dichotomies qui ont été pratiquées, surtout quand elles se font sur des axes orientés de la même façon. La plus grave source de confusion est sans doute celle qui provient de l'usage du mot « Orient » comme opposé à un « Occident ». *Ex Oriente caligo*. En effet, même si les mots se recouvrent, la distinction antique entre Orient et Occident ne coïncide nullement avec celle entre Orient et Occident romains, puis chrétiens. Elle coïncide encore moins avec celle qui oppose à l'Europe occidentale l'« Orient » de l'orientalisme — pour lequel le Maroc est oriental, et la Grèce, occidentale —, opposition pour laquelle on pourrait peut-être reprendre les vieux termes de Ponant et de Levant. Les distinctions que je pratique me semblent aider à éviter les mythes autour de l'« Orient » en général, dans lequel se déversent les contre-images par rapport auxquelles l'Europe est souvent tentée de se définir[1].

Pour entrer dans les détails, il faut ici faire quelques rappels :

a) La première division (l'opposition bassin méditerranéen / reste du monde) n'a pas le même statut que celles qui suivent. Ces dernières divisions placent en effet de part et d'autre d'une même limite

1. La littérature sur ce sujet est abondante, trop, sans doute. Cf. par exemple le livre à la mode d'E. Saïd, *L'orientalisme. L'Orient créé par l'Occident*, Seuil, Paris, 1980, 398 p. (avec la réponse, bien plus sérieuse, de B. Lewis, « La question de l'orientalisme », dans *Le retour de l'Islam*, Gallimard, Paris, 1985, p. 291-314), et T. Hentsch, *L'Orient imaginaire. La vision politique occidentale de l'Est méditerranéen*, Minuit, Paris, 1988, 290 p.

des entités de même statut, et qui se considèrent elles-mêmes comme des unités. Ainsi, l'Islam a beau être riche d'une diversité de peuples et de langues, il se conçoit lui-même, en sa théorie politico-théologique, comme un monde uni, « pacifié » (*dār as-salām*) dans une « guerre » commune contre le paganisme (*dār al-ḥarb*) et, selon certains auteurs, dans une « trêve » commune avec les autres monothéismes (*dār aṣ-ṣulḥ*). De même, les mondes orthodoxe, protestant, catholique se sentent former les uns par rapport aux autres des unités. Chaque unité se définit ainsi par rapport à une autre unité. Mais qu'en est-il de l'« Orient » ? L'Orient se veut-il lui-même comme une unité? A-t-il conscience d'en former une ? Dans quel fourre-tout rassembler le monde indien avec ceux qui en ont essaimé, Tibet, Indonésie ou Asie du Sud-Est, le monde chinois avec ses sphères d'influence culturelle, Japon, Corée, etc. ? L'« Orient » conçu comme une unité n'est guère plus qu'un mirage ou un repoussoir, de toute façon à l'usage des Occidentaux. Et c'est d'ailleurs bien ainsi que l'ont perçu les plus intelligents des Grecs. Ainsi Platon, qui se gausse d'une division de l'humanité en Grecs et barbares — qui serait d'ailleurs parallèle à une division du règne animal entre l'homme et le reste des vivants[1].

J'applaudirai donc à l'effort pour réintégrer la mémoire des cultures très variées que nous rassemblons dans le sac « Orient », et, déjà, pour faire ce premier pas vers la réminiscence qu'est la conscience d'avoir oublié[2]. Mais je ne me risquerai pas ici à

1. Cf. Platon, *Politique*, 262d.
2. Cf. R.-P. Droit, *L'oubli de l'Inde. Une amnésie philosophique*, PUF, Paris, 1989, 262 p.

parler moi-même de ce qui distingue l'Occident de l'Orient. D'abord pour la raison que j'ai dite, que l'« Orient » ne me semble pas constituer une entité véritable. Et ensuite, parce que je n'ai pas à ces traditions culturelles un accès de première main.

Je me contenterai d'une seule remarque, qui ne sort pas de mon propos : garder mémoire de cette distinction interdit de confondre l'Occident avec la Chrétienté. Le christianisme a en effet une vocation universelle, et il ne se limite pas à l'aire géographique qu'il recouvre à un moment donné : les « chrétiens de saint Thomas », au Malabar, et les Éthiopiens ne sont guère des « Occidentaux ».

b) La seconde division (l'opposition du Nord chrétien avec le Sud musulman) interdit de confondre la Chrétienté avec la culture gréco-latine. L'Islam en est lui aussi l'héritier, pour une large part : la péninsule arabique où il est né était déjà hellénisée en partie[1], et, après la conquête de l'Irak et de la Syrie, il s'est installé dans un domaine culturel préparé par les monarchies hellénistiques, puis par Byzance, dont il adoptera bien des éléments, par exemple dans son administration (la poste, la monnaie, etc.)[2]. On a pu risquer la formule : « Sans Alexandre le Grand, pas de civilisation islamique[3] ! » Il se peut même que cer-

1. Cf. G. W. Bowersock, *Hellenism in Late Antiquity*, T.S. Jerome Lectures, Ann Arbor, Michigan, 1990, chap. VI.

2. Il semble en revanche que le droit romain n'ait laissé que très peu de traces sur le droit musulman, contrairement à ce que l'on avait cru depuis Goldziher. Cf. P. Crone, *Roman, Provincial and Islamic Law. The Origins of the Islamic Patronate*, Cambridge University Press, 1987, 178 p.

3. C.H. Becker, « Der Islam als Problem » (1910), dans *Vom Werden und Wesen der islamischen Welt. Islamstudien*, Quelle

taines des dimensions du monde musulman soient, si l'on peut dire, plus « antiques » que notre monde occidental. Un exemple : le hammam. Le mot suffit à déclencher dans l'esprit de l'Occidental tous les clichés auditifs et olfactifs liés à ce qui passe pour « typiquement arabe ». Or, qu'est-ce que le hammam, sinon les thermes antiques, oubliés en Occident et conservés en Orient ?

c) La troisième division (l'opposition de l'Est grec, orthodoxe avec l'Ouest latin, catholique) interdit de confondre le christianisme avec une culture, voire des coutumes déterminées. En effet, la différence au niveau de celles-ci laisse intacts des éléments communs que l'on peut considérer comme décisifs. Il subsiste en effet entre les deux Églises (si l'on considère qu'elles en forment vraiment deux) une communion au niveau essentiel : chaque Église reconnaît la légitimité des sacrements de l'autre[1]. Et cette reconnaissance mutuelle entraîne une reconnaissance de la validité de la succession des évêques à partir des apôtres, et de la légitimité des ministères qui y sont liés (*communio in sacris*).

d) La quatrième division (entre le Nord protestant et le Sud catholique) invite enfin à ne pas confondre l'affirmation selon laquelle l'Église catholique a reçu les promesses de ne pas se tromper sur l'essentiel du message, avec le refus de la présence, ailleurs

---

& Meyer, Leipzig, t. 1, 1924, p. 16. Cf. aussi tout l'essai « Der Islam im Rahmen einer allgemeinen Kulturgeschichte », *ibid.*, p. 24-39, qui défend avec force l'appartenance du monde islamique à l'Occident.

1. La reconnaissance des sacrements catholiques par les Églises orthodoxes n'est pas toujours claire au niveau des principes. En tout cas, la pratique ne l'est pas.

qu'en elle, d'éléments authentiques de ce message qu'il lui faut mieux développer.

Une appartenance graduée

Si je propose ici de faire mémoire des divisions constitutives de l'unité européenne, c'est pour pouvoir poser à nouveaux frais la question de l'identité européenne — et pour la subvertir.

Une culture se définit par rapport aux peuples et aux phénomènes qu'elle considère comme ses « autres ». On peut procéder de la même façon pour l'Europe. Mais, dans ce cas, nous nous trouvons en face de plusieurs « autres », que l'on ne peut réduire en un faire-valoir ou un repoussoir indifférencié. L'altérité de l'Europe par rapport à chacun de ses différents « autres » ne se situe pas sur le même plan.

L'Europe, en tant qu'Occident, est ainsi l'« autre » de l'Orient. Mais elle partage cette altérité avec le monde musulman, avec lequel elle a en commun l'héritage gréco-latin.

En tant que Chrétienté, elle est l'« autre » du monde musulman. Mais elle partage cette altérité avec le monde orthodoxe, avec lequel elle a en commun le christianisme.

En tant que Chrétienté latine, elle est l'« autre » du monde byzantin, de culture grecque. Or, cette dernière altérité, l'Europe ne la partage avec personne : la séparation des mondes catholique et protestant passe à l'intérieur même de la Chrétienté latine — même si le monde protestant se définit par opposition à une Église dite « romaine ».

Je souhaiterais donc introduire dans l'idée d'Europe une gradation : l'Europe est une notion variable. On est plus ou moins européen. Ainsi, si le monde protestant me semble tout aussi décidément européen que le monde catholique, l'appartenance à l'Europe du monde oriental, de tradition grecque et orthodoxe, me semble poser un problème.

L'est de l'Europe

Ce problème est de savoir dans quelle mesure les régions qui composent ce monde se conforment encore au modèle culturel de Byzance. Leur fidélité à la version orientale du christianisme n'entraîne pas automatiquement qu'elles demeureraient dans le sillage de la civilisation byzantine.

Et c'est ici qu'il faut distinguer : Byzance elle-même ne s'est jamais considérée comme « européenne ». Elle s'est toujours considérée comme « romaine », et même comme continuant l'Empire par une deuxième Rome. Revendication d'ailleurs tout à fait légitime, depuis que Constantin décida d'y transférer la capitale de l'Empire (330). De plus, Byzance s'est toujours considérée comme appartenant à la Chrétienté. Le transfert du siège de l'Empire devait d'ailleurs symboliser aussi la distance prise par rapport au paganisme. Là aussi, il n'y a aucune raison de lui refuser cette appartenance. En revanche, jamais, au cours de son histoire, Byzance n'a entendu par l'« Europe » une entité à laquelle elle appartiendrait. Le mot désigne pour les Byzantins eux aussi la Chrétienté latine. Donnons quelques exemples : Georges (Gennadios) Scholarios, lorsqu'il renvoie à des auteurs latins, les appelle *Europaioi*. C'est ainsi qu'il oppose les « Européens », parmi lesquels il place d'ailleurs le Tunisien saint Augustin, et les « Asiatiques », dont l'Égyptien saint Cyrille d'Alexandrie[1]... Michel Apostolis, un Grec du xve siècle, quelques années avant la chute de Constantinople, compare encore la Grèce et l'Europe — au profit de la première[2].

Cela dit, qu'en est-il des nations orthodoxes, qui, après la chute de Constantinople (1453), ont connu plus de cinq siècles d'une histoire mouvementée ? Il est clair qu'on ne saurait les identifier purement et simplement à Byzance, et ce, même si la filiation byzantine y est revendiquée avec une insistance parfois lancinante. Il faudrait donc commencer par évaluer l'importance relative de l'influence byzantine dans les pays de tradition orthodoxe. Prenons l'exemple de la Russie. Nous pouvons faire abstraction de la légende selon laquelle Moscou serait une troisième Rome, héritière de la Rome du Latium, puis de celle du Bosphore. Elle fut lancée à la fin du xve siècle, comme légitimation du pouvoir naissant des tsars. Mais, même sans cela, le chemin censé mener de Byzance à l'actualité est bien sinueux. Sur plus d'un point, la filiation byzantine de la Russie est fictive, ou montée en épingle, alors que d'autres influences, venues de Scandinavie ou des

1. *Traité sur l'âme*, I, § 6, éd. Petit *et al.*, t. 1, p. 468, ou la préface à sa traduction du *De ente et essentia*, *ibid.*, VI, 177 *sq.* (M.-H. C.).

2. Cf. B. Laourdas, « Michel Apostolis, "Discours sur la Grèce et l'Europe" (en grec) », dans *Epetèris Etaireias Byzantinôn Spoudôn*, 19 (1949), p. 235-244, édition p. 239-244. Cf. surtout § 4, p. 243 (M.-H. C.).

Mongols, ont été au contraire longtemps exclues de l'historiographie officielle — tsariste comme léniniste. Je me contenterai d'un seul exemple : lorsque Ivan III prit Novgorod (1478) et commença à proclamer que Moscou devait être la troisième Rome, et donc l'héritière directe de Constantinople, il nomma un nouvel évêque, Guennadi. Celui-ci s'aperçut que sa Bible n'était pas complète, et fit traduire en slavon les livres qui manquaient. Cependant, il ne les fit pas traduire à partir du grec de la Septante, mais... du latin de la Vulgate[1].

Ainsi donc, l'appartenance de ces nations à l'Europe va-t-elle de soi ? Et déjà, va-t-elle de soi pour elles-mêmes ? À partir de quand leur désir d'y appartenir s'est-il fait jour — ne serait-ce qu'en en revendiquant le nom ? Il faudrait ici nuancer à l'infini, selon les régions et selon les époques, ce que je n'ai pas la compétence de faire. En tout cas, l'« européanité » de ces régions ne va pas de soi : les juifs de Bulgarie, au début de ce siècle, rêvaient de l'Autriche-Hongrie comme de « l'Europe[2] ». Et encore aujourd'hui, un Athénien qui s'embarque pour Paris ou pour Rome dit qu'il va *stin Evropi*. Il ne s'agit pas pour moi d'exclure de l'Europe les pays de tradition orthodoxe par une décision active de refus. Mais il n'est pas non plus question de les annexer malgré eux à une entité dont ils ne se sentiraient pas les membres. Ne pas appartenir à l'Eu-

1. Je dois ce détail à l'amitié de M. Yves Hamant (Paris X-Nanterre).

2. Cf. les Mémoires d'Elias Canetti, *Die gerettete Zunge. Geschichte einer Jugend*, Fischer Taschenbuch Verlag, 1984, p. 114, et *Die Fackel im Ohr. Lebensgeschichte 1921-1931*, *ibid.*, 1991, p. 81.

rope ne les rejetterait de toute façon en rien dans les ténèbres extérieures d'une quelconque barbarie. Je n'identifie nullement l'Europe avec le monde civilisé... Lui être extérieur n'est pas lui être inférieur.

Enfin, la constatation d'une éventuelle extériorité de ces pays par rapport à l'Europe relèverait uniquement de l'histoire culturelle et n'aurait par conséquent, cela va sans dire, rien à voir avec des problèmes contemporains de nature économique, politique, stratégique, etc., sur lesquels je n'ai aucune compétence pour dire quoi que ce soit : s'il faut ou non étendre les frontières de la Communauté économique (dite) européenne à des pays de l'ex-Est — voire à la Turquie ; ou s'il faut ou non aider à s'en sortir les peuples de la ci-devant URSS — dont le malheur, rappelons-le, n'est nullement venu de l'« âme slave », mais bien d'une idéologie d'origine européenne...

Une identité européenne ?

Les considérations qui précèdent, et qui peuvent sembler ne relever que de l'histoire et de la géographie, ont une portée plus vaste. Elles permettent en effet de donner à une méditation sur l'Europe rien de moins que son objet même. J'ai commencé par reprendre une distinction banale entre deux concepts de l'Europe : l'Europe comme lieu et l'Europe comme contenu. On peut voir maintenant comment ils s'articulent l'un sur l'autre. L'Europe comme lieu est l'espace que j'ai essayé de serrer au plus près par une série de dichotomies dont il est clair qu'elles relèvent surtout d'une géographie intellectuelle ou spirituelle. L'Europe comme contenu est l'ensemble des faits, historiquement repérables, qui se sont produits à l'intérieur de ce lieu. Ces événements peuvent être ponctuels ou couvrir de longues périodes. Ils ont tous plus ou moins contribué à donner sa physionomie à ce que nous qualifions d'« européen ». Nous employons parfois cet adjectif pour désigner des populations, ou des évolutions culturelles, qui se sont situées ou se situent encore maintenant en dehors des frontières de l'Europe. Mais nous ne l'employons que pour renvoyer à des réalités qui ont trouvé leur source à l'intérieur de l'espace européen. L'Europe comme lieu précède donc l'Europe comme contenu.

Un exemple pourra m'aider à clarifier cette distinction. On parle des « sciences européennes » (Husserl), ou de la « technique européenne », ou encore de la « métaphysique occidentale » (Heidegger) — et là aussi, on veut dire « européenne ». Les réalités culturelles que l'on désigne par là ne se limitent pas à l'espace européen, ni par leur origine ni par leur expansion ultérieure. La science en général est apparue aussi ailleurs qu'en Europe : ainsi, en Chine. Et ce que l'Europe elle-même s'est assimilé en fait de mathématiques et de philosophie a d'abord été grec, puis arabe. La physique mathématisée, en revanche, est apparue en Europe avec la révolution attachée au nom de Galilée. Et de même, à sa suite, la technique et le machinisme industriel. De même, la démocratie est apparue en Grèce. Mais ce n'est qu'à l'intérieur de l'espace européen qu'elle a progressivement levé la restriction qui la limitait à une mince élite de citoyens, à l'exclusion des esclaves et des femmes. On peut dire la même chose des Lumières, en tout cas sous leur forme moderne. Rien n'interdit de reconnaître ici cette évidence, que ces phénomènes sont typiquement européens, voire que c'est sous leur visage que l'Europe s'est manifestée, et continue à se manifester, de façon libératrice ou pesante, au reste du monde.

Les phénomènes dont on vient de parler sont en tout cas nés à l'intérieur d'un espace qui existait déjà et qu'ils n'ont donc pas créé. Bien plus, on peut se demander si leur émergence n'est pas liée par un lien plus qu'accidentel à ce qui a défini l'Europe en la séparant de ses « autres ». Il nous faut donc savoir d'abord ce que c'est que l'Europe, en l'occurrence, où est l'Europe, avant de pouvoir faire le bilan de son histoire.

Nous pouvons ainsi reposer la classique question d'identité. On se demande communément : qui sommes-nous ? Et l'on répond : des Grecs, ou des Romains, ou des juifs, ou des chrétiens. Ou, en un sens, un peu tout cela. On a donc pu donner toutes ces réponses, et aucune n'est fausse. Je ne propose ici que d'introduire un peu d'ordre. Selon quel principe de classement ? Le plus adapté, en première approche, est sans doute de se poser la question : que possédons-nous en propre ? Certainement pas l'humanité en général, dans ce qui la définit : l'Orient dit « barbare » et l'Occident hellénisé l'ont en commun. Ni non plus l'hellénisme : le monde musulman et Byzance en sont eux aussi les héritiers. Ni le judaïsme, présent aussi, très tôt, au-delà des frontières de la Méditerranée. Ni non plus le christianisme, que l'Orient chrétien confesse lui aussi.

Il est pourtant un fait, si historiquement massif

que je ne le rappelle ici que pour mémoire : la Chrétienté ne s'est pas conçue elle-même, et elle n'a pas non plus été perçue par les autres civilisations, comme grecque ou comme juive, mais bien comme *romaine*. Les Grecs eux-mêmes, dès l'époque byzantine, se considéraient comme des Romains, et, encore maintenant, désignent la langue qu'ils parlent comme le roméique. Le monde musulman nomme les Byzantins, de langue grecque ou syriaque, des roumis, et l'Empire ottoman appelait « Roumélie » ce que nous appelons, nous, la Turquie d'Europe.

Quant à l'Europe au sens étroit, il y a un trait qu'elle est peut-être seule à posséder, seule à revendiquer, et qui est en tout cas ce que personne ne lui dispute. C'est la romanité. Ou plus précisément la *latinité*. La « romanité » a été revendiquée par Byzance, en tant que continuation de l'empire romain d'Orient, et « seconde Rome », puis par Moscou, qui a prétendu elle aussi au titre de « troisième Rome ». Elle l'a même été par l'Empire ottoman, le sultan d'Istanbul revendiquant, avec le titre de « sultan de Rome », la succession des empereurs vaincus de Constantinople. Mais de la latinité, personne d'autre que l'Europe n'a voulu.

Plan

L'essai qui suit défend la thèse que l'Europe est essentiellement romaine, en montrant que les altérités par lesquelles elle se définit peuvent se récapituler à partir de sa « latinité ». Je tenterai d'y faire voir comment l'Europe se distingue de ce qui n'est pas elle par le caractère « latin » ou « romain » de son rapport aux sources auxquelles elle puise.

Je montrerai d'abord (chap. II) comment on peut caractériser quelque chose comme l'attitude romaine en général.

Le chapitre III montrera comment le rapport de l'Europe — comme Chrétienté — à l'Ancien Testament est un rapport « romain », et comment elle se distingue sur ce plan du monde musulman.

Le chapitre IV montrera comment le rapport de l'Europe — comme monde latin — aux sources grecques est lui aussi « romain », et comment elle se distingue ainsi, non seulement de l'Islam, mais aussi du monde byzantin.

Le chapitre V montrera comment l'Europe entretient avec sa propre identité un rapport singulier : son propre est une appropriation de ce qui lui est étranger.

Le chapitre VI considérera la nature et les causes du paradoxe européen : qu'est-ce que signifie le fait d'avoir sa source en dehors de soi ; comment faire pour l'atteindre ?

Dans le chapitre VII, je proposerai quelques règles pour un rapport salubre de l'Europe à sa propre identité.

Le chapitre VIII essaiera de comprendre en quel sens l'Église catholique mérite le qualificatif de « romaine », et comment elle se distingue sur ce plan non seulement de l'Islam, non seulement de Byzance, mais aussi du monde réformé.

Enfin, pour conclure, je me demanderai dans quelle mesure et à quelles conditions le modèle « romain » pourrait rester actuel, et à quelles tentations il lui faudra faire face.

II

La romanité comme modèle

On a coutume de chercher ce qui est propre à l'Europe. Ce qui lui est propre doit la singulariser par rapport à tout ce qui n'est pas elle, et, du coup, rassembler tout ce qui la compose, en la distinguant de ce qui lui est étranger et n'entre pas dans sa formule originale. Ce qui est propre à l'Europe doit donc constituer son unité ; c'est l'acceptation commune de ce propre qui doit permettre à l'unité européenne de se fonder. Or, ce rapport de l'Europe à ce qui lui est propre abrite lui-même un paradoxe.

Un propre double

En effet, quand on s'interroge sur ce qui est propre à l'Europe, et dont on s'attend à ce qu'il lui assure son unité culturelle, on constate que, non sans quelque ironie, la question sur l'unité reçoit une réponse double. Ce qui fait l'unité de l'Europe, ce n'est pas la présence en elle d'un seul élément, mais bien de deux. Sa culture se ramène à deux éléments irréductibles l'un à l'autre. Ces deux éléments sont d'une part la tradition juive, puis chrétienne, et d'autre part la tradition du paganisme antique. Pour symboliser chacun de ces courants par un nom propre, on a pu proposer : Athènes et Jérusalem[1]. Cette opposition se fonde sur l'opposition du juif et du Grec, empruntée à saint Paul[2]. Elle est formulée ensuite par Tertullien, dans le cadre d'une polémique contre la philosophie grecque[3]. Elle est ensuite laïcisée et systématisée, à une époque assez récente, sous des noms variés : « hellène et nazaréen » chez Heine[4], « atticisme et judaïsme » chez S.D. Luzzatto[5], puis « hébraïsme et hellénisme » chez Matthew Arnold[6]. Elle reçoit enfin les dimensions d'un conflit entre deux visions du monde dans le livre de Léon Chestov qui la choisit pour titre[7].

On a cherché à isoler le contenu propre de chacun de ces deux éléments. Les façons de le faire peuvent varier : on peut opposer Athènes à Jérusalem comme la religion de la beauté à celle de l'obéissance, comme l'esthétique à l'éthique, ou encore comme la raison

1. Sur ce thème, cf. mon article « Athens, Jerusalem, Mecca. Leo Strauss's "Muslim" Understanding of Greek Philosophy », *Poetics Today*, 19, 1998, p. 237-259.

2. Romains 1, 16 ; 3, 9 ; 10, 12 ; 1 Corinthiens 1, 24 ; 10, 32 ; 12, 13 ; Galates 3, 28 ; Colossiens 3, 11.

3. Tertullien, *De praescriptionibus ad haereticos*, chap. VII ; PL 3, 23a.

4. H. Heine, *Ludwig Börne. Eine Denkschrift (1837-1839)*, I, puis II, 8 — quatrième « Lettre de Helgoland » (29 juillet 1830) —, dans *Ein deutsches Zerwürfnis*, éd. H.M. Enzensberger, F. Greno, Nordlingen, 1986, p. 128, 157 *sq*.

5. S.D. Luzzatto, « Atticisme et judaïsme » (première esquisse le 18 janvier 1838), publié dans *Otsar Nechmad*, IV (1863), p. 131 *sq*.

6. M. Arnold, *Culture and Anarchy* (1869), chap. IV.

7. L. Chestov, *Athènes et Jérusalem. Un essai de philosophie religieuse*, Flammarion, Paris, 1967, 349 p. (original russe écrit en 1937, paru en 1952).

à la foi, la recherche autonome à la tradition, etc.[1]. Dans tous les cas, on a fait de la différence une polarité, et on a cherché l'essence de chacun des deux éléments dans ce qui l'oppose le plus radicalement à l'autre. La tension devient du coup une déchirure douloureuse dans l'unité de la culture européenne. Rien n'est alors plus tentant que de chercher à réserver la place d'ancêtre légitime à l'un des deux éléments, tandis que l'on rejettera purement et simplement l'autre comme n'étant qu'adventice. Pourtant, ce sont les *deux* éléments qui font vivre l'Europe, par le dynamisme même qu'entretient leur tension. Cette idée d'un conflit fécond, voire constitutif, a été, à date récente, remarquablement défendue par L. Strauss[2].

Le troisième terme : le romain

Dans toutes ces tentatives, on néglige le plus souvent un troisième terme. Or ce troisième terme est justement celui qui me semble fournir le meilleur paradigme pour penser le rapport de l'Europe à ce qu'elle a de propre. Il s'agit de la dernière des trois langues (et les langues, on le sait, sont plus que du linguistique) qui ont reçu une valeur exemplaire du fait d'avoir nommé au plus juste, sur le

1. Goethe, « Israel in der Wüste », début, dans *Noten und Abhandlungen zu besserem Verständnis des Westöstlichen Diwans*.

2. L. Strauss, « Jerusalem and Athens. Some Preliminary Reflections » (1967), dans *Studies in Platonic Political Philosophy*, Chicago University Press, 1983, p. 147-173. Cf. J. R. Sales i Coderch et J. Montserrat i Molas, *Introducció a la lectura de Leo Strauss*, Barcelonesa d'edicions, 1991, p. 7-62.

panneau que Pilate avait apposé à la croix, Celui qui y pendait : le latin ou plutôt, comme le dit l'évangéliste, le « romain » (Jean 19, 20).

Je pose donc comme thèse : *l'Europe n'est pas seulement grecque, ni seulement hébraïque, ni même gréco-hébraïque. Elle est tout aussi décidément romaine.* « Athènes et Jérusalem », certes, mais aussi Rome[1]. Je ne veux pas assener par là, une fois de plus, cette évidence banale de la présence, à côté d'autres sources de notre culture, d'une influence romaine. Cette idée, devenue maintenant éculée, a trouvé son expression magnifique dans quelques phrases de Valéry. Les citer me dispensera d'en répéter des versions affadies. Nous lisons donc, dans la fameuse note de 1924 à « La crise de l'esprit » :

> Partout où les noms de César, de Gaius, de Trajan et de Virgile, partout où les noms de Moïse et de saint Paul, partout où les noms d'Aristote, de Platon et d'Euclide ont eu une signification et une autorité simultanées, là est l'Europe. Toute race et toute terre qui a été successivement romanisée, christianisée et soumise, quant à l'esprit, à la discipline des Grecs, est absolument européenne[2].

Il faut ainsi trois ingrédients pour faire l'Europe : Rome, la Grèce, le christianisme — auquel Valéry n'oublie pas d'ajouter son soubassement dans l'An-

1. M. Serres, *Rome. Le Livre des fondations*, Grasset, Paris, 1983, p. 65-69. L'auteur défend Rome contre la fascination exclusive pour Athènes et Jérusalem, dans une méditation pas toujours limpide.

2. P. Valéry, « La crise de l'esprit », *Œuvres*, Bibliothèque de la Pléiade, t. 1, p. 988-1014, surtout p. 1007 *sq.*, cité p. 1013.

cien Testament. Je ne veux pas ici privilégier l'élément romain, ni non plus suggérer qu'il constituerait comme la synthèse des deux autres. Je prétends, plus radicalement, que *nous ne sommes et ne pouvons être « grecs » et « juifs » que parce que nous sommes d'abord « romains »*.

En proposant ici de réfléchir sur ce que l'Europe a de romain, je suis conscient de m'engager dans un domaine où sévissent bien des affects, positifs et négatifs. Avant de proposer un concept déterminé de ce qui est romain et de ce en quoi l'Europe est romaine, il importe de prendre conscience de ces affects, qui risqueraient autrement de brouiller ce concept nouveau et de le ramener à des représentations tristement habituelles. Ces affects sont positivement ou négativement chargés, et leurs interférences produisent une trouble ambivalence.

Qui craint la grande méchante louve ?

Au négatif, l'image des Romains répugne à toute une sensibilité moderne. On peut identifier un vaste dégoût aux arêtes imprécises, et dont l'opposition religieuse à l'Église catholique, qu'on appelle alors catholicisme *romain*, ou l'opposition politique (anglicane ou gallicane) au centralisme papal, ne sont que des cas particuliers. Les Romains de l'histoire passent pour des gens aux cheveux et aux idées courts : un peuple de ruraux, pour ne pas dire de rustres ; un peuple de soldats, pour ne pas dire de soudards. Si l'on va jusqu'à leur concéder un certain génie politique, on leur reprochera par ailleurs l'impérialisme centralisateur qui en a été le fruit.

D'où une série de tentatives pour exorciser cet ancêtre gênant. En France, en particulier, on a assisté au spectacle comique de la dévalorisation des Romains par rapport aux Gaulois, donné par un peuple qui parle une langue directement héritée du latin. On connaît les différents registres sur lesquels se joue cette partition, depuis le XVIe siècle jusqu'à Ernest Lavisse et aux albums d'Astérix. On connaît aussi le contexte culturel dans lequel s'est formée cette représentation : il fallait donner à la « nation française », que l'on venait d'inventer, des ancêtres communs et une idéologie commune. Pour les partisans de l'origine grecque des Celtes, au XVIe siècle, il s'agissait de faire pièce aux prétentions de l'empire des Habsbourg, qui se nommait « romain [1] ». Pour les fondateurs de la IIIe République, il fallait remonter en amont de la conversion de Clovis et de la peuplade franque qui devait pourtant donner son nom à la France. On découplait ainsi la naissance de la nation de son baptême. Choisir Vercingétorix, héros d'une lutte supposée nationale contre les Romains, permettait par ailleurs d'égratigner le nid du catholicisme, face auquel la République voulait s'affirmer [2].

Cette attitude négative est contrebalancée par une vision valorisante des Romains, au nom des valeurs que ceux-ci étaient censés représenter. La rhétorique de la Révolution française est pétrie de culture romaine, et les arts de la même époque

1. Cf. B. Cerquiglini, *La naissance du français*, PUF, Paris, 1991, p. 11 *sq*.

2. Cf. C. Amalvi, *De l'art et la manière d'accommoder les héros de l'histoire de France. Essais de mythologie nationale*, Albin Michel, Paris, 1988, p. 53-87.

vont jusqu'à la singerie de l'architecture et du mobilier romains. On veut ainsi s'inspirer de la vertu civique d'un Brutus, du patriotisme d'un Régulus. Le Consulat, puis l'Empire (tous deux aux noms révélateurs !), pratiquent une injection massive de symboles romains dans l'armée (« légion », « aigle », etc.), et de droit romain dans le Code Napoléon. Ce qui est exalté par là est plutôt l'ordre, la famille patriarcale, la patrie. Le fascisme italien, un siècle plus tard, a entrepris, à grands coups de menton, d'exalter une « romanité » virile et conquérante. Il se peut que l'image des Romains ait souffert encore plus, peut-être, de ce que véhiculaient de tels efforts. André Suarès a eu raison de forger pour ce mythe-là un nom de maladie, en se contentant d'ôter un accent : la « romanite [1] ».

Rien inventé ?

Même une fois surmontés les affects qu'on a dits, on retrouve la même dévaluation sur le plan plus serein de la spéculation : ceux qui mettent en parallèle, que ce soit pour les opposer ou pour les exalter conjointement, le Grec et le juif, ont une nette tendance à négliger le Romain. Les Romains n'ont rien inventé. C'est ce que dit magnifiquement un texte d'un grand historien du judaïsme :

Quelle origine a donc la hauteur de vues morale dont se vantent les peuples civilisés du monde actuel ? Ils ne

1. A. Suarès, *Vues sur l'Europe*, Grasset, Paris, 1991 (1939), nº XXIII, p. 56.

sont pas eux-mêmes ceux qui l'ont produite; ils sont les heureux héritiers qui ont spéculé avec l'héritage de l'Antiquité et l'ont fait fructifier. Ce sont deux peuples créateurs qui ont été les auteurs de la noble moralité, qui ont élevé l'homme et l'ont fait sortir de l'état primitif de barbarie et de sauvagerie : le peuple hellénique et le peuple israélite. Il n'en est point de troisième. Le peuple latin n'a rien créé et transmis d'autre que l'ordre strict d'une société policée, et un art de la guerre développé; et ce n'est qu'à son âge décrépit qu'il a, en outre, rendu le service que rendent les insectes : transporter un pollen préexistant jusqu'au sol fertile qui était prêt à le recevoir; mais des créateurs, des fondateurs d'une civilisation supérieure, il n'y a que les Grecs et les Hébreux qui l'ont été, et eux seuls[1].

On peut sourire de la rhétorique. On peut avoir un soupir nostalgique devant la noble ingénuité avec laquelle Graetz jette un regard complaisant sur les réalisations de la civilisation occidentale. On peut être en désaccord avec la vision d'ensemble de l'histoire comme des Lumières luttant contre le royaume des ténèbres. Le fait reste, celui d'une modestie relative de l'apport romain. Rien d'étonnant, donc, à ce que le romain n'ait que rarement été hypostasié et pourvu des honneurs de la majuscule pour devenir le Romain. Les philosophes n'ont que peu réfléchi sur l'expérience romaine. Là où ils l'ont fait, ce fut de façon très négative. C'est le cas de Heidegger[2]. C'est

1. H. Graetz, *Geschichte der Juden…*, introduction, t. 1, Leipzig, 1874, p. xx.

2. Cf. surtout le cours sur Parménide du semestre d'hiver, 1942-1943 (GA 54). Une première orientation dans E. Escoubas, « La question romaine, la question impériale. Autour du tournant », dans *Heidegger. Questions ouvertes*, Osiris, Paris, 1988, p. 173-188.

aussi celui de Simone Weil qui, d'une manière d'ailleurs très intéressante pour notre propos, met en parallèle, pour les englober dans la même réprobation, Rome et Israël, censés incarner le même « gros animal ». On ne peut guère citer, comme exception très brillante, que le cas de Hannah Arendt[1]. Dans la pratique, il n'est pas rare que le mouvement de redécouverte de l'Antiquité classique depuis Winckelmann s'affirme comme un désir d'enjamber ce qui est romain pour regagner directement la source grecque. Et on le comprend, si vraiment les Romains sont aussi peu intéressants qu'on le dit...

On pourrait se lancer, pour défendre les Romains, dans une longue énumération de leurs apports à la culture européenne. Ce serait fastidieux et peu original. Bien plus, on n'arriverait par là qu'à saisir le *contenu* de la culture romaine, auquel on prêtera une spécificité, sans arriver à en saisir la *forme*. Il est un seul domaine de la culture que, de l'aveu de tous, les Romains ont inventé et légué à la postérité, et c'est le *droit*[2]. Le fait est avéré, il est de grande importance, et je ne puis ici qu'en prendre acte. Mais, une fois l'évidence admise, le paradoxe se répète : le droit est justement ce qui règle les transactions. Permettant la circulation des richesses, il libère le temps qui aurait été requis pour les produire chacun de son côté, et permet de l'affecter à

1. Quelques remarques dans B. Cassin, « Grecs et Romains : les paradigmes de l'Antiquité chez Hannah Arendt », dans *Ontologie et politique. Hannah Arendt*, Tierce, 1989, p. 17-39, surtout p. 22-26.

2. Parmi une bibliographie sans limites : Ph. Cormier, *Généalogie de personne*, Critérion, Paris, 1994, chap. III, notamment p. 107.

la création de biens nouveaux. Nous verrons plus loin comment cet unique « contenu » de la romanité a pour analogue un modèle déterminé de rapport à la culture comme transmission de ce qui est reçu.

Quoi qu'il en soit, les quelques concepts juridiques dont on réservera la paternité aux Romains paraîtront vite bien minces et bien primitifs par rapport, en amont, à la richesse du Grec, et, en aval, à la forme développée que ces éléments ont prise dans la suite de l'histoire européenne. Ainsi, quand on essaie de saisir le contenu de l'expérience romaine, on n'aboutit guère qu'à une transposition abâtardie de ce qui est grec, ou à une ébauche encore rudimentaire de ce qui est médiéval ou moderne. Le Romain, de ce point de vue, ne peut apparaître que comme ayant réussi ce paradoxe d'être à la fois décadent et primitif.

Tout ce que les juges les plus sévères concèdent à la romanité, c'est d'avoir diffusé les richesses de l'hellénisme et de les avoir fait parvenir jusqu'à nous. Mais justement, tout change si l'on renonce à voir le contenu de l'expérience romaine ailleurs que dans cette transmission elle-même. Ce peu de chose que l'on accorde en propre à Rome, c'est peut-être tout Rome. La structure de transmission d'un contenu qui n'est pas le sien propre, voilà justement le véritable contenu. Les Romains n'ont fait que transmettre, mais ce n'est pas rien. Ils n'ont rien apporté de nouveau par rapport aux deux peuples créateurs, le grec et l'hébraïque. Mais cette nouveauté, ils l'ont apportée. Ils ont apporté la nouveauté même. Ils ont apporté ce qui était pour eux de l'ancien comme nouveau.

Or je soutiens qu'une telle façon d'apporter n'est pas purement accidentelle et contingente, due aux hasards de l'histoire. Elle est selon moi le centre de l'expérience romaine. La diffusion de l'héritage grec et hébraïque a donc trouvé à Rome un terrain particulièrement favorable. On peut tenter de décrire cette expérience. Je le ferai sans prétendre à l'objectivité, mais au contraire en isolant quelques traits en fonction de mon propos.

L'expérience romaine est d'abord une expérience de l'espace. Le monde y est vu du point de vue du sujet qui, tendu vers l'avant, oublie ce qui est derrière lui. Cette façon de voir se reflète dans le découpage de la réalité supposé par la langue. Ainsi, le même mot (*altus*) signifie aussi bien « haut » que « profond » : ce que la langue a retenu est la distance par rapport au locuteur, non la situation dans un espace objectivement orienté. Ce que nous appelons un carrefour (quatre routes), le latin le voit comme un *trivium* (trois routes) ; alors que nous surplombons l'espace et y voyons quatre directions, le Romain ne voit pas d'où il vient. On a pu soutenir que la même façon de voir se faisait jour dans l'art : alors que le temple grec est fait pour que l'on tourne autour, le temple romain est une ouverture adossée à un dos impénétrable. Alors que la statue grecque est faite pour qu'on la regarde sous tous les angles, parce qu'elle est installée au repos, la statue romaine est en marche[1].

1. H. Kähler, « Traits essentiels de l'art romain », dans *Rome et son empire*, Albin Michel, Paris, 1963, p. 5-31.

Dans le registre du temps, l'expérience romaine traduit la même avancée, le même arrachement par rapport à une origine. Hegel l'a bien vu, même s'il y voit un trait dévalorisant : « Dès le départ, Rome fut quelque chose d'artificiel, de violent, rien d'originel (*etwas Gemachtes, Gewaltsames, nichts Ursprüngliches*)[1]. » Or cette situation est très explicitement assumée. À la différence des Grecs qui mettent leur point d'honneur à ne rien devoir à personne, à ne pas avoir eu de maître, les Romains avouent volontiers ce qu'ils doivent aux autres[2]. À la différence des Grecs qui revendiquent avec fierté une autochtonie d'ailleurs évidemment légendaire[3], les Romains rattachent leur origine à une non-autochtonie, à une fondation, à une transplantation dans un sol nouveau.

Le rapport romain à l'origine, et ce qui l'oppose au rapport grec à celle-ci, ressort de façon très parlante par la comparaison des deux mots clés dans lesquels il s'exprime. Ces mots sont sans doute intraduisibles, mais ils ont l'intérêt de laisser diverger leur sens avec d'autant plus de netteté qu'ils proviennent d'une même image, celle de la croissance des végétaux : là où le grec dit *physis* (de *phyein*), le latin dit *auctoritas* (de *augere*). La *physis* grecque (« nature ») dit ce qui perdure, elle exprime la venue à l'être comme mouvement

1. Hegel, *Philosophie der Geschichte*, SW, t. 11, p. 366, Glockner.

2. Cf. R. Harder, *Eigenart der Griechen. Eine kulturphysiognomische Skizze*, Herder, Fribourg-en-Brisgau, 1949, p. 36 *sq*.

3. Cf. N. Loraux, « L'autochtonie : une topique athénienne », dans *Les enfants d'Athéna. Idées athéniennes sur la citoyenneté et la division des sexes*, Maspero, Paris, 1981, p. 35-73.

continu[1] de déploiement à partir d'une origine et comme installation dans une permanence (la racine *phy-* est celle du latin *fui*, de l'anglais *to be*). À l'inverse, l'*auctoritas* romaine (« autorité ») dit le fait d'être l'auteur, l'initiative qui enjambe l'hiatus que l'innovation crée par rapport à l'ancien et qui garantit, ou ratifie, l'action d'un autre que soi[2].

C'est ce rapport à l'origine comme fondation qu'exprime le mythe de Romulus qui, justement, fonde ce qui n'existait pas encore. C'est lui aussi qu'a saisi et exprimé le génie de Virgile exploitant la légende troyenne et créant dans l'*Énéide* le mythe romain par excellence. Énée quitte Troie mise à sac par les Grecs, emportant avec lui son père et ses dieux domestiques, et les transfère en terre latine. Être romain, c'est faire l'expérience de l'ancien comme nouveau et comme ce qui se renouvelle par sa transplantation dans un nouveau sol, transplantation qui fait de ce qui était ancien le principe de nouveaux développements. Est romaine l'expérience du commencement comme (re)commencement.

Cette expérience ne se limite pas à la Rome de l'histoire. Rien n'interdit en effet d'y rattacher le prolongement médiéval et renaissant de la légende romaine dans la revendication d'une origine troyenne par les Européens — et pas seulement par les Français[3]. Ou encore la version renaissante du

1. Cf. mon *Aristote et la question du monde. Essai sur le contexte cosmologique et anthropologique de l'ontologie*, PUF, Paris, 1988, p. 18 *sq*.
2. Sur ce mot, cf. R. Heinze, « Auctoritas », dans *Vom Geiste des Römertums. Ausgewählte Aufsätze*, Teubner, Stuttgart (3e édition), 1960, p. 43-58, et É. Benveniste, *Vocabulaire des institutions indo-européennes*, t. 2, Minuit, Paris, 1969, p. 150.
3. Cf. D. Hay, *op. cit.*, p. 48 *sq*., 108 *sq*.

thème, qui n'est d'ailleurs pas exclusivement européen, de la *translatio studiorum* : les sciences passant de la Grèce à Rome puis, au choix, à Florence ou Paris[1]... Ou enfin l'expérience américaine, qui est « romaine » en ce qu'elle se fonde sur une transplantation et sur le désir d'instaurer un *novus ordo seclorum*, désir qui témoigne de la profonde légitimité européenne des États-Unis.

L'attitude romaine

Mon propos n'est pas ici de faire de l'histoire. Il est encore moins, par suite, de défendre la réalité historique de l'impérialisme romain — lequel, soit dit en passant, n'a certainement pas été le plus bête ou le plus cruel que l'histoire ait connu. Je me donnerai la liberté d'abstraire des données de l'histoire une « attitude romaine », que je caractériserai d'une façon générale comme l'attitude de ce qui se sait appelé à renouveler de l'ancien. Ainsi, je négligerai, par exemple, l'appel rituel des orateurs aux coutumes des ancêtres (*mos maiorum*). Mais je m'appuierai en revanche sur un noyau factuel, à savoir l'hellénisation de la culture romaine. Celle-ci survint progressivement, presque dès le moment où Rome fut en contact avec les villes grecques d'Italie du Sud (« Grande Grèce » et Sicile), et se poursuivit à un rythme accéléré à partir des guerres puniques. Cet emprunt culturel eut pour cause, tout autant d'ailleurs que pour conséquence, un

1. Chrétien de Troyes, dans le prologue du *Cligès* (1176), applique ce schéma à la chevalerie.

certain sentiment d'infériorité des Romains envers les Grecs.

Ce complexe d'infériorité — même si l'on cherche à le masquer par divers subterfuges — se fera jour d'abord au niveau du support universel de la culture, le langage. La langue latine n'a jamais été particulièrement valorisée. Dès l'Antiquité, les Romains ont toujours eu plus ou moins conscience de parler une langue pauvre par rapport à l'exubérance du grec[1]. Au Moyen Âge, le latin joua certes le rôle d'un instrument de communication universel pour les gens cultivés. Comme tel, il bénéficiait d'un prestige social. Mais il restait marqué d'une triple secondarité : a) il n'était la langue maternelle de personne, mais dans tous les cas une langue apprise devant laquelle chacun était à égalité[2]; b) il n'était pas une langue spécifiquement chrétienne, ni même spécifiquement religieuse, mais la langue commune d'une entité, non pas religieuse, mais politique, non pas chrétienne, mais antérieure au christianisme, voire longtemps ennemie de celui-ci, l'Empire romain; c) il n'était pas la langue originale de l'Écriture, mais celle d'une traduction (la Vulgate) faite à partir d'un original hébraïque ou grec. À l'époque moderne, le latin conserva longtemps un primat dans la communication scientifique, mais ce fut pour des raisons de

1. Cf. Lucrèce, *De natura rerum*, I, 139. 832; III, 260; Cicéron, *De finibus*, III, II, 5; Sénèque, *Lettres à Lucilius*, 58, 1; Pline le Jeune, *Lettres*, IV, 18; saint Jérôme, *Lettre 114 à Théophile*, CSEL 55, p. 395.

2. Cf. L. Bieler, « Das Mittellatein als Sprachproblem », dans *Lexis*, II, 1 (1949), p. 98-105. La constatation est déjà faite par Gibbon, *Autobiography* (World's Classics, nº 139), Oxford University Press, p. 102.

pure pratique[1]. Jamais le latin ne fut considéré comme détenteur de privilèges exceptionnels, d'ordre métaphysique — par exemple comme étant la langue absolue[2]. La langue du premier Adam passa toujours pour avoir été l'hébreu, non le latin.

Et, plus tard, on retrouve le même sentiment d'une dénivellation, même si les termes entre lesquels elle joue ont changé. Ainsi, les langues vernaculaires, cantonnées d'abord dans les genres littéraires mineurs, ne purent développer une grande littérature qu'en faisant valoir leur titre de légitimité par rapport au latin[3]. Et parmi les langues de l'Europe moderne, il faudra encore, plusieurs siècles plus tard, revendiquer la dignité de l'allemand par rapport au français, puis celle des langues slaves par rapport à l'allemand, etc. Mais, si elles y parvinrent, c'est parce que les langues par rapport auxquelles il fallait s'affirmer, et en premier lieu le latin, n'avaient pas elles-mêmes le prestige d'être la langue de culture par excellence : elles ne l'étaient que comme substitut du grec, dont la dignité passée n'avait pas été oubliée. L'Europe doit là aussi la diversification linguistique qui a permis

1. Pascal, en plein XVIIe siècle, interrompt encore une démonstration mathématique commencée en français par : « et je vous le dirai en latin, car le français n'y vaut rien » (lettre à Fermat du 29 juillet 1654).

2. L'idée selon laquelle le latin aurait eu pour le Moyen Âge une valeur absolue se trouve chez E.R. Curtius, *Europäische Literatur und lateinisches Mittelalter*, Francke, Berne, 1948, p. 33 — encore cité dans K.O. Apel, *Die Idee der Sprache in der humanistischen Tradition von Dante bis Vico*, Bouvier, Bonn, 1975 (2e édition), p. 91. Elle vient en fait d'un contresens sur Isidore de Séville, *Étymologies*, II, 16, 2. Le passage a d'ailleurs été ôté de la 2e édition (1953).

3. Dante, *De vulgari eloquentia*.

son épanouissement à la présence, à sa source, d'une pluralité originelle. Là où, en revanche, comme ce fut le cas dans le monde byzantin, le grec restait seul en lice, les langues vernaculaires — même le grec populaire — ne purent accéder que très tardivement à la dignité de langues littéraires[1]. Paradoxalement, le grec populaire ne connut de forme écrite qu'à une date plus récente que les diverses langues slaves, dont les locuteurs étaient pourtant entrés dans l'espace de la Chrétienté bien après les Grecs.

Peu importe ici de rappeler que l'infériorité ressentie par les Romains du IIe siècle n'a peut-être pas été justifiée, les Grecs de l'époque ne valant sans doute guère plus que leurs contemporains romains[2]. Il ne s'agit pas ici de faits objectifs, d'ailleurs bien difficiles à mesurer; il s'agit bien plutôt d'une impression d'ordre affectif. L'important est qu'une dénivellation ait été ressentie et exprimée. C'est le cas, par exemple, dans le vers rebattu dans lequel Horace dit que « la Grèce captive captiva son farouche vainqueur et introduisit les arts dans le rustre Latium[3] ».

Cela se voit encore plus nettement dans la déclaration célèbre que Virgile met dans la bouche d'Anchise s'adressant à Énée, son fils venu le visiter aux Enfers. Celui-ci trace comme un programme pour Rome. En une prophétie évidemment rétrospective, il justifie par avance l'impérialisme romain en deux vers célèbres. Mais avant, il commence par ramener à sa juste place l'art de gouverner :

1. Cf. H.-I. Marrou, *op. cit.*, p. 134.
2. Cf. P. Grimal, *Le siècle des Scipions. Rome et l'hellénisme au temps des guerres puniques*, Aubier, Paris, 1953, p. 13 *sq*.
3. Horace, *Épîtres*, II, 1, 156.

Excudent alii spirantia mollius aera
(Credo equidem), vivos ducent de marmore vultus,
Orabunt causas melius, caelique meatus
Describent radio et surgentia sidera dicent[1].

Comme il n'est pas question de prétendre traduire de la poésie, je me contenterai de paraphraser : d'autres que les Romains — en l'occurrence les Grecs — seront de meilleurs sculpteurs, de meilleurs orateurs, de meilleurs astronomes ; Rome devra se contenter du métier des armes et de la politique, de mettre de l'ordre sur une scène sur laquelle elle ne sera pas protagoniste.

L'aqueduc

Rome ne s'est pas contentée d'administrer le monde conquis, et de lui apporter sa propre civilisation. Elle a également, voire surtout, apporté une culture qui ne venait pas d'elle, la culture grecque. C'est ce qu'a su exprimer de façon magnifique Péguy :

Il [le soldat romain] n'a pas fait seulement les langues romanes, et la terre mesurée aux langues romanes ; il n'a pas fait seulement les peuples romans [...] ; il n'a pas fait seulement la romanie et la romanité et le monde romain et le monde latin. En dedans ils portaient le monde grec. C'est-à-dire la première moitié du monde antique. Et la pensée antique ne se fût point insérée dans le monde et elle n'eût point commandé la pensée de tout le monde si

1. Virgile, *Énéide*, VI, 847-850.

le soldat romain n'eût point procédé à cette insertion temporelle, si le soldat romain n'eût point mesuré la terre, si le monde romain n'eût point procédé à cette sorte de greffe unique au monde [...][1].

Un tel comportement n'allait pas de soi. Les élites romaines auraient très bien pu refuser de s'hellèniser. Le modèle romain, la « voie romaine », n'est pas le seul possible. On peut aisément décrire un contre-modèle, définir la tentation à laquelle Rome a résisté. Il aurait été facile de choisir de préserver intacte son « authenticité », considérée comme un signe de l'innocence primitive, et de la jouer contre le raffinement, dans lequel on peut voir un symptôme de décadence. On peut trouver dans l'histoire des exemples d'unc telle attitude. Ainsi, le mouvement slavophile, dans la Russie du XIXe siècle. Les Romains ont eu au moins le courage de s'incliner devant la culture grecque, de s'avouer comme des gens mal dégrossis, mais capables d'apprendre.

Est « romain », en ce sens, quiconque se sait et se sent pris entre quelque chose comme un « hellénisme » et quelque chose comme une « barbarie ». Être « romain », c'est avoir en amont de soi un classicisme à imiter, et en aval de soi une barbarie à soumettre. Non pas comme si l'on était un intermédiaire neutre, un simple truchement lui-même étranger à ce qu'il fait communiquer, mais en sachant que l'on est soi-même la scène sur laquelle tout se déroule, en se sachant soi-même tendu entre un classicisme à assimiler et une barbarie intérieure.

1. Péguy, « L'argent suite », dans *Œuvres en prose*, 1909-1914, Bibliothèque de la Pléiade, Paris, 1961, p. 1217. On lira tout le passage p. 1216-1219.

Être « romain », c'est se percevoir comme grec par rapport à ce qui est barbare, mais tout aussi bien comme barbare par rapport à ce qui est grec. C'est savoir que ce que l'on transmet, on ne le tient pas de soi-même, et qu'on ne le possède qu'à peine, de façon fragile et provisoire.

La culture romaine est ainsi essentiellement passage : une voie, ou peut-être un aqueduc[1] — autre signe tangible de la présence romaine. Cette dernière image a d'ailleurs sur celle de la route l'avantage d'exprimer directement la nécessité d'une dénivellation. Alors qu'une route doit être la plus plate possible, un aqueduc est impensable sans une pente. De même, la culture romaine est tendue entre un amont et un aval.

Entre « hellénisme » et « barbarie »

Ce que j'appelle ainsi l'attitude romaine n'est pas le propre des Romains tels que l'histoire nous en donne l'image. Elle est aussi et d'abord le fait des Grecs eux-mêmes. Ceux-ci, en tout cas chez les plus grands d'entre eux, se considéraient comme d'anciens barbares. La différence entre Grec et barbare n'est pas de nature, mais purement chronologique : « Le monde grec ancien vivait de manière analogue au monde barbare actuel[2]. » Les Grecs

1. Cette image superbe m'a été suggérée par B. Placido dans une recension de la 1re édition du présent ouvrage, cf. « Aridateci l'acqua corrente », *La Repubblica*, 9 novembre 1992.

2. Cf. Thucydide, I, 6, 6. Cf. aussi Platon, *Cratyle*, 397c 9-d 2 et 421d 4 *sq.*, ainsi que les implications d'Aristote, *Politique*, II, 8, 1268b 40.

sont comme des héritiers qui ont pris leur bien ailleurs, et jusqu'à leurs dieux[1]. C'est peut-être même le sentiment d'un certain manque d'originalité, à tous les sens de ce terme, par rapport aux « vieilles » civilisations fluviales comme l'Égypte ou la Mésopotamie, qui les poussait à se précipiter sur tout ce qui est nouveau[2]. La vie grecque en reçut le rythme effréné qui est le sien : « Incroyablement rapide fut la course de la vie de la Grèce[3]. » Et pourtant, les Grecs se distinguent de ce que j'appelle ici la romanité sur un point capital, et c'est l'absence d'un sentiment d'infériorité par rapport aux sources. Ce qui a été reçu, en effet, ils ont l'impression de l'avoir aussi transformé, et en mieux : « tout ce que les Grecs reçoivent des barbares, ils ont à chaque fois fini par le perfectionner[4] ».

En tout cas, la même dynamique anime l'histoire européenne. On peut la caractériser à partir de l'attitude « romaine ». Celle-ci est la conscience d'avoir, au-dessus de soi, un « hellénisme » qui surplombe, et au-dessous de soi, une barbarie à soumettre. Il me semble que c'est cette différence de potentiel entre l'amont classique et l'aval barbare qui fait avancer l'Europe.

L'aventure coloniale de l'Europe, depuis les grandes découvertes, par exemple en Afrique, a souvent été ressentie comme une répétition de la

1. Hérodote, *Enquête*, II, 53.

2. Cf. *Actes des Apôtres*, 17, 21, et Jamblique, *Des mystères d'Égypte*, VII, 5, p. 259, 9-14.

3. Cf. Schelling, *Einleitung in die Philosophie der Mythologie*, 16e leçon, p. 380.

4. Ps.(?)-Platon, *Epinomis*, 987d 8-c 2, et Origène, *Contre Celse*, I, 2; SC 132, p. 82.

colonisation romaine. Toute une historiographie française établit un parallèle entre la colonisation du Maghreb par la Rome antique et celle, moderne, par la France, justifiant celle-ci par la plus ancienne. Les colonisateurs s'identifient de la sorte aux conquérants : « Nous [...] reprenons, en l'améliorant, l'œuvre des Romains[1]. » On a pu, de façon peut-être plus pénétrante, pousser le parallèle plus loin et comparer la colonisation européenne de l'Afrique avec la conquête romaine de l'Europe[2].

On pourrait se demander si le lien n'est pas plus profond encore, et si la volonté avouée d'identification à l'impérialisme antique ne s'expliquerait pas elle-même par un désir plus caché de prendre sa revanche par rapport à celui-ci. La colonisation, et l'humanisme européen depuis la Renaissance italienne — deux événements qui, à l'échelle de l'histoire des civilisations, sont contemporains —, ne seraient-ils pas liés par des rapports de compensation ? On pourrait se risquer à dire que l'ardeur conquérante de l'Europe a longtemps eu, parmi ses plus secrets ressorts, le désir de compenser, par la domination de peuples prétendus inférieurs, le sentiment d'infériorité par rapport à l'Antiquité classique que l'humanisme venait en même temps toujours raviver. On peut soupçonner quelque chose comme un équilibre entre la prépondérance des

1. E. Masqueray, *Formation des cités chez les populations sédentaires de l'Algérie : Kabyles du Djurdjura, Chaouia de l'Aourâs, Beni Mezâb* (thèse de lettres, Paris, 1886), réédité avec introduction par F. Colonna, Archives maghrébines, Édisud, 1983, p. 13 (F.M.).

2. Le parallèle est très net au début de *Heart of Darkness* de Joseph Conrad.

études classiques et la colonisation : les potaches bourrés de latin et de grec fourniront d'excellents cadres à l'Empire[1]. Et, à l'inverse, la fin du rôle dominant réservé aux études classiques, dans l'après-guerre, est contemporaine de la décolonisation.

1. Cf. Kipling, *Stalky et Cie*.

III

La romanité religieuse : l'Europe et le judaïsme

La situation de secondarité par rapport à une culture antérieure, on vient de le voir, constitue ce que j'ai appelé la « romanité ». Cette attitude peut d'ailleurs être illustrée tout aussi bien par des textes grecs. Elle est dans son ensemble antérieure au christianisme. C'est donc indépendamment de lui qu'elle marquait le monde méditerranéen. Quel peut être, dans ce contexte, le rôle du christianisme ? Il me semble que la Chrétienté, et l'Europe, lui doivent, non certes l'existence, mais la persistance de la secondarité culturelle. En effet, si l'attitude que j'appelle « romaine » n'est pas l'apanage des Romains, il est un autre fait, plus remarquable encore : elle n'est pas non plus l'apanage du versant « païen », ou antique, de la culture européenne. Elle est tout aussi résolument le fait de son autre versant, que, pour éviter les confusions que ce terme ne peut manquer de fomenter, je n'appellerai pas « judéo-chrétien » (que de problèmes derrière ce trait d'union !), mais « juif ET chrétien ».

Je dis donc : *le « Grec » et le « juif », en tant qu'ils interviennent comme les deux composantes fondamentales de l'Europe, sont tous les deux « romains ».* Plus précisément : c'est parce que l'Europe les accueille tous deux, le « Grec » et le « juif », d'un point de vue « romain », qu'ils peuvent rester eux-mêmes et y produire la plénitude de leurs effets. J'examinerai successivement ces deux composantes : le « juif » dans le présent chapitre, le « Grec » dans celui qui suivra.

Les deux sens de « judaïsme »

Il convient donc de s'interroger sur le rapport de l'Europe à sa dimension juive. Il me faut ici commencer par dissiper un possible malentendu, en apportant une précision. L'adjectif « juif » a en effet au moins deux sens, qu'il importe de ne pas confondre. On distinguera donc un sens large et un sens étroit de « juif » :

a) Il peut en effet signifier, au sens large, l'ensemble de l'expérience du peuple d'Israël, depuis ses origines lointaines jusqu'à aujourd'hui. Les événements fondateurs de cette histoire ont été sélectionnés et consignés dans les écrits de ce que les juifs appellent la Loi, les Prophètes et les Écrits (*TeNaKh*) et les chrétiens, l'Ancien Testament. Elle se prolonge à travers les époques de la rédaction de la *Mishnah*, puis de la *Gemarah*, en passant par le Moyen Âge, jusqu'à l'émancipation et l'époque contemporaine.

b) Mais l'adjectif possède aussi un sens étroit. Il désigne alors le judaïsme qui s'est constitué après la destruction du Temple en 70 et la fixation du canon des Écritures une trentaine d'années plus tard, à Yavné. Par rapport à celui-ci, l'Église chrétienne est plutôt dans un rapport de fraternité, de gémellité si l'on veut[1], que de descendance. Dès le début de celle-ci, le Nouveau Testament l'illustre bien, à travers toute une série de paraboles mettant en scène deux fils, un aîné et un cadet, la plus célèbre étant bien sûr celle connue d'habitude sous le nom du « fils prodigue » (Luc 15, 11-32). Ces deux fils sont couramment interprétés comme représentant, l'un Israël, premier objet de l'Alliance divine, l'autre les nations païennes, appelées plus tard à y entrer. Du côté juif, on rencontre constamment la (peu flatteuse) comparaison des chrétiens avec Édom-Ésau, frère ennemi de Jacob-Israël.

Il faudra également distinguer le judaïsme et les juifs. Tout juif n'agit pas en tant qu'il est juif. Pas plus que les chrétiens n'agissent toujours en tant que chrétiens, ou les musulmans en tant que musulmans. Je préfère ici réserver les adjectifs à ceux qui les ont revendiqués, et dans les limites de ce qu'ils revendiquaient. On évitera de la sorte certaines annexions forcées *post mortem,* d'ailleurs variables selon les goûts de l'interprète. On peut certes qualifier une culture, une éducation, une imprégnation culturelle, une « sensibilité », de juives ou de chrétiennes, voire de catholiques ou de protestantes, etc. Rien n'empêche en ce sens de considérer Spinoza comme juif. Mais on devra alors considérer aussi Voltaire comme catholique et Râzî comme musulman. Et, d'autre part, il faudra hypostasier une appartenance pourtant reniée par ceux que l'on traitera ainsi, et en faire une « judéité » que

1. A. Paul (*Le judaïsme ancien et la Bible,* Desclée, 1987) parle de « faux jumeaux ».

l'on pourra alors appliquer à qui l'on voudra, voire à qui n'aurait pas voulu...

L'Europe dans l'histoire juive

L'expérience juive au sens étroit n'est pas l'apanage de l'Europe, ni même de la Chrétienté. L'histoire juive s'est en effet déroulée dans le cadre de l'histoire européenne et byzantine, mais tout autant dans le monde musulman — voire au-delà, jusque dans le Malabar, et en Chine. Quant au jugement qu'il convient de porter sur cette histoire, et à la question de savoir ce que l'Europe a apporté au judaïsme, en positif comme en négatif, je renvoie aux historiens, et avant tout aux historiens juifs. Le parcours européen du judaïsme est une des étapes de l'histoire juive d'après l'exil, la dispersion, puis la destruction du second Temple. Il représente même une des étapes les plus négatives quant au degré de la soumission aux Nations. En effet, la seule expérience d'une nation convertie au judaïsme se situe en dehors du cadre méditerranéen islamisé ou christianisé. Il s'agit du royaume des Khazars, autour de la Crimée, aux VIIe et XIe siècles, peuple dont l'élite s'était convertie à un judaïsme d'ailleurs sans doute assez superficiel[1]. Et le cas, exceptionnel, dans lequel des juifs aient joué le rôle du persécuteur et des chrétiens celui des persécutés, se situe un siècle avant l'islam, puisqu'il s'agit du règne de Dhu Nuwâs dans le Yémen

1. Cf. D.M. Dunlop, *The History of the Jewish Khazars*, Princeton University Press, 1954, XV-293 p.

du VIe siècle[1]. Partout ailleurs, le judaïsme sera, selon le titre du chef-d'œuvre d'apologétique de Jehuda Halevi, le *Kuzari*, la « religion méprisée » (*ad-dîn aḍ-ḍalīl*)[2].

Cette situation d'humiliation vaut pour toute l'histoire médiévale, dans tout le bassin méditerranéen. On peut en comparer les deux rives, musulmane et chrétienne, du point de vue de l'histoire juive. Et la comparaison ne tourne pas à l'avantage de la Chrétienté. Au Moyen Âge, le nord de la Méditerranée restera longtemps de la part du sud l'objet du mépris de fer que les civilisés éprouvent envers les barbares, et les juifs ne font pas exception dans ce domaine. On retrouve ainsi sous la plume de Maïmonide des propos sur la saleté des villes du pays des « Francs » dont la parenté avec les clichés actuels sur le monde méditerranéen fait sourire :

> si l'on se nourrissait de la chair des porcs, les rues et même les maisons seraient plus malpropres que les latrines, comme on le voit maintenant dans le pays des Francs[3].

Le diagnostic défavorable se confirme quand on compare, non plus le niveau culturel, mais la situa-

1. *Encyclopaedia Judaica*, « Yûsuf 'As'ar Ya'thar Dhu Nuwâs » (H.Z. Hirschberg), t. 16, col. 897-900, et J. Ryckmans, *La persécution des chrétiens himyarites au VIe siècle*, Istanbul, Nederlands historisch-archaeologisch instituut in het nabije oosten, 1956, 24 p.

2. Cf. aussi Saadia Gaon, *Les croyances et les convictions*, III, 10, éd. Qafih, Jérusalem / New York, 1970, p. 148.

3. *Guide des égarés*, III, 48 ; Joël, p. 439, 17 *sq.* ; trad. franç. Munk, p. 396.

tion des communautés juives. Dans l'ensemble, et si l'on néglige des exceptions comme les persécutions du calife fatimide Al-Hakîm, en Égypte, ou celle des Almohades, en Espagne, les communautés juives ont été en effet mieux traitées dans le monde musulman que dans le monde chrétien[1]. L'Europe moderne a été le cadre du plus grand massacre de juifs de l'histoire. La question de savoir si l'antisémitisme moderne (dit « scientifique », car fondé sur une pseudo-théorie biologique), et dans son sillage la tentative nazie d'extermination du peuple juif, sont en continuité avec l'antijudaïsme chrétien (religieux) ou en rupture par rapport à celui-ci est encore discutée par les historiens.

Quant à l'antijudaïsme chrétien, il est lui-même varié. La controverse des Pères de l'Église contre la Synagogue (par exemple saint Jean Chrysostome) resta le plus souvent verbale. Mais elle préparait des mesures juridiques : la législation interdisant aux juifs la propriété foncière et l'exercice de certains métiers remonte au Moyen Âge. Elle fomenta plus généralement une méfiance envers les juifs, qui mena à des explosions d'une violence cette fois tout à fait physique.

L'histoire juive prit ainsi, en Orient comme en Occident, un tour particulièrement tragique. L'Europe centrale, partagée entre orthodoxes et catholiques latins et uniates, fut le théâtre de grands massacres au moment de la révolte des Cosaques en 1648, et de pogroms sporadiques jusqu'au début

1. Cf. L. Poliakov, « Musulmans, juifs et marranes », dans *Les juifs et notre histoire*, Flammarion, Paris, 1973, p. 34-75. Dans le même sens, cf. la synthèse plus ample de B. Lewis, *Juifs en terre d'islam*, Flammarion, Paris, 1989, 259 p.

de notre siècle. En Occident, les persécutions proprement dites (massacres, conversions forcées, accusations de « crime rituel », etc.) ne commencèrent guère qu'avec les croisades, mais elles se poursuivirent au moins jusqu'à l'expulsion d'Espagne (1492).

C'est en partie en conséquence de l'hostilité de l'environnement que l'histoire juive, à l'époque contemporaine, tend à se dissocier de l'histoire européenne. Les centres de gravité de la population juive se situent en effet de moins en moins à l'intérieur de l'espace européen. Les juifs quittent l'Europe : depuis le XIXe siècle, vers l'Amérique, et, depuis notre siècle, vers Israël également. Ce flux n'est compensé que très partiellement par la remontée vers la France des juifs de l'Afrique du Nord devenue indépendante. Et la tendance risque de se généraliser à l'ancien continent entier avec l'exode des juifs soviétiques. On peut en tout cas se demander si le cycle européen de l'histoire juive ne serait pas sur le point de se clore...

L'apport juif à l'Europe

À l'inverse, les juifs en tant qu'individus ont apporté leur contribution aux deux aires culturelles, au sud comme au nord de la Méditerranée, et dans de multiples domaines, de l'économie à la religion en passant par la politique et les sciences. Quant à l'Europe médiévale, un fait a joué un rôle capital dans la transmission à la Chrétienté latine de l'héritage intellectuel du monde antique, traduit et commenté par les penseurs musulmans : le déplacement vers le nord des centres intellectuels du monde juif séfarade, de l'Andalousie à la Provence, survenu à partir du XIIIe siècle. La persécution des Almohades avait poussé plusieurs intellectuels de haute volée (en particulier des membres des familles Qimchi et Ibn Tibbon) à se réfugier dans la Provence chrétienne. Ils y traduisirent en hébreu les textes des penseurs de langue arabe, juifs ou musulmans, qu'ils considéraient comme les principaux[1]. Certains durent même à cette traduction d'être conservés. Ainsi, par exemple, Thémistius, dont les commentaires sur le *Traité du Ciel* et sur le livre *Lambda* de la *Métaphysique*, écrits tous deux en grec, n'ont survécu dans leur intégralité que dans une traduction en hébreu faite à partir d'un original arabe entièrement perdu ou n'existant plus qu'en fragments[2]. De même, à peu près tous les textes d'Averroès existent sous forme manuscrite en hébreu, alors que le texte arabe de plus d'un est perdu, comme par exemple son commentaire à la *République* de Platon.

Une seconde étape de traduction se fit vers le latin. Même là où il n'existait pas d'intermédiaire hébraïque, il arrivait que la traduction soit réalisée par des équipes dans lesquelles un juif jouait le rôle principal : c'est lui qui faisait de l'arabe une traduction en langue vernaculaire, qu'il dictait à un clerc

1. Là-dessus, le guide indispensable reste M. Steinschneider, *Die hebräischen Übersetzungen des Mittelalters und die Juden als Dolmetscher*, Graz, 1956 (Berlin, 1893). Cf. aussi M. Zonta, *La filosofia antica nel Medioevo ebraico. Le traduzioni ebraiche medievali dei testi filosofici antichi*, Paideia, Brescia, 1996, 301 p.

2. J'ai choisi cet exemple pour avoir travaillé moi-même sur ce texte. Cf. Thémistius, *Paraphrase au livre « Lambda » de la « Métaphysique »*, traduit de l'hébreu et de l'arabe, Vrin, Paris, 1999 (sous presse).

chrétien, lequel la mettait en latin[1]. De telles équipes ont fonctionné aux XIIe et XIIIe siècles à Tolède, puis à Naples. L'Europe moderne a de la sorte une dette considérable envers ces traducteurs juifs. Ce mouvement de traduction coïncida en effet avec le décollage intellectuel européen lié à la fondation des universités, décollage que les juifs perçurent aussi bien que les autres[2], et y contribua pour une large part. Mais on peut se demander si cette contribution à la culture européenne concerne le judaïsme en tant que tel.

On peut se poser une question analogue quant au monde moderne. On peut certes soutenir, avec de bons arguments, que l'expérience juive est décisive pour la culture européenne des deux derniers siècles. Mais il ne suffit pas en l'occurrence de citer les noms de Marx, de Freud, d'Einstein, de Kafka, et de bien d'autres. Il faut encore établir dans quelle mesure ces penseurs, et avant tout les auteurs de *La question juive* et de *Moïse et le monothéisme*, sont

1. Sur tout cela, il faut rendre hommage aux travaux de Mlle M.-T. d'Alverny, récemment disparue (1991). Cf. en particulier « Les traductions à deux interprètes, d'arabe en langue vernaculaire et de langue vernaculaire en latin », dans *Traductions et traducteurs au Moyen Âge*, Actes du colloque international du CNRS, IRHT, 1989, p. 193-201.

2. Cf. Samuel Ibn Tibbon, *Maamar Yiqqawu hammaim*, p. 175, éd. de Presbourg, 1837, et plus tard Crescas, *Or ha-Shem*, IV, 10 (éd. de Ferrare, p. 256, 8 *sq.*) et I. Abravanel, *Commentaire sur Josué* 10, 12 (Torah we-Da'ath, Jérusalem, 1976, p. 53a). Même observation chez Ibn Khaldun, *Muqaddima*, VI, 18, éd. Quatremère (je cite : Q), t. 3, p. 93, 3-7 ; trad. angl. F. Rosenthal (je cite : R), Bollingen Series, University Press of Princeton, 1958 *sq.*, t. 3, p. 117 *sq.* ; trad. franç. Monteil (je cite : M), Sindbad, 1978, p. 1049 *sq.* Pour Byzance, cf. F. Fuchs, « Die höheren Schulen von Konstantinopel im Mittelalter », *Byzantinisches Archiv*, 8 (Leipzig, 1926), p. 66 *sq.*

des représentants fidèles du judaïsme, et dans quelle mesure leur contribution, indéniable, à la culture européenne représente bien un apport du judaïsme comme tel. Il faudrait pouvoir isoler une « essence » du judaïsme. L'opération est délicate pour toute religion ; elle l'est à plus forte raison pour le judaïsme, qui n'a pas de « dogmes » à proprement parler. Dans cet ordre d'idées, on pourrait ainsi, par exemple, tenter de montrer que l'idée de loi, même une fois arrachée à son contexte religieux d'origine — l'Alliance — et formulée par des penseurs parfaitement athées, continue à représenter un dénominateur commun aux penseurs juifs[1].

Cependant, quelle que soit la réponse que l'on choisisse de donner à ces questions, l'influence du judaïsme en tant que tel sur la culture européenne n'a pu s'exercer qu'à une date assez tardive. Les communautés juives ont longtemps été écartées de toute participation au pouvoir politique qui dépasse le rôle privé de certains de leurs membres. Pour que le judaïsme puisse se faire entendre publiquement, et sortir du caractère confidentiel qu'imposait à ses productions écrites l'usage exclusif de l'hébreu, il a fallu attendre l'émancipation. Celle-ci survint au XVIIIe siècle, d'abord dans les pays germaniques (Autriche et Prusse), puis se poursuivit dans le sillage de la Révolution française. À cette époque, l'Europe était déjà une réalité culturelle, et elle était déjà consciente de son unité sur ce plan. De la sorte, le judaïsme a pu laisser sa marque, et une marque décisive, sur une Europe

1. H.U. von Balthasar, *L'engagement de Dieu*, Desclée, Paris, 1990, p. 95-103.

déjà constituée, mais il n'a que peu contribué à *faire* l'Europe.

Avant l'époque moderne, en effet, on peut seulement noter quelques exceptions de détail, toutes situées dans les sphères intellectuelles. Ainsi, on peut signaler l'influence des exégètes juifs sur l'exégèse chrétienne : Origène ou saint Jérôme utilisèrent les compétences des rabbins de leur temps, et les victorins le commentaire de Rachi. Luther encore, pourtant connu pour des pamphlets dont l'antijudaïsme allait bien au-delà de ce que l'époque admettait[1], choisit souvent, dans sa traduction de la Bible, les interprétations de David Qimchi[2]. On notera également le rôle capital joué par le *Guide des égarés* de Maïmonide dans la formation de la grande scolastique, en particulier chez saint Thomas d'Aquin, auteur par ailleurs d'un *De regimine Judaeorum*[3]. À part ces dialogues entre savants, le seul cas d'une influence de quelque envergure, et de caractère populaire, est représenté par l'Espagne, qui demeure une exception[4]. Tous ces phénomènes restent donc quelque peu marginaux.

1. Sur les traits régressifs dans l'œuvre de Luther, cf. K. Flasch, *Das philosophische Denken des Mittelalters von Augustin zu Machiavelli*, Reclam, Stuttgart, 1987, p. 587-589.

2. Cf. la synthèse de G. Dahan, *Les intellectuels chrétiens et les Juifs au Moyen Âge*, Cerf, Paris, 1990, p. 289-307.

3. Outre les travaux de W. Kluxen, cf. A. Wohlman, *Thomas d'Aquin et Maïmonide. Un dialogue exemplaire*, Cerf, Paris, 1988, 417 p.

4. A. Castro, *España en su historia. Cristianos, moros y judios*, Critica, Barcelone, 1984 (1re édition 1948), chap. x, p. 447-555.

L'apport de l'ancien Israël

En revanche, l'expérience biblique, celle de l'Ancien Testament, a de toute évidence largement contribué à faire de l'Europe ce qu'elle est. Cette influence s'étant exercée avant tout par l'intermédiaire du christianisme, c'est par ce biais que je l'envisagerai. Une remarque cependant : le christianisme a pratiqué de l'Ancien Testament une réception très différente de celle qu'a effectuée le judaïsme. Celui-ci a récapitulé l'expérience de l'Ancienne Alliance en prenant pour seul principe la Torah. Le christianisme a en revanche conservé des éléments que le judaïsme avait laissés de côté ou réservés pour les temps messianiques : la dimension sacrificielle de l'Alliance avait perdu sa pertinence pour le judaïsme après la destruction du second Temple ; elle survit dans les sacrements chrétiens. La royauté davidique avait disparu avec le passage d'Israël sous domination étrangère ; elle resurgit dans la mission sacerdotale des empereurs chrétiens et des rois d'Occident. La prophétie avait disparu, et le judaïsme avait pris acte de cette disparition, qu'il expliquait de diverses façons, par exemple par la perte de la terre d'Israël ; elle continue dans le rôle des saints, en particulier celui des fondateurs d'ordres. On pourra interpréter ces analogies, au choix, comme la survivance de traits archaïques, ou, au contraire, comme le sauvetage de l'intégralité de la Révélation au prix de sa réinterprétation « spirituelle ».

Comme je l'ai fait à propos de la Grèce et de Rome, je ne procéderai pas non plus à l'inventaire détaillé de ce que l'Europe a hérité de l'ancien Israël. Il faudrait en l'occurrence distinguer plusieurs styles de réception, selon qu'on est en présence des mondes catholique, orthodoxe ou protestant. Le mode de présence de la Bible n'est pas le même dans chacun de ces trois domaines, ni non plus l'accent mis sur ses deux moitiés. Je m'attacherai donc, là aussi, moins au contenu transmis qu'à la forme même de la transmission, voire à ce qui a rendu possible celle-ci.

Si l'on voulait s'attacher au contenu, la liste des influences culturelles de l'Ancien Testament sur l'Europe serait en effet, en un sens, très vite dressée. Et elle l'a été bien des fois. Mais elle comporte des entrées si gigantesques que je ne pourrais la reproduire sans reprendre dans le détail l'ensemble de la tradition européenne, ce dont il ne peut être question ici. Ainsi, par exemple, l'idée de la suprématie de l'homme sur le reste de la création, en particulier les animaux, supposés créés pour lui. Ou encore, celle selon laquelle la relation de l'homme à Dieu s'accomplit avant tout dans la pratique morale, venue à l'Europe des prophètes de l'Ancienne Alliance. Ou enfin, l'idée d'un devenir historique qui comporte un sens : l'idée d'une temporalité radicalement non cyclique, dotée d'un commencement absolu (la Création), et peut-être d'une fin, est de toute évidence d'origine biblique.

On notera à ce propos, au-delà de l'image très négative que la Rome de l'histoire a laissée à Israël[1], un parallèle entre cette représentation linéaire du temps et l'expérience romaine de la temporalité : on a fait

1. Cf. la synthèse de M. Hadas-Lebel, *Jérusalem contre Rome*, Cerf, Paris, 1990, 553 p.

remarquer qu'Énée, le héros romain par excellence, s'il est aux antipodes d'Ulysse qui finit par retrouver son foyer, est peut-être le meilleur parallèle païen d'Abraham quittant sa terre, sa patrie et la maison de son père[1]. De même, on peut mettre en parallèle la fondation de Rome et la non-autochtonie des Hébreux, qui savent fort bien que, entrant en Canaan, ils habitent des maisons qu'ils n'ont pas bâties et cueillent les fruits d'arbres qu'ils n'ont pas plantés[2].

La secondarité du christianisme

Si l'ancien Israël a ainsi des traits « romains », qu'en est-il du christianisme ? Pour commencer, on peut se contenter de rappeler quelques évidences. Elles vaudront pour l'Église d'avant le schisme entre l'Orient et l'Occident, puis la Réformation, et pour l'Église catholique, que l'on appelle « romaine ». Il y a dans cette dénomination, chacun l'admet, plus qu'une contingence historique ou géographique. Que l'Église soit l'héritière de l'Empire romain est une évidence massive, qu'on y voie un signe d'élection ou de réprobation. Mais ici, je ne m'attacherai pas à ce qui, du contenu de la Rome de l'histoire, a pu passer dans l'Église pour le bien comme pour le mal. Je ne considérerai que la forme de l'attitude romaine, qui ne dépend pas du maintien de tel ou tel contenu, et qui peut donc lui survivre.

1. Cf. Th. Haecker, *Vergil, Vater des Abendlandes*, Munich, 1952, p. 109-112.

2. Cf. Josué 24, 13 et Deutéronome 6, 10 *sq*. Pour le contexte, cf. mon essai « L'expérience biblique du monde et l'idée de création », dans *Création et salut*, Bruxelles, 1989, p. 105-120, surtout p. 111 *sq*.

Je pose donc comme thèse que *cette structure « romaine » est la structure même du fait chrétien.* Les chrétiens sont essentiellement « romains » en ce qu'ils ont leurs « Grecs » auxquels ils sont liés par un lien indissoluble. *Nos Grecs, ce sont les juifs.* Pour le dire moins vite : le christianisme est à l'Ancienne Alliance ce que les Romains sont aux Grecs. Les chrétiens savent — même s'ils sont constamment menacés de l'oublier, et l'ont fait à plusieurs reprises — qu'ils sont greffés sur le peuple juif et sur son expérience de Dieu. L'alliance est pour ainsi dire conaturelle au peuple juif, puisqu'elle le constitue comme tel : s'écarter totalement de l'alliance, ce serait cesser de faire partie du peuple. En revanche, l'alliance est pour les chrétiens quelque chose qu'il s'agit d'apprendre. L'existence des chrétiens dans l'alliance est en ce sens « contre nature ». C'est ce que saint Paul n'hésite pas à dire : les chrétiens ont été greffés sur le peuple juif « contre nature » (*para physin*) (Romains 11, 24). C'est pourquoi les modèles du rapport à la vérité sont différents : le modèle juif est la sagesse par laquelle un don originel parvient à sa floraison ; le modèle chrétien est la culture, l'implantation de ce qu'une nature primitive n'avait pas reçu au commencement[1].

L'Église est « romaine » parce qu'elle répète par rapport à Israël l'opération menée par les Romains sur l'hellénisme. Cette structure de l'Église est ce qui rend nécessaire la persistance du peuple juif et interdit toute tentative de considérer ce dont il est

1. Cf. E. Peterson, « Kirche aus Juden und Heiden » (1933), dans *Theologische Traktate*, Kösel, Munich, 1951, p. 281.

le porteur comme relégué dans un passé révolu. Cette structure est aussi celle qui lui fait récapituler ce qui apparaît alors comme « ancien » à partir de ce qu'elle confesse comme son principe. L'Église est « romaine » parce qu'elle est fondée, et parce qu'elle est fondée sur le Christ qu'elle confesse comme la nouveauté même. Dans un texte célèbre, saint Irénée ose dire que le Christ n'apporte rien de nouveau, mais qu'il apporte tout comme nouveau :

> il a apporté toute nouveauté, en apportant sa propre personne (*omnem novitatem attulit semetipsum afferens*) annoncée par avance : car ce qui était annoncé par avance, c'était précisément que la Nouveauté viendrait renouveler et revivifier l'homme[1].

Il n'apporte rien de nouveau en ce qu'il ne vient pas ajouter quelque chose à ce qui précède ; il apporte tout comme nouveau en ce qu'il est le principe de tout, « le principe qui vous parle », comme le dit la Vulgate en un contresens de génie sur Jean 8, 25.

Le rapport à l'Ancien Testament

Le rapport à l'expérience de l'Ancienne Alliance passe nécessairement par le rapport aux écrits où sont consignés les moments qui ont été considérés comme décisifs dans l'histoire mouvementée de celle-ci. Ces textes forment ce que nous avons pris l'habitude d'appeler l'« Ancien Testament ». Cette terminologie, on le sait, est d'origine chrétienne.

1. Irénée, *Contre les hérésies*, IV, 34, 1 ; SC 100**, p. 846.

Est chrétienne, elle aussi, l'habitude d'associer deux groupes de textes dans un livre unique, Le Livre, la Bible. L'un des deux est déterminé par l'autre au plus profond. La Nouvelle Alliance et le Nouveau Testament qui en constitue le document se situent à tel point par rapport à l'Ancienne Alliance et à l'Ancien Testament qu'ils en tirent jusqu'à leur nom. L'adjectif « ancien » qui qualifie l'alliance et les textes qui la consignent ne signifie pas « périmé » ou « dépassé ». Il renvoie à une priorité chronologique et logique, de telle sorte qu'il vaudrait mieux parler de « premier » Testament.

S'il en est ainsi, c'est d'abord parce que l'Ancien Testament de la Bible chrétienne coïncide pour l'essentiel avec les écrits reconnus comme canoniques par le judaïsme. Tout ce que les juifs admettent est aussi admis par les chrétiens. Les chrétiens ajoutent, comme on le sait, un certain nombre de textes : les deux livres des Maccabées, le Siracide (Ecclésiastique), Tobie, Judith, la Sagesse, Baruch. Tous ont leurs racines dans les judaïsmes palestinien, babylonien ou alexandrin. Certains ont existé en hébreu (Siracide) ou en araméen (1 Maccabées). L'admission de certains a été discutée par les rabbins. Il ne semble pas que leur exclusion, du côté juif, ait été motivée par le désir de faire pièce au christianisme. Il ne semble pas non plus qu'il y ait eu dans leur addition, du côté chrétien, une volonté de se distinguer d'un canon juif déjà fixé. Celui-ci ne l'était d'ailleurs pas. Il semble que les deux canons se sont constitués parallèlement, qu'un même magma a cristallisé de deux façons indépendantes mais au fond très proches.

Ensuite, la présence des textes dans un même corpus faisant autorité montre que les deux ensembles sont placés sur le même plan. Cette situation ne va pas de soi. En effet, le rapport du christianisme à l'Ancienne Alliance est source de tension constante, voire de déchirement, en tout cas de conflit. Il serait beaucoup plus facile de prétendre que l'Ancienne Alliance a été purement et simplement périmée et remplacée par la Nouvelle. Cette solution radicale a été défendue pour la première fois, au IIe siècle, par Marcion : il proposait d'abandonner les écrits de l'Ancien Testament, censés ne refléter qu'un Dieu de colère, au profit du Nouveau Testament, d'ailleurs expurgé, œuvre d'un Dieu d'amour. Marcion appliquait peut-être par là à l'exégèse la séparation opérée par les gnostiques entre un créateur mauvais, de rang inférieur, et un Dieu suprême, bon, extérieur au monde, et dont Jésus aurait été le messager. La tentation du marcionisme restera constante dans l'Église. On la retrouve dans le catharisme, si l'on peut encore considérer celui-ci comme chrétien, et jusque dans certaines tendances marginales du protestantisme libéral, comme chez Harnack :

> Rejeter l'Ancien Testament au IIe siècle était une erreur, que la grande Église a rejetée à bon droit ; le garder au XVIe siècle fut un destin auquel la Réformation n'avait pas encore la force de se soustraire ; mais, depuis le XIXe siècle, le conserver encore dans le protestantisme comme document canonique est la conséquence d'un affaiblissement de la religion et de l'Église [1].

1. A. von Harnack, *Marcion : das Evangelium vom fremden Gott. Eine Monographie zur Grundlegung der katholischen Kirche*, Hinrichs, Leipzig, 1921, p. 248 *sq.* Harnack signale comme résurgences contemporaines du marcionisme Tolstoï et Gorki.

En outre, on a pu en repérer l'influence jusque dans certaines sensibilités contemporaines[1].

Mais cette tentation fut toujours exorcisée en dernière instance. Dès le début, l'Église avait accordé droit de cité aux paroles du Christ selon lesquelles il n'est pas question d'abolir la Loi ancienne, mais de l'accomplir à la perfection (Matthieu 5, 17), à celles de saint Paul, selon lequel les promesses de Dieu envers Israël sont sans repentance (Romains 11, 29), à celles de saint Jean, qui fait dire au Christ que « le salut vient des Juifs » (Jean 4, 22). Plus tard, les Pères de l'Église repoussèrent la même tentation, et en particulier Justin, Tertullien et Irénée de Lyon. Tertullien insiste sur le verset de Matthieu que l'on vient de citer, et que Marcion éliminait de sa version du Nouveau Testament[2]. Irénée exprime l'essentiel en une formule concise :

> La loi de Moïse aussi bien que la grâce de la Nouvelle Alliance, toutes les deux adaptées à leur temps, ont été accordées par un seul et même Dieu au bénéfice du genre humain. [...] Il n'y a qu'un seul et même Dieu [...] qu'ont annoncé la Loi et les prophètes, et que le Christ a reconnu pour son Père[3].

1. E. Bloch, dans *Geist der Utopie* (1918), se réclame explicitement de Marcion. M. Buber a vu le danger du marcionisme pour le judaïsme, cf. « Esprit d'Israël et monde d'aujourd'hui » (1939), dans *Judaïsme*, Verdier, Lagrasse, 1982, 153 *sq*. Pour un diagnostic de marcionisme appliqué à d'autres phénomènes culturels, cf. A. Besançon, *La confusion des langues. La crise idéologique de l'Église*, Calmann-Lévy, 1978, surtout chap. VI, « Gnose, idéologie, marcionisme », p. 133-163.

2. Cf. Tertullien, *Adversus Marcionem*, éd. et trad. E. Evans, Clarendon Press, Oxford, 1972, IV, 7, p. 278 *sq*.

3. Irénée, *Contre les hérésies*, III, 12, 11 ; SC 34, p. 240, IV, 5, 1 ; SC 100**, p. 424 *sq*.

Une telle position était plus acrobatique que celle qui consistait à déclarer soit que l'ancienne Révélation était purement et simplement périmée, soit que le contenu essentiel n'en était plus sauvegardé que dans la nouvelle — de telle sorte que l'ancienne apparaissait comme une coquille vide, à rejeter. Cette attitude fut tenue, héroïquement, car l'interprétation de l'Ancien Testament peut être délicate, voire gênante pour l'Église. En effet, l'Ancien Testament ne renvoie pas en toute clarté au Nouveau; et les paroles du Christ sur la mission s'adressant d'abord à Israël (Matthieu 15, 24) risquent de mettre en doute la légitimité de la mission aux païens sur laquelle repose l'Église. À l'inverse, du côté juif, il serait tentant de chercher à pousser le christianisme du côté marcionien, afin d'éviter ainsi une parenté qui a été dangereuse, et qui reste compromettante. C'est pourquoi il faut saluer le courage, parallèle à celui des Pères, avec lequel certains juifs dissuadent l'Église de se séparer de l'Ancienne Alliance et de tout ce qu'elle représente, comme c'est le cas chez Franz Rosenzweig[1].

L'islam et les Livres antérieurs

La comparaison avec l'islam est ici très instructive. Celui-ci se replace lui-même dans la continuité de la tradition juive, puis chrétienne. Comme on sait, le Coran nomme de nombreuses figures de

1. Cf. *Der Stern der Erlosung*, III, 3, Suhrkamp, Francfort, 1990, p. 461 *sq*.

l'Ancienne Alliance, comme par exemple Adam, Noé, Abraham, Joseph, Moïse, et certains prophètes comme Jonas. Du Nouveau Testament, il nomme le plus grand de tous les prophètes (à l'exception de Muhammad), à savoir Jésus, auquel il donne le titre de « Messie », et dont il dit qu'il est né d'une vierge. On n'a pas de peine à repérer dans certains détails plus ou moins merveilleux des traces d'emprunts à des traditions orales juives ou à des apocryphes chrétiens. Mais dans le Coran, en tout cas, ces personnages sont coupés de l'économie du salut qui leur donne leur sens pour les juifs et les chrétiens. Ainsi, pour ne parler que du Nouveau Testament, Jésus est bien appelé « Messie », mais sans lien avec l'idée messianique juive comme accomplissement de l'histoire d'Israël. Marie est dite vierge, mais sans que la naissance miraculeuse de Jésus signifie, en rompant la continuité des générations, l'entrée dans un mode nouveau d'historicité. Et Jésus est présenté sans sa mort en croix et sa résurrection qui font, si l'on peut dire, tout son intérêt...

D'une manière générale, l'islam, surtout sunnite, ne connaît pas la notion d'« histoire du salut[1] ». Tous les messagers de Dieu, dans l'Ancienne Alliance comme en dehors d'elle — ainsi les prophètes envoyés aux peuples disparus —, ne prêchent qu'un seul message, et c'est celui qui apparaît dans sa pureté définitive avec Muhammad. La série de leurs portraits forme une typologie qui se répète :

1. Cf. les quelques pages lumineuses d'A. Falaturi, lui-même musulman (shi'ite), dans « Das Fehlen einer Heilsgeschichte im Islam », *Miscellanea Medievalia*, 11, « Die Mächte des Guten und Bosen » (1977), p. 72-80.

avertissement, rejet du prophète, punition du peuple coupable. On ne rencontre l'idée d'une alliance de Dieu avec son peuple que de façon marginale, et elle n'est jamais aussi nette que lorsqu'elle se situe avant l'histoire, dans la scène du pacte (*mīṯāq*) pré-éternel, lorsque Allah demande aux générations futures, tirées simultanément des reins d'Adam, d'attester qu'il est bien leur Seigneur[1]. En aucun cas il n'est question que Dieu puisse s'engager dans l'aventure humaine[2].

Il en est ainsi parce que l'islam n'accepte pas les Écritures qui situent les personnages bibliques dans une économie du salut. Certes, il révère ce qu'il appelle la « Torah ». Il révère ce qu'il appelle l'« Évangile » — au singulier. Le prophète de l'islam dit explicitement « confirmer » la prédication des prophètes antérieurs. Mais il entend par là, non les textes, mais le message authentique que ceux-ci auraient contenu. Et ce message, selon l'islam, n'est pas celui que l'on peut lire dans les textes que nous possédons du Pentateuque et des quatre Évangiles. Il existe en effet dans l'islam toute une tradition, fondée sur le Coran (IV, 46), qui accuse juifs et chrétiens d'avoir altéré le texte des Écritures qui leur avaient été confiées[3]. Les théologiens

1. Cf. Coran, VII, 172.

2. Analyse très fine dans R. Arnaldez, *Trois messagers pour un seul Dieu*, Albin Michel, Paris, 1991 (2e édition), chap. I, en particulier p. 19-26.

3. Cf. *The First Encyclopaedia of Islam*, « Taḥrīf », t. 7, col. 618b-619b (Fr. Buhl). Comme souvent, le premier auteur moderne à avoir discuté le sujet est I. Goldziher, dans « Über muhammedanische Polemik gegen Ahl al-Kitâb », dans *Gesammelte Schriften*, Olms, Hildesheim, 1968, t. 2, p. 1-47. L'exposé le plus complet que je connaisse est : Mgr Ignazio di

ne s'accordent pas exactement sur la nature du phénomène : pour certains, les textes ont été simplement mal interprétés; mais la théorie dominante est qu'ils ont été sciemment modifiés. Ainsi trouve-t-on des autorités qui interdisent l'étude de tout autre texte révélé que le Coran. On s'appuie, bien entendu, sur des déclarations du Prophète. Celui-ci aurait notamment dit au futur calife Omar, qu'il avait trouvé lisant une feuille du Pentateuque, que le Coran suffisait[1].

Cette attitude de principe a une conséquence que l'histoire permet d'attester : les textes de l'Ancien et du Nouveau Testament ne sont effectivement lus et étudiés, dans le monde islamique, que de façon exceptionnelle. Les exemples de consultation directe des sources juives ou chrétiennes, comme Ibn Qutayba, restent rares[2]. Même al-Ghazâlî (si le texte est bien de lui !), qui a l'honnêteté, pour critiquer les chrétiens, de vouloir se

---

Matteo, « Il "taḥrīf" od alterazione della Bibbia secondo i musulmani », *Bessarione*, 26 (1922), p. 64-111 et 223-260; cf. aussi W. Montgomery Watt, « The Early Development of the Muslim Attitude to the Bible », *Glasgow University Oriental Society. Transactions*, 16 (1955-1956), p. 50-62; J.-M. Gandeul et R. Caspar, « Textes de la tradition musulmane concernant le taḥrīf (falsification) des Écritures », *Islamochristiana*, 6 (1980), p. 61-104. Quelques bonnes formules dans J. Chabbi, *Le Seigneur des tribus. L'islam de Mahomet*, Noêsis, Paris, 1997, p. 57-61.

1. Ibn Khaldun, *Muqaddima*, VI, 9; Q, t. 2, p. 387, 10-13; R, t. 2, p. 438 *sq.*; M, p. 900. Même histoire chez Attar, *Le Livre divin*, V, trad. franç. F. Rouhani, Albin Michel, Paris, 1990 (1961), p. 138 *sq.*

2. Cf. G. Lecomte, « Les citations de l'Ancien et du Nouveau Testament dans l'œuvre d'Ibn Qutayba », *Arabica*, 1958, p. 34-46.

fonder sur les Évangiles, cite sans doute ceux-ci d'après des sources musulmanes[1].

Toutes ces utilisations se situent à l'intérieur de tentatives fondamentalement critiques. Il s'agit tantôt de montrer que les communautés religieuses qui se réclament d'un texte ne le comprennent pas vraiment — ce en quoi l'islam se rapproche de la polémique chrétienne contre le judaïsme —, tantôt de montrer que les textes ont été corrompus en mettant au jour les contradictions, voire les absurdités qu'ils contiennent. Le plus remarquable est peut-être l'Espagnol Ibn Hazm (994-1064). Il inaugure des méthodes de critique biblique qui se retrouveront, même si l'on ne peut que difficilement démontrer une influence, chez les auteurs des Lumières. Il jette en tout cas sur les textes de l'Ancien et du Nouveau Testament un regard presque voltairien[2]. Et il est remarquable qu'il manifeste sa surprise devant le fait que les chrétiens acceptent l'Ancien Testament.

1. Cf. al-Ghazâli, *Réfutation excellente de la divinité de Jésus-Christ d'après les Évangiles*, texte établi, traduit et annoté par R. Chidiac, s.j., Leroux, 1939, p. 32 *sq*.

2. Les passages du *Fisâl* sont accessibles en espagnol, dans une traduction légèrement « christianisante », dans M. Asin Palacios, *Abenhazam de Cordoba y su historia critica de las ideas religiosas*, Madrid, Revista de archivos, bibliotecas y museos, t. 2 (1928), p. 238-392, et t. 3 (1929), p. 9-118. Cf. R. Arnaldez, *Grammaire et théologie chez Ibn Hazm de Cordoue*, Vrin, Paris, 1956, p. 309 *sq*.

Le christianisme et les textes de l'Ancienne Alliance

Si l'accusation de se fonder sur des textes corrompus, et donc inutilisables, reste ainsi le fond de l'attitude musulmane envers les religions bibliques, une accusation de ce genre reste au contraire très exceptionnelle de la part des chrétiens envers les juifs. La présence d'une base scripturaire commune est reconnue par les deux parties, même dans la polémique la plus vive. Les chrétiens savent qu'ils peuvent se fonder sur l'Ancien Testament pour argumenter avec les juifs. C'est ce que reconnaissent les plus hautes autorités, de part et d'autre. Ainsi, dans le christianisme, Thomas d'Aquin :

> Certains, comme les Mahométans (*Mahumetistae*) et les païens, ne s'accordent avec nous sur l'autorité d'aucune écriture par laquelle ils pourraient être convaincus, comme nous pouvons disputer contre les Juifs par l'Ancien Testament[1].

Ou, parmi les Juifs, Maïmonide :

> Les incirconcis [les chrétiens] sont convaincus de ce que le texte de la Torah est bien le même[2].

1. S. Thomas d'Aquin, *Somme contre les Gentils*, I, 2. Cf. aussi saint Bonaventure, *Sur l'« Hexaméron »*, XIX, 14, p. 124 ; Duns Scot, *Ordinatio*, prologue, § 99.
2. *Responsum*, n° 149, dans *Teshuboth ha-Rambam...*, éd. Y. Blau, Meqitsey Nirdamim, Jérusalem, 1958, t. 1, p. 285. Pour des exceptions, cf. I. M. Resnick, « The Falsification of Scripture and Medieval Christian and Jewish Polemics », *Medieval Encounters*, 2, 1996, p. 344-380.

C'est pourquoi, s'il y a bien une dure controverse entre l'Église et la Synagogue, elle porte sur l'interprétation à donner à l'Ancien Testament, et non sur son authenticité [1]. Il arriva même que les textes juifs postérieurs au Christ (à tout le moins quant à leur rédaction définitive), comme le Talmud, voire les textes de la Kabbale, soient de la part de chrétiens l'objet d'une tentative d'interprétation allégorique censée y voir l'annonce de Jésus. L'islam, en revanche, ne s'est, semble-t-il, jamais intéressé au Talmud.

La différence d'attitude entre le christianisme et l'islam est peut-être, pour ainsi dire, antérieure à la naissance même de ce dernier, qu'elle contribue à expliquer. Parmi les causes du succès de la prédication dc Muhammad, il y a en effet le complexe d'infériorité des Arabes par rapport aux juifs : à la différence de ceux-ci, ils n'ont pas de livre saint. C'est le refus de se considérer comme sans livre, et donc comme « ignorant », c'est le désir de sortir de l'« ignorance » (*ǧāhiliyya*) qui fait espérer un prophète arabe, un kérygme (*coran*) arabe, et qui le fait accueillir quand il se présente [2]. Le christianisme, en revanche, avant tout dans sa version paulinienne, devenue orthodoxe, et non dans le judéo-christianisme qui a peut-être, sur ce plan au moins, préparé le terrain pour l'islam naissant [3], suppose

1. Exceptions : les discussions sur le canon dans Dahan, *op. cit.*, p. 444 *sq.*, et un texte : *regnavit a ligno Deus*, que le *Vexilla Regis* attribue à David (peut-être Psaume 95, 10).

2. M. Rodinson, *Mahomet*, Seuil, Paris, 1974 (3e édition), p. 126 et *passim*.

3. Cf. S. Pines, « Jahiliyya and 'ilm », *Jerusalem Studies in Arabic and Islam*, 13 (1990), p. 175-194.

l'acceptation du complexe d'infériorité par rapport au judaïsme, véritable circoncision du cœur.

Il faut donc se garder d'une analogie implicite entre ce que l'on appelle, d'un terme d'ailleurs bien superficiel, les « trois monothéismes ». L'islam n'est pas au christianisme (voire au christianisme et au judaïsme) ce que le christianisme est au judaïsme. Certes, dans les deux cas, la religion mère rejette la légitimité de la religion fille. Et, dans les deux cas, la religion fille s'est retournée contre la religion mère. Mais, au niveau des principes, l'attitude envers la religion mère n'est pas la même. Alors que l'islam rejette l'authenticité des documents sur lesquels se fondent judaïsme et christianisme, ce dernier, dans le pire des cas, reconnaît au moins que les juifs sont les gardiens fidèles d'un texte qu'il considère comme aussi sacré que celui qu'il possède en propre. De la sorte, le rapport de secondarité envers une religion précédente se rencontre entre le christianisme et le judaïsme, et entre eux seuls.

IV

La romanité culturelle : l'Europe et l'hellénisme

Selon moi, le rapport de l'Europe à ses sources est essentiellement « romain ». J'ai essayé de le montrer en ce qui concerne notre source juive. Il me faut maintenant tenter la même démonstration pour la source grecque. On verra comment cette attitude « romaine » est présente jusque dans les aspects les plus humbles, les plus matériels, de la transmission de l'héritage antique. Je traiterai principalement de l'exemple de la transmission des textes philosophiques.

Le monde antique, comme en général tout ce qui est passé, ne nous est pas connu directement, mais seulement par des traces. Il peut s'agir de vestiges, comme ceux des édifices. Il s'agit le plus souvent de textes écrits. À ces textes, nous semblons avoir un accès direct. Il suffit de les lire. Certes, ce « il suffit » ne signifie pas que ce serait facile. Au contraire, nous savons bien qu'il y faut toute une batterie de préparatifs : apprendre la langue, préparer la compréhension en se familiarisant avec le contexte du monde qui a vu naître les textes, apprendre à les lire comme ils voulaient être lus — par exemple en acceptant provisoirement les conventions du genre littéraire auquel ils appartiennent. Mais, malgré toutes ces précautions, le fait est là : ces textes, nous les avons, nous pouvons en disposer.

Il faut apprendre à voir, derrière cet objet manifestement présent, tout un invisible qui le précède et qui en est comme le fond. Il s'agit de leur transmission même, en ses diverses modalités : recopier, traduire, adapter[1]. Chacune de ces modalités sera illustrée successivement par l'un des trois mondes, grec, arabe, romain.

Les Grecs : recopier

Les œuvres littéraires que nous avons conservées de l'Antiquité sont le résultat d'un travail de sélection. Les canaux qui nous les ont transmises ont également fonctionné comme des filtres, qui ne laissaient pas passer n'importe quoi. Et ce filtrage s'est opéré dès l'Antiquité. Il faut donc dissiper une façon de voir que je crois erronée, qui est fomentée par le fait que nous nommons « les » Grecs et « les » Romains. Nous sommes tentés de comprendre qu'il y a là deux entités, deux groupes simples et homogènes. Or, il faut prendre conscience de ce que chacun de ces groupes comporte une épaisseur. Et elle est parfois considérable.

Il faut s'habituer à garder devant les yeux une chronologie de l'histoire du monde. Je me souviens de l'ébahissement de mes étudiants lors de mon

1. Je laisse de côté ici les données des « sciences auxiliaires », sur lesquelles je renvoie à l'excellent ouvrage collectif *Die Textüberlieferung der antiken Literatur und der Bibel*, dtv, Munich, 1975, 623 p.

premier cours d'histoire de la philosophie, à l'université de Dijon. Je leur dessinai un tableau chronologique à l'échelle de dix ou vingt centimètres pour un siècle. On y voyait l'énorme place prise par les Grecs. Quand la philosophie a-t-elle commencé ? Elle émerge progressivement, car il y a déjà beaucoup de pensée, par exemple chez Hésiode. Mettons Thalès, le numéro 1 du recueil des présocratiques, vers le début du VIe siècle avant notre ère. Quand la philosophie grecque a-t-elle fini ? D'abord, a-t-elle fini ? L'enseignement philosophique ne s'est pas interrompu à Byzance. Mettons pour plus de commodité qu'elle ait connu une fin provisoire avec la fermeture de l'école d'Athènes en 529, et avec son dernier maître Damascius, à l'époque des derniers commentateurs néo-platoniciens d'Aristote, Simplicius, païen, et Jean Philopon, chrétien. Si donc l'on considère que la philosophie grecque s'étend de Thalès à Damascius, on constate qu'elle couvre en gros une période de douze siècles. C'est la distance qui nous sépare de Charlemagne.

Dire « les » Grecs, c'est donc déjà un coup de force. Imaginerait-on de considérer comme une unité une « philosophie allemande » qui irait de Maître Eckhart, au XIIIe siècle, à Heidegger ou Wittgenstein ? Ce serait déjà simplifier abusivement, alors que la distance dans le temps est à peu près la moitié de celle que couvre la philosophie grecque.

Or, pendant cette période de plus d'un millénaire, la transmission de l'héritage grec a commencé. Elle a commencé entre Grecs. Les premiers intermédiaires entre les Grecs et nous, ce sont... les Grecs eux-mêmes. Cette transmission a eu lieu, et surtout, elle n'a pas toujours eu lieu. L'héritage grec n'a pas toujours été transmis par les Grecs eux-mêmes. Pourquoi? Parce que les textes n'étaient pas, pour les Anciens, la même chose que pour nous.

La peine de conserver

Cela tenait en partie au mode de la transmission. L'Antiquité n'était pas encore entrée dans la « galaxie Gutenberg », chère à McLuhan. Cela signifie qu'un texte n'était transmis à la postérité que s'il était recopié. Pour nous, une fois qu'un texte est imprimé, il est plus ou moins sauvé : il est répandu à de nombreux exemplaires, et sauvegardé dans des bibliothèques. Pour le conserver, il suffit, justement, de le conserver. Il suffit d'une décision purement négative : ne pas le jeter, ne pas le détruire. On connaît les problèmes qui commencent à se poser aux bibliothécaires modernes : les papiers trop acides utilisés de nos jours promettent les imprimés à une disparition plus rapide que ce n'était le cas pour les anciens supports de l'écrit. Quelle que soit la solution que l'on pourra apporter à ce problème — le passage à des supports informatiques, par exemple —, son existence même témoigne d'un fait : l'idéal de notre rapport à l'écrit, c'est un livre qui se conserverait tout seul.

La conservation des œuvres n'est pas pour nous un travail; elle était, avant l'imprimerie, le fruit d'une décision consciente et d'un effort constant. Nous laissons les textes dormir dans les bibliothèques; il fallait, pour les Anciens, les tenir à bout de bras. Ce n'était en effet que de façon exceptionnelle qu'un texte recevait un support matériel durable comme la pierre. Le cas de Diogène d'Oenanda est célèbre. Cet Asiate du IIe siècle de notre ère fit graver sur la paroi d'un portique un résumé de la philosophie épicurienne à laquelle il adhérait. L'édifice une fois détruit, les pierres furent réutilisées, si bien que les érudits doivent reconstituer le puzzle.

Pour l'immense majorité des textes, il fallait les confier au papyrus ou plus tard au parchemin, supports assez fragiles. Il fallait donc, pour conserver une œuvre, décider de la recopier une fois que son support matériel s'était détérioré[1]. C'était là un travail fastidieux et coûteux, devant lequel on hésitait. Il ne pouvait se faire qu'en un petit nombre d'exemplaires, et pas pour n'importe quelle œuvre. Cela permet d'expliquer un fait bien connu, à savoir que la littérature antique ne nous est parvenue que de façon très fragmentaire.

Destructions ?

On l'explique souvent par des destructions, volontaires ou non. Cette légende noire a des scènes qui frappent l'imagination. Et, d'autant plus qu'on ne met pas les destructions au seul compte de la stupidité des barbares, comme celle des Vandales dont le nom est resté proverbial, mais aussi à celui d'une volonté obscurantiste — auquel cas on pense

1. Bel exemple dans Thémistius, *Orationes*, IV, 59b-61d. Analyse dans P. Lemerle, *Le premier humanisme byzantin. Notes et remarques sur enseignement et culture à Byzance des origines au Xe siècle*, PUF, Paris, 1971, p. 56.

au premier rang à l'incendie de la bibliothèque d'Alexandrie[1].

Il est exact que brûler des livres est une pratique fort ancienne, puisque les plus anciens témoignages remontent à l'Athènes du siècle de Périclès et à la Rome impériale[2]. Il est exact aussi que les différentes familles de pensée n'hésitaient pas devant l'idée de supprimer les écrits des concurrents. Cela vaut aussi bien pour les écoles philosophiques que pour les groupes religieux. Pour les philosophes, songeons à Platon qui aurait souhaité qu'on brûlât les œuvres de son rival Démocrite[3]. Pour les religions, rappelons, dans le christianisme, les destructions successives d'ouvrages hérétiques à la fin de l'Antiquité ou les Talmud brûlés au Moyen Âge. Pour le judaïsme, on peut prendre comme exemple la première polémique de 1233 sur les œuvres de Maïmonide, et la façon dont les adversaires de celui-ci obtinrent des dominicains leur destruction par le feu. Pour l'Islam, pensons à la tradition sunnite (et d'ailleurs fort peu sûre) sur la destruction des exemplaires du Coran antérieurs à

1. La légende semble venir d'Ibn al-Qifṭī, *Ta'rīḫ al-ḥukamā'*, p. 355 *sq.*, éd. J. Lippert. Elle est déjà contestée par Gibbon, *The History of the Decline and Fall of the Roman Empire*, LI, t. 5, p. 452-455, éd. Bury. Cf. P. Casanova, « L'incendie de la bibliothèque d'Alexandrie par les Arabes », dans *Académie des Inscriptions et Belles-Lettres. Comptes rendus...*, 1923, p. 163-171. On lit une histoire analogue sur Omar, à propos de livres de magie persans, dans Ibn Khaldun, *Muqaddima*, VI, 18 ; Q, t. 3, p. 89, 20-90, 5 ; R, t. 3, p. 114 ; M, p. 1045.

2. Cf. Protagoras, DK 80 A 1 (Diogène Laërce, IX, 52), 3, 4. Sur Rome, cf. A. Momigliano, *Problèmes d'historiographie ancienne et moderne*, Gallimard, Paris, 1983, p. 65.

3. Aristoxène, fg. 131 Wehrli (Diogène Laërce), IX, 40 ; Marinos, *Vie de Proclus*, chap. XXXVIII *sq.*

la fixation du texte par le calife Uthman, ou à celle de l'Encyclopédie, soupçonnée d'ismaélisme, des « Frères sincères[1] ».

Mais il faut relativiser cette vision des choses, qui est trop tragique ou trop romantique. La principale cause de la perte de la littérature antique est négative, c'est le non-recopiage des œuvres. Et le non-recopiage n'est pas le signe d'une volonté positive de destruction.

Péremption

Il peut indiquer, d'une part, que certains textes sont considérés comme périmés. Et comme occupant inutilement papyrus ou parchemin, supports rares et précieux, que l'on est tenté de gratter pour pouvoir les réutiliser. Les textes perdus l'ont été avant tout parce qu'ils semblaient ne plus refléter la vérité, telle qu'on croyait la posséder à un stade déterminé de la recherche. Ainsi, certains passages ont disparu non pas parce qu'ils ont été purement et simplement supprimés, mais parce que l'œuvre où ils figuraient a été revue, adaptée à un nouvel état du savoir, et donc corrigée. C'est tout spécialement le cas pour les manuels transmettant un savoir scientifique ou technique. Prenons l'exemple des ouvrages de médecine. L'historien du savoir médical aimerait posséder la version originale du texte qu'il étudie. Mais le manuel qu'il a entre les

1. Autres exemples dans F. Micheau, « Au Proche-Orient, les parfums du savoir », dans *La bibliothèque : miroir de l'âme, miroir du monde, Autrement*, nº 121, avril 1991, p. 52 *sq*.

mains n'a pas été écrit pour les historiens, mais bien pour des praticiens qui, au chevet de leurs malades, souhaitaient avoir le guide le plus sûr possible. Et pourquoi laisserait-on dans un ouvrage qui a cette fonction des données dépassées et susceptibles d'induire en erreur ? Il y avait dans ce cas moins désir de détruire que de corriger.

Même parmi les destructions effectives dont le souvenir nous a été transmis, beaucoup proviennent moins de la conscience d'un danger que de celle d'une péremption : si les Éphésiens brûlent leurs livres de magie, c'est que les miracles de saint Paul leur en avaient montré, non pas la malice, mais l'inutilité (Actes 19, 19). Et sur ce point, les Anciens font en un sens exactement la même chose que nous pour une certaine catégorie de textes : songeons aux ouvrages scolaires. Conservons-nous les manuels de physique, quand le programme a changé, ou les précis de droit constitutionnel, quand on a changé de République ? Réfléchissons à ce que signifie le fait qu'un bouquiniste « ne reprend pas » certains titres...

Le non-recopiage d'une œuvre peut également tenir, non pas à l'œuvre elle-même mais au lecteur. Un texte n'est recopié que pour pouvoir être lu. Mais encore faut-il que l'on trouve des lecteurs capables de le comprendre. Il arrive donc que l'on substitue à un ouvrage plus développé et approfondi de simples résumés et compendiums, sans doute moins géniaux, mais plus didactiques, plus accessibles — et moins chers à faire traduire ou copier, parce que plus brefs. Il ne faut pas s'étonner, par exemple, de ce que le monde musulman semble avoir reculé devant la traduction des deux longs dialogues politiques de Platon, ou du fort abscons *Timée*, et leur avoir préféré les résumés qu'en avait faits Galien.

Quelles qu'aient été les causes du non-recopiage, son effet fut définitif. Nous pouvons exhumer des auteurs oubliés parce que nous les possédons sous forme imprimée et que nous n'avons qu'à les tirer de l'oubli des bibliothèques où ils sommeillent. Ce n'était pas le cas dans le monde ancien. Gare, donc, en ce temps-là, aux pensées qui cessaient d'attirer l'intérêt des contemporains parce qu'elles ne répondaient plus à leurs besoins intellectuels et spirituels ! Elles disparaissaient purement et simplement[1]. Ne nous a été transmis que ce que le transmetteur jugeait pertinent, intéressant. Cela pouvait être ce qu'il estimait le mieux réussi dans la production d'un écrivain. Cela pouvait être aussi ce qu'il considérait comme susceptible de contenir une vérité, et une vérité enseignable dans un cours, à savoir, le plus souvent, dans un commentaire.

La lutte pour la survie

On n'a pas assez le sens de la « lutte pour la vie » qui a abouti à la sélection des œuvres antiques. Pour nous, une œuvre peu intéressante est condamnée à la poussière, d'où une génération postérieure pourra toujours la tirer. Pour les Anciens, une œuvre qui cesse d'intéresser pendant une période un peu

1. Voir par exemple les remarques de Sénèque, *Questions naturelles*, VII, XXXII, 2, p. 335, Oltramare et Julien l'Empereur, *Lettre à un prêtre*, 301cd.

longue est condamnée à mort, sans autre appel que des hasards extrêmement improbables : la redécouverte d'un papyrus dans les sables de l'Égypte, ou dans le cartonnage d'une momie, ou enfoui sous la cendre de Pompéi, ou enfin miraculeusement décalqué sur le sol, comme cette bribe d'un dialogue philosophique, naguère retrouvée en Afghanistan, et qui est peut-être d'Aristote[1]. On peut certes dire : nous ne possédons pas tout, mais au moins nous possédons les chefs-d'œuvre. Peut-être, mais qui les a sélectionnés ? Et en fonction de quels critères ? Autre chose est de se constituer en privé une « bibliothèque idéale » quand on peut puiser dans une bibliothèque réelle ; autre chose de décider quelle œuvre survivra et lesquelles seront laissées de côté. La question n'était pas de savoir, comme dans le questionnaire mondain bien connu, « ce que l'on emporterait sur une île déserte », elle était bien plutôt de savoir, pour filer la métaphore, qui aurait le droit de monter sur le radeau… C'est ce qui donne un goût un peu amer aux anthologies constituées par les critiques littéraires anciens[2] : leur *krisis*, leur jugement, était de vie ou de mort.

On peut toucher de la main ce fait dans certains exemples. Ainsi, si nous pouvons parler de Parménide, nous le devons à peu près à un seul homme : Simplicius, qui décida de recopier de larges extraits du poème de l'Éléate dans son commentaire à la *Physique* d'Aristote. Et il le recopie, dit-il dans un

1. Cf. P. Hadot et C. Rapin, « Les textes littéraires grecs de la trésorerie d'Aï Khanoum », *Bulletin de correspondance hellénique*, CXI (1987), p. 225-266, surtout p. 232-249.

2. Cf. la liste des auteurs à lire dressée par Quintilien, XI, 1, 37 *sq*.

passage très émouvant, parce que le livre était rare[1]. Sans lui, nous aurions moins de la moitié de ce que nous possédons actuellement du poème de Parménide, et sans le fragment VIII, qui est capital. De même, si nous pouvons parler d'Épicure, nous le devons surtout à Diogène Laërce, qui a eu la bonne idée de citer intégralement trois « lettres » (en fait, des traités) résumant la doctrine. Mais d'autres penseurs ont eu moins de chance.

On peut prendre comme exemple le stoïcisme. Comme on le sait, nous ne possédons intégralement aucune œuvre datant des débuts de cette école. Nous devons nous contenter de brefs fragments, qui nous sont parvenus indirectement, par des citations. Qui plus est, leur proximité de l'original et la sympathie du citateur, donc son effort pour comprendre, sont en raison inverse. Ainsi, Diogène Laërce parle assez honnêtement du système stoïcien, mais il le fait à travers un manuel doxographique assez plat. À l'inverse, Plutarque cite bien textuellement des lambeaux de Cléanthe ou de Chrysippe ; mais ce n'est que pour montrer, textes à l'appui, à quel point ce qu'ils disent est absurde. Pourquoi en est-il ainsi ? Parce que le stoïcisme a cessé d'exister comme école assez tôt. Cela semble s'être passé vers 260 de notre ère, avec un certain Kallietes, dont nous ne savons à peu près rien, si ce n'est qu'il aurait été le dernier scholarque. La philosophie stoïcienne a cessé de s'enseigner à l'intérieur d'une organisation solide. Par suite, on n'a plus eu besoin de textes à commenter ou de

1. Simplicius, *In Aristotelis « Physicorum » libros […] commentaria*, éd. H. Diels (CAG IX), Berlin, 1882, p. 144, 28.

manuels. Et la demande cessant, on a cessé de recopier.

L'aristotélisme, lui, a eu plus de chance, grâce au contresens fécond fait sur lui par le néo-platonisme, qui resta seul en lice à la fin de l'Antiquité : celui-ci considéra les écrits aristotéliciens (Aristote lui-même, et ses commentateurs non encore teintés de néo-platonisme, comme Alexandre d'Aphrodise ou Thémistius) comme ayant une valeur propédeutique en logique et en physique, comme un marchepied vers une métaphysique néo-platonisante.

Épicurisme et stoïcisme, eux, ne purent entrer dans la synthèse néo-platonicienne. Ils virent ainsi se fermer devant eux les portes de l'arche de Noé conceptuelle qui aurait pu les sauver. Ne survécurent des œuvres proprement stoïciennes que celles qui avaient une valeur morale. La morale, en effet, a toujours constitué pour la philosophie ancienne le terrain d'une sorte d'union sacrée qui neutralise les rivalités techniques entre écoles[1]. Il en est de même dans l'Antiquité tardive : au Ier siècle, le stoïcien Sénèque cite et commente avec éloge, dans ses *Lettres à Lucilius,* des sentences d'Épicure; au IIIe, Porphyre s'appuie sur des arguments épicuriens[2]; au VIe, le néo-platonicien Simplicius écrit un commentaire sur le *Manuel* d'Épictète[3], etc.

Ainsi, le texte que nous avons entre les mains, à

1. Cf. mon *Aristote et la question du monde, op. cit.,* p. 58.

2. Porphyre, *De l'abstinence,* I, 49-55; en I, 7-12, il cite Hermarque, pour le critiquer.

3. Simplicius, *Commentaire sur le « Manuel » d'Épictète,* introduction et édition critique du texte grec par I. Hadot, Brill, Leyde, 1996, IX-476 p.

de très rares exceptions près, est le résultat d'un travail de sélection opéré par les générations passées. Cette sélection s'est effectuée selon des critères. Et ces critères étaient, bien entendu, ceux des gens de l'Antiquité. Et pas les nôtres. Et encore moins quelques critères intemporels qui décideraient de la valeur éternelle d'une œuvre. Notre connaissance des Anciens est, comme toute connaissance historique, essentiellement mutilée[1]. Gardons-nous donc de penser que nous voyons l'Antiquité selon ses justes proportions. Nous en voyons ce que des Grecs tardifs ont décidé de garder.

Les Arabes : traduire

Les Grecs, les Romains et nous, certes. Mais il y a aussi les Grecs, les Romains et les autres. En particulier, il y a ce monde que la Chrétienté a longtemps considéré comme son « autre » par excellence, et avec lequel elle n'a pas fini de s'expliquer, à savoir le monde musulman. Le passage par le monde arabe peut nous aider à prendre conscience de plusieurs faits intéressants, et à voir quelle bizarrerie se cache derrière l'évidence avec laquelle nous nous voyons nous-mêmes.

On a rappelé plus haut que le monde musulman est lui aussi, à sa manière, l'héritier de l'Antiquité. Et son héritier tout à fait légitime[2]. Dans ce monde, la transmission de l'héritage grec s'est faite à la

1. P. Veyne, *Comment on écrit l'histoire*, Seuil, Paris, 1971, p. 24 *sq*.
2. Cf. *supra*, chap. I, p. 26.

suite d'une décision délibérée, destinée à résoudre un problème très consciemment perçu : les conquérants musulmans, partis d'Arabie, et remontant vers la Syrie et la Mésopotamie, se sont retrouvés dans un monde qui, non certes sans traits provinciaux, était culturellement hellénisé. Il y avait là une richesse de savoir et de savoir-faire qu'il fallait s'approprier.

Or, il y a plusieurs façons de s'approprier le legs littéraire du passé. La traduction n'est pas la seule. Ainsi, par exemple, le monde romain, antique et médiéval ne conçut pas son appropriation de l'héritage passé sous le mode de la traduction, mais d'une autre façon, sur laquelle je reviendrai.

Le monde culturel qui conçut et pratiqua son rapport à l'Antiquité avant tout comme une traduction, ce fut le monde musulman. Les grands traducteurs, ce ne furent pas les Romains de l'Antiquité et du Moyen Âge, ce furent les Arabes. Je dis avec précaution « arabe » et « monde musulman », sans prétendre identifier les deux adjectifs : tout musulman n'est pas arabe, tout Arabe n'est pas musulman. Mais la traduction s'est faite avant tout vers la langue de culture pratiquée par tous les musulmans, qu'ils soient arabes, persans ou turcs, et pratiquée aussi par tous ceux qui vivent dans la sphère culturelle musulmane, qu'ils soient juifs ou chrétiens, ou qu'ils appartiennent à la petite secte païenne, mais tolérée à la suite d'un subterfuge, des sabéens dont les élites étaient peut-être les héritières directes des derniers néo-platoniciens de l'Antiquité[1].

1. Cf. Michel Tardieu, « Sabiens coraniques et sabiens de Harran », *Journal asiatique*, CCLXXIV (1986), p. 1-44.

Cette traduction fut-elle le résultat d'une politique consciente, au plus haut niveau ? On a beaucoup parlé de la politique de traduction des califes. Je me bornerai donc à l'essentiel, et apporterai surtout des nuances[1]. Une légende s'y attache, celle du rêve du calife Al-Ma'mûn voyant Aristote lui apparaître et répondre à ses questions. C'est ce rêve qui aurait décidé le calife à envoyer en terre byzantine des ambassades chargées de se procurer des manuscrits grecs[2]. On parle souvent de la célèbre « Maison de la Sagesse », qui, à partir de 830 environ, aurait entretenu à Bagdad une équipe de traducteurs de métier, payés sur les fonds publics. En fait, plus on remonte dans le temps, moins on trouve de trace d'une liaison entre la Maison et l'activité des grands traducteurs. Dans les sources anciennes « les grands traducteurs ne sont jamais mentionnés en relation avec le Bayt al-hikma[3] », et cette dernière avait sans doute un rôle moins axé sur la diffusion du savoir profane que sur la propagande religieuse, dans le cadre du soutien apporté par les califes aux « théologiens » de la tendance mu'tazilite.

Quelle qu'ait été la base institutionnelle de l'entreprise de traduction, les traducteurs ont en tout cas bien existé, leur œuvre le prouve plus qu'assez. Qui sont-ils ? Quelques personnalités surnagent,

1. J'ai beaucoup appris dans, et emprunté à, M.-G. Balty-Guesdon, « Le Bayt al-hikmah de Baghdad », *Arabica*, XXIX (1992), p. 131-150.

2. Cf. Ibn al-Nadîm, *Fihrist*, VII, 1 (trad. angl. B. Dodge, Columbia, 1970, vol. 2, p. 583 *sq.*) et Ibn Abi Oseibia, *'Uyūn al-anbā' fī ṭabaqāt al-aṭibbā'*, « Hunain ibn Ishaq », éd. Dar Maktabat al-Hayat, Beyrouth, s.d., p. 259 *sq.*

3. M.-G. Balty-Guesdon, *op. cit.*, p. 137.

ainsi la dynastie Hunayn ibn Ishaq : le père, le fils et le neveu[1]. Ils sont surtout chrétiens. C'est en tout cas d'autant plus vrai que l'on remonte dans le temps. Pourquoi ? Parce que le christianisme, en ses diverses variantes, était la religion commune au Moyen-Orient, avant que l'islam ne s'y installe. Et parce qu'il existait déjà avant la conquête islamique tout un mouvement de traduction du grec au syriaque, qu'il n'était que de prolonger. Les traducteurs sont ainsi les héritiers d'un savoir grec, mais christianisé dans les écoles syriaques.

Ce vaste mouvement de traduction a duré à peine plus d'un siècle, puisque, commencé vers le milieu du VIIIe siècle, il semble s'être arrêté dès le XIe. À cette époque, le monde arabe a cessé de traduire, pour ne renouer avec cette pratique que sous le choc de la confrontation avec l'Europe moderne. Il faudrait se demander pour quelles raisons. À coup sûr, et même si le mouvement semble s'être arrêté plus tôt que n'a commencé le déclin (relatif) ou la stagnation de la civilisation islamique, ces raisons ne sont pas sans lien avec les causes plus générales qui expliquent celui-ci. Elles sont de différents ordres : économique, politique, idéologique (en particulier juridique), etc. Et quant à savoir laquelle ou lesquelles privilégier, la question reste ouverte. Je renvoie donc aux ouvrages des historiens[2]. Je me contenterai plus bas d'effleu-

1. Cf. la synthèse récente de M. Salama-Carr, *La traduction à l'époque abbasside. L'école de Hunayn ibn Ishâq et son importance pour la traduction*, Didier, Paris, 1990, 122 p.

2. Outre les ouvrages généraux, une première synthèse dans R. Brunschvig et G.E. von Grunebaum (éd.), *Classicisme et déclin culturel dans l'histoire de l'islam*, Actes du symposium

rer certaines des raisons d'ordre intellectuel qui ont pu contribuer à cette stagnation.

Le contenu transmis

La traduction s'est faite à partir du grec, mais pas uniquement. Là aussi, il faut élargir la perspective à d'autres mondes que l'Antiquité méditerranéenne. Les Arabes ont traduit aussi du moyen persan (pehlevi) et des langues de l'Inde. En médecine, par exemple. Mais aussi dans d'autres domaines, jusqu'à la spiritualité, y compris le yoga[1]. Le premier grand traducteur, Ibn al-Muqaffa, a donné, avec *Kalila et Dimna*, une version en un arabe resté exemplaire d'un recueil de contes persans, lui-même d'origine indienne, rendant ainsi accessible un chef-d'œuvre qui a inspiré les fabulistes du monde entier, La Fontaine en tête. On pourrait s'arrêter aussi sur l'extraordinaire migration de *Barlaam et Joasaph*, parti des récits sur la vie de Bouddha et devenu, presque méconnaissable, un grand « succès de librairie » du monde médiéval[2].

De par sa situation géographique centrale, le monde musulman a joué un rôle d'interprète entre

---

international d'histoire de la civilisation musulmane (Bordeaux, 25-29 juin 1956), Besson-Chantemerle, Paris, 1957, VII-396 p.

1. Cf. S. Pines et T. Gelblum, « Al-Biruni's Arabic Version of Patanjali's Yogasutra... », *Bulletin of the School of Oriental and African Studies*, 29 (1966), p. 302-325, 40 (1977), p. 522-549, 46 (1983), p. 258-404, etc.

2. Cf. l'article de T. Bräm dans R. Goulet (éd.), *Dictionnaire des philosophes antiques*, t. 2, CNRS, 1994, p. 63-83.

Orient et Occident, dans la sphère économique comme dans la sphère culturelle. On pourrait appliquer au domaine de la culture la théorie de Maurice Lombard sur l'économie de l'Islam. Celui-ci aurait fait communiquer des mondes séparés en s'installant en coin entre l'Occident et l'Orient; il aurait d'une part intercepté à son profit le commerce Est-Ouest; il aurait d'autre part injecté un sang neuf au commerce mondial en remettant en circulation des richesses fossilisées, l'or immobilisé sur les icônes ou sur les sarcophages[1]. Dans le domaine de la culture, il a joué un rôle analogue d'intermédiaire.

Malgré cela, et pour revenir au centre de notre sujet, l'effort de traduction a surtout porté sur un savoir venu de l'Ouest: si un seul texte latin, semble-t-il, est passé en arabe, à savoir les *Histoires contre les païens* de Paul Orose[2], la masse de ce qui fut traduit était d'origine grecque[3]. Pas toujours sur des *textes* grecs. Il est en effet des intermédiaires plus inapparents encore que ceux que j'ai nommés: ainsi le monde persan. Il semble que certains textes d'origine grecque, peu nombreux, de nature agronomique ou astronomique, soient entrés dans l'arabe à partir de traductions en moyen persan[4]. L'intermédiaire le plus important est cependant le

1. M. Lombard, *L'islam dans sa première grandeur*, Flammarion, Paris, 1971.

2. Cf. G. Levi Della Vida, « La traduzione araba delle storie di Orosio », *Al-Andalûs*, 19 (1954), p. 257-293.

3. Là aussi, le guide incontournable est dû à M. Steinschneider, *Die arabischen Übersetzungen aus dem Griechischen*, Graz, 1960 (réédition de travaux parus entre 1889 et 1896).

4. Cf. C.A. Nallino, « Tracce di opere greche giunte agli Arabi per trafila pehlevica », *Raccolta di scritti editi e inediti*, vol. VI, Istituto per l'Oriente, Rome, 1948, p. 285-303.

monde culturel syriaque[1]. La langue syriaque était devenue la langue de culture et de communication de l'Orient chrétien. Beaucoup de choses existaient déjà dans cette langue. Et elle était la langue maternelle de bon nombre de traducteurs.

Que traduisaient-ils ? Peut-être parce qu'ils suivaient en cela les habitudes des chrétiens de langue syriaque[2], assez peu de ce que nous appelons la « littérature[3] ». Certains thèmes sont passés du roman grec au conte arabe[4], mais dans l'ensemble les Arabes ne traduisirent à peu près pas d'histoire, pas de poésie épique ou lyrique. En particulier, pas de théâtre tragique ou comique. C'est peut-être l'une des causes de l'absence remarquable de ce genre littéraire dans la grande littérature arabe de l'époque classique — les exceptions étant le théâtre d'ombres populaire, venu de Chine, et la célébration shi'ite de la mort de Husayn dans des sortes de « mistères[5] ». En revanche, les Arabes traduisirent beaucoup de mathématiques et d'astronomie, beaucoup de médecine, de l'alchimie aussi. Au total, une

1. Synthèse récente de G. Troupeau, « Le rôle des syriaques dans la transmission et l'exploitation du patrimoine philosophique et scientifique grec », *Arabica*, XXXVIII (1991), p. 1-10.

2. Cf. R. Paret, *Der Islam und das griechische Bildungsgut*, Mohr, Tübingen, 1950, p. 15 *sq*.

3. Cf. G. Wiet, « Les traducteurs arabes et la poésie grecque », dans *Mélanges offerts au P. René Mouterde...*, Mélanges de l'université Saint-Joseph, Beyrouth, XXXVIII (1962), p. 361-368.

4. Cf. G.E. von Grünebaum, *Medieval Islam. A Study in Cultural Orientation*, Chicago University Press, 1946, chap. IX, « Creative Borrowing : Greece in the Arabian Nights », p. 294-319.

5. Pour une explication tenant davantage compte du contexte religieux, cf. G.E. von Grünebaum, *L'identité culturelle de l'Islam*, Gallimard, 1973, p. 75.

masse énorme de livres de science ou de philosophie[1]. Tellement énorme que, bien souvent, la traduction arabe est la seule trace d'œuvres philosophiques, mathématiques, ou astronomiques, dont nous avons perdu les originaux.

J'ai dit que les Arabes avaient traduit, et beaucoup traduit. Cela veut dire d'une part qu'ils ont transmis l'héritage grec à l'Occident, dans tous les domaines[2] : médecine[3], mathématiques, philosophie, à tel point que celui-ci a contracté envers le monde arabe une dette culturelle énorme. Cette dette était encore reconnue (à tous les sens du mot « reconnaissance ») par le Moyen Âge de Gerbert d'Aurillac, de Roger Bacon, de Frédéric II de Sicile, non sans parfois un certain sentiment d'infériorité, comme chez Albert le Grand, qui écrit à propos de noétique : « en ce domaine, comme en beaucoup d'autres, j'exècre tout ce que soutiennent les Latins[4] ». L'admiration pour le trésor de réflexion et de savoir venu des Arabes n'empêchait d'ailleurs pas une polémique ferme sur la doctrine. Ainsi, Thomas d'Aquin est dur pour Averroès, « qui fut moins péripatéticien que le corrupteur (*depravator*)

1. Cf. l'anthologie de textes traduits dans F. Rosenthal, *Das Fortleben der Antike im Islam*, Artemis, Zurich, 1965.

2. La bibliographie est immense. On s'orientera grâce au panorama très équitable et serein de W. Montgomery Watt, *The Influence of Islam on Medieval Europe* (Islamic Surveys, 9), Edinburgh University Press, 1972, VIII-125 p., et à J. Schacht et C.E. Bosworth (éd.), *The Legacy of Islam* (2e éd.), Clarendon Press, Oxford, 1974, XIV-530 p.

3. Signalons l'ouvrage récent de D. Jacquart et F. Micheau, *La médecine arabe et l'Occident médiéval*, Maisonneuve et Larose, Paris, 1990, 271 p.

4. Cité par A. de Libera, *Penser au Moyen Âge*, Seuil, Paris, 1991, p. 111.

de la philosophie péripatéticienne[1] », mais il cite sur le même plan Grecs, Arabes et Latins. Duns Scot, en revanche, n'hésite pas à se réclamer d'Avicenne[2].

Quoi qu'il en soit, rappeler l'importance des traductions arabes ne veut en aucun cas dire que les Arabes se seraient contentés de transmettre passivement des livres dont le contenu leur serait demeuré scellé. Tout au contraire, ils ont également été des créateurs. Ils ont prolongé, parfois très loin, le savoir qu'ils recevaient. En mathématiques, par exemple, ils ont effectué des avancées décisives, bien au-delà de ce qu'ils avaient reçu des Grecs[3]. En astronomie, l'école de Maragha fit un pas décisif dans la critique du système ptoléméen, en direction de Copernic, qui en a peut-être connu certains résultats[4].

En philosophie, il est plus difficile d'évaluer ce qu'il y a de nouveau chez les penseurs de langue arabe. Pour plusieurs raisons : une raison de fond, d'abord, puisque la notion de progrès a en philosophie un tout autre sens que dans le domaine des sciences. Ensuite, parce que l'on a parfois du mal à discerner ce qui est créatif et ce qui est simple adaptation d'œuvres grecques disparues. La question est

1. *De unitate intellectus*, 2, *Opuscula Philosophica*, éd. R. Spiazzi, Marietti, Turin, 1954, § 214, p. 76a et 5, § 265, p. 89b.

2. Cf. l'article séminal d'E. Gilson, « Avicenne et le point de départ de Duns Scot », AHDLMA, 1927, surtout p. 187.

3. Cf. les travaux de R. Rashed, en particulier *Entre arithmétique et algèbre. Recherches sur l'histoire des mathématiques arabes*, Paris, 1984, p. 7 *sq.*, avec l'appendice, « La notion de science occidentale », p. 301-318.

4. Synthèse récente dans G. Saliba, « The Astronomical Tradition of Maragha : a Historical Survey and Prospects for Future Research », *Arabic Sciences and Philosophy* (1991), p. 67-99.

discutée, par exemple, de savoir dans quelle mesure Al-Farabi est original ou ne fait que démarquer quelque œuvre hellénistique perdue pour nous[1]. Enfin, parce que toute philosophie puise à des sources, et que l'on peut toujours se livrer au vain exercice qui consiste à dire que telle ou telle pensée est « déjà » chez tel ou tel précurseur. Mais en ce cas, la philosophie occidentale est tout aussi peu originale que ne l'est celle de l'Orient musulman. Et nous n'avons pas plus de raisons, par exemple, de dire que l'ontologie d'Avicenne lui vient du néo-platonisme que nous n'en aurions pour Thomas d'Aquin.

Les Romains : adapter

Parler des Romains après avoir parlé des Arabes, cela semble contraire au bon sens, et à la chronologie. Les Romains ont commencé à s'occuper des Grecs plusieurs siècles avant que les Arabes n'entrent sur la scène de l'histoire. Cependant, leur étude fournit, dans le présent travail, mais aussi quant à la réalité historique, une transition vers notre propre modernité. Nous sommes et restons, en particulier pour le monde arabe, des roumis, des habitants de la Roumélie, donc des Romains. Et par « romain », j'entends avant tout le monde de langue latine — qui dure jusqu'au Moyen Âge, et bien après chez ceux qui pensent et écrivent.

1. Ainsi, R. Walzer soupçonnait derrière à peu près chaque texte d'Al-Farabi un traité hellénistique perdu. Il faut sans doute lui accorder plus d'indépendance. Cf. M. Mahdi, « Al-Fârâbî's Imperfect State » (sur l'édition Walzer de *La Cité idéale*), JAOS, 110.4 (1990), p. 691-726.

Ces « Romains », au Moyen Âge, ont eux aussi beaucoup recopié. Ils ont recopié, à vrai dire, la quasi-totalité de ce que nous possédons de la littérature ancienne. Il faut mentionner ici le travail énorme fourni par les moines, en particulier par les bénédictins. Là aussi, il y a une politique consciente. C'est pour se prémunir contre les risques de destruction dus aux invasions que Cassiodore fonde vers 540 le couvent de Vivarium, avec pour tâche de sauvegarder les textes classiques. Le pape Grégoire le Grand suit son exemple, une quarantaine d'années plus tard, lorsqu'il accueille les moines qui venaient d'être chassés du mont Cassin et leur confie la même tâche, dont ils devaient s'acquitter pendant près d'un millénaire.

Quant à la traduction, les Romains l'ont en fin de compte assez peu pratiquée. Ils adaptent, réécrivent, repensent les textes, en les transposant dans leurs références culturelles. Dans l'Antiquité, ils se sont plutôt inspirés de modèles grecs qu'ils ne les ont traduits. Les exemples sont multiples : Lucrèce versifie Épicure, Cicéron résume des manuels de la moyenne Académie en remplaçant les histoires édifiantes qui les illustraient par des anecdotes sur de grands Romains, Horace transpose Alcée, Virgile rivalise avec Homère. Mais de traducteurs proprement dits, si l'on excepte la traduction « technique » (manuels d'agriculture, etc.), il n'y en a guère avant une époque relativement tardive : Marius Victorinus, au IVe siècle, traduit des morceaux de Plotin; Boèce, exécuté en 524 — cinq ans avant la fermeture de l'école d'Athènes —, avait commencé à traduire Aristote. Dans le Moyen Âge postérieur, la situation n'est guère meilleure, pour une raison très simple, qui est le recul énorme de la connaissance de la langue grecque. Même chez les rares penseurs qui la connaissent, la tradition d'adaptation libre continue. Traduction et adaptation forment deux courants parallèles, parfois chez les mêmes personnes. Ainsi Jean Scot Érigène (mort vers 880), suivant le courant des traductions de Denys l'Aréopagite par Hilduin (832-835), traduit les Pères grecs (ainsi, Grégoire de Nysse ou Maxime le Confesseur), mais puise aussi très librement chez eux pour composer ses œuvres personnelles.

Si les Romains du haut Moyen Âge ont traduit Aristote, c'est dans la foulée des Arabes, et parfois à partir de traductions arabes. Cela s'est passé en particulier en Espagne, terre d'affrontement et de rencontre avec l'Islam, notamment à Tolède, où s'activèrent nombre de traducteurs dans la seconde moitié du XIIe siècle. Parallèlement, on se mit à traduire directement du grec, par exemple avec les traductions de Guillaume de Moerbeke utilisées par saint Thomas d'Aquin. Les manuscrits que l'on utilisa alors vinrent du monde byzantin. Plus tard, un contact direct avec la culture grecque fut rétabli définitivement avec l'émigration de savants byzantins vers l'Italie, après la chute de Constantinople.

Je m'arrêterai ici pour noter que l'activité de traduire a connu, au Moyen Âge, une mutation décisive qui lui a donné la figure qu'elle a conservée jusqu'à nos jours. C'est entre le XIe et le XIIIe siècle qu'elle finit de se détacher de la paraphrase, qui réécrit l'original pour tendre vers l'idéal d'un rendu aussi littéral que possible, qui ne fait que transposer le sens dans une autre langue. Le modèle qui guida les traducteurs et les plaça tous, explicitement ou non, « sous l'invocation de saint Jérôme » fut le texte biblique[1]. Celui-ci est en effet doté d'autorité. Or, il ne peut conserver celle-ci que s'il est conservé dans sa lettre, ou traduit au plus près de celle-ci. C'est donc le statut du livre sacré qui a déterminé le modèle de transmission culturelle qui est resté en vigueur en Europe. J'aurai l'occasion de montrer plus loin d'autres conséquences de ce statut.

Reconnaissance et dénégation

La reprise d'un contact direct avec l'hellénisme byzantin entraîna un court-circuit culturel : on pouvait sauter par-dessus les intermédiaires arabes. De façon analogue, et peu de temps après, un même phénomène se produisit dans le domaine de la civilisation matérielle : les plans d'Henri le Navigateur (m. 1460) aboutissent dans le voyage de Vasco de Gama (1498), qui permet d'atteindre l'Orient en contournant la médiation du monde islamisé. Tout est en place pour que se développe une dénégation systématique et globale de l'héritage arabe.

C'est surtout le cas à partir des humanistes, qui, en bons cicéroniens, en ont d'ailleurs aussi au mauvais latin des traducteurs d'Averroès — et des scolastiques eux-mêmes. La conscience d'une dette resta cependant encore claire pour les grands orientalistes de la Renaissance et du XVIIe, Postel, Pococke ou Fontialis. Mais elle a été refoulée des mémoires à l'époque des Lumières, puis au XIXe siècle. En Allemagne, Mommsen a parlé de l'Islam comme du

1. Cf. Zonta, *op. cit.*, chap. III, p. 89 *sq.*

« bourreau de l'hellénisme[1] ». En France, Renan s'est tristement distingué en ce domaine, en particulier dans sa conférence de 1883, « L'islamisme et la science », qui devait donner lieu à un intéressant dialogue avec El-Afghâni. Il y affirme que la Grèce est l'unique source du savoir et de la sagesse, et suppose une interprétation téléologique de l'histoire intellectuelle, selon laquelle il fallait que la science arabe disparaisse, une fois l'héritage antique inoculé à l'Europe. Enfin, il ajoute au préjugé « illuministe » le racisme qui commençait à se chercher un fondement biologique, et explique toutes les innovations qu'il doit concéder au monde islamisé par l'origine persane, donc « aryenne », des penseurs produits par celui-ci[2]. Pour le dire en passant, l'Occident n'a de la sorte que la monnaie de sa pièce quand on veut lui faire accroire, par une exagération inverse, que les Arabes ont tout inventé[3].

Soulignons un trait de cette polémique. Elle accepte que certains des biens culturels dont elle se flatte ont été reçus d'autrui. Mais il y a autrui et autrui. Certains « autrui » sont plus distingués que d'autres. En conséquence, on acceptera d'être redevable aux premiers, et l'on occultera en revanche les transmetteurs qui auront cessé d'être avouables. Pour l'Europe moderne, Byzance était une origine honorable, mais le monde islamique avait cessé de l'être. On fit donc commencer la Renaissance

1. *Histoire romaine*, VIII, 2, 12 (1885), trad. franç. Laffont, coll. Bouquins, t. 2, p. 927b.

2. *Œuvres complètes*, Calmann-Lévy, Paris, t. 1 (1947), p. 945-960.

3. Cf. l'ouvrage typique de S. Hunke, *Le soleil d'Allah brille sur l'Occident. Notre héritage arabe*, Albin Michel, 1963, 414 p.

(considérée comme un événement unique) au moment où l'intermédiaire arabe devenait inutile, reléguant la période précédente, pendant laquelle il était indispensable, dans les temps supposés obscurs. Et plus la colonisation venait confirmer le peu d'intérêt du monde arabe, plus la Renaissance accédait au rôle de coupure décisive et glorieuse.

Il est intéressant de noter que la même vision des choses se retrouve, *mutatis mutandis*, dans le monde arabe, à l'étape précédente de notre histoire. La même pièce s'y joue, avec d'autres acteurs. Le monde arabe a tendance à dévaluer le monde grec qui est son contemporain, à savoir l'intermédiaire byzantin, au profit du Grec de l'origine, celui de l'Antiquité païenne. Plus on avance dans le temps, plus les historiens arabes présentent la transmission des manuscrits des philosophes et des savants de l'Antiquité comme se faisant non pas à travers, mais pour ainsi dire par-dessus Byzance, censée incapable d'en exploiter le trésor, voire carrément hostile à son contenu. On en arrive ainsi au récit extrêmement révélateur d'un auteur du xve siècle, Suyuti (1445-1505) :

> le roi des Rūm [les Romains de Byzance], qui craignait que ses sujets, en les lisant, n'abandonnassent la religion chrétienne, avait fait emmurer les livres de philosophie. Lorsque Yaḥyā ibn Ḫālid ibn Barmak les lui demanda, il bondit de joie, réunit les évêques, les patrices et les moines, et proposa d'envoyer les livres, sans demander qu'on les lui rende[1].

1. J'ai trouvé ce texte, et plusieurs de mes idées, dans l'article de M.-G. Balty-Guesdon, *op. cit.*, p. 136. Celui-ci dépend lui-même de citations indirectes, que je n'ai pu vérifier. Je préfère donc citer la paraphrase de l'auteur.

Les faits sont invraisemblables, ne serait-ce que parce qu'il y a des moyens bien plus efficaces et définitifs de se débarrasser de livres encombrants que de faire bâtir autour d'eux une sorte de blockhaus ! Mais le récit reste fort intéressant : pour son auteur, qui attaque la philosophie, il s'agissait pour les Byzantins de refiler à des ennemis un poison dangereux. La structure reste la même pour ceux qui la défendent : que ce soit pour le réfuter ou simplement pour le comprendre, les transmetteurs sont incapables de venir à bout de ce qu'ils transmettent. Dans le même ordre d'idées, je serais même tenté de considérer, à titre d'hypothèse, que les récits sur les ambassades envoyées par les califes en terre byzantine pour se procurer des manuscrits ont été, sinon inventés, à tout le moins « gonflés », à cause de soucis de ce genre. Une bonne partie des manuscrits qui contenaient l'héritage antique n'avaient nullement besoin d'être importés de Byzance. Ils étaient déjà en terre d'Islam, en grec ou déjà en syriaque, dans les bibliothèques conventuelles des chrétiens. Seulement, leurs détenteurs étaient des tributaires, des sujets de seconde zone, et avouer leur être redevable était déplaisant... Il était donc plus honorable d'extrapoler à partir de faits peut-être réels, et de se représenter l'héritage grec passant, dans sa totalité, directement de la capitale des empereurs à celle des califes.

Une histoire continue

Dans cette histoire, il est vain de chercher une source absolue, quelle qu'elle soit. L'exercice est aussi puéril au positif qu'il ne l'est au négatif, lorsqu'une cour de récréation se mobilise pour trouver « qui a commencé ». Il faut d'une part dissocier la question de la priorité et celle de l'influence. Un bel exemple est donné par le problème des origines de l'amour courtois : la soumission de l'amant à la Dame quasiment divinisée, l'exaspération du désir par son insatisfaction apparaissent, comme on sait, dans les pays de langue d'oc à partir de Guillaume IX de Toulouse. Ces thèmes se trouvent aussi plusieurs siècles auparavant, dans l'Arabie anté-islamique, comme convention poétique (l'amour odhrite). La courtoisie resta encore longtemps après un sujet de débats théoriques, dans le Bagdad du IXe siècle comme dans l'Andalousie du XIe. L'antériorité de la « courtoisie » arabe est incontestable. Mais l'hypothèse d'une influence n'est pas certaine. Peu d'auteurs ont pu éviter ici le refus sec, par principe, ou l'acceptation enthousiaste, sans critique, d'une influence venue de l'Islam andalou. Or il semble que l'on en soit réduit, dans l'état actuel de nos connaissances, à une attitude plus sobre : suspendre son jugement dans l'attente d'un document vraiment probant[1].

En second lieu, il est tout aussi vain de s'imagi-

1. Comme modèles de débats prudents et sans passion, cf. J.-C. Vadet, *L'esprit courtois en Orient dans les cinq premiers siècles de l'Hégire*, Maisonneuve et Larose, Paris, 1968, p. 11 *sq.*, et H.-I. Marrou, *Les troubadours*, Seuil, Paris, 1971, p. 113-125.

ner, pour en rester à l'image de la source, que le fleuve serait quelque chose s'il n'y coulait l'eau venue de tous ses affluents. L'histoire de la culture est une continuité. Ainsi, on a vu que les Grecs se savaient les héritiers des barbares, et que les Romains avaient la plus vive, voire la plus douloureuse conscience d'être des tard-venus par rapport aux Grecs[1].

Il faut donc réparer l'injustice de l'Occident moderne envers le monde arabe, en réactivant la mémoire des emprunts. Mais on se gardera, symétriquement, d'infliger la même injustice aux civilisations qui ont précédé l'Islam, en négligeant ce qu'il a lui-même reçu de l'hellénisme, de la Perse ou des Indes. Par exemple, il est scientifiquement très exact et politiquement très salubre de rappeler que la scolastique latine a reçu de l'« arabisme » non seulement une large part de son contenu, mais jusqu'à la formulation de la question fondamentale de la foi et de la raison[2]. Et la pensée de langue arabe, en ses deux branches rivales, a hérité elle-même de l'hellénisme. D'une part, l'aristotélisme arabe (*falsafa*) revendique avec Al-Farabi la continuité d'une tradition ininterrompue : la *translatio studiorum* aurait été sans lacune d'Alexandrie à Bagdad[3]. D'autre part, la « théologie » apologétique

1. Cf. *supra*, chap. II, p. 51 et 56.

2. C'est la thèse développée par A. de Libera, *op. cit.*, chap. IV, « L'héritage oublié », p. 98-142. Je lui emprunte son usage du terme « arabisme », également présent chez Renan.

3. Cf. M. Meyerhof, « Von Alexandrien nach Bagdad. Ein Beitrag zur Geschichte des philosophischen und medizinischen Unterrichts bei den Arabern », *Sitzungsberichte der Preussischen Akademie der Wissenschaften*, Philologisch-historische Klasse, 1930, p. 389-429, et M. Mahdi, « Alfarabi against Phi-

(*kalâm*) descend d'une première tentative, déjà « scolastique » avant la lettre, de concilier l'aristotélisme avec le dogme chrétien. Elle fut entreprise, dans l'Alexandrie du VIe siècle, par Jean Philopon, et poursuivie, pour ne citer qu'un seul nom, par Jean Damascène, au VIIIe siècle, dans la capitale de l'Empire omeyyade. C'est ce dont le Moyen Âge était encore tout à fait conscient[1].

Gardons-nous donc d'isoler tel ou tel moment du permanent va-et-vient que constitue l'histoire de la culture méditerranéenne, et qui se cristallise parfois dans certains objets ou certains mots. On sait qu'une partie non négligeable du vocabulaire espagnol et que quantité de termes scientifiques des langues occidentales viennent de l'arabe ou par l'intermédiaire de celui-ci[2]. Mais il est des mots qui ont fait un aller et retour ou deux. Ainsi, chacun sait qu'« abricot » est venu au français de l'espagnol *albaricoque*, lui-même issu (avec un léger changement de sens) de l'arabe *al-barqûq*, « prune ». Mais l'arabe est issu du grec *praikokion*, venu du latin *praecocia*, « primeur » (on reconnaît notre « précoce »). À l'inverse, l'arabe moderne *shik* est un calque du français « chèque », avec le même sens.

---

loponus », *Journal of Near Eastern Studies*, XXVI, 4 (1967), p. 233-260, surtout p. 233-236. Nuances dans G. Strohmaier, « "Von Alexandrien nach Bagdad" — Eine fiktive Schultradition », *Aristoteles*, Werk und Wirkung, Paul Moraux gewidmet, De Gruyter, Berlin / New York, 1987, vol. II, p. 380-389.

1. Cf. Maïmonide, *Guide des égarés*, I, 71 ; Joël, p. 122 ; trad. franç. Munk, p. 340.

2. Cf. le riche répertoire de G.B. Pellegrini, « L'elemento arabo nelle lingue neolatine con particolare riguardo all'Italia », dans *L'Occidente e l'islam nell'alto medioevo*, Spolète, 1965, p. 697-790.

Mais le mot français venait lui-même de l'arabe *sakk*, « billet à ordre ». Et les académies de langue arabe ont voulu bannir le mot « amalgame » avant de s'apercevoir que le français ne faisait par là que restituer à l'arabe ce qu'il lui avait jadis emprunté. Les mots et les réalités qu'ils désignent ont effectué un cycle complet, et reviennent à leur point de départ enrichis de toute l'évolution d'une technique.

Jamais un peuple n'est une origine absolue. Tous sont depuis toujours engagés dans une circulation et un échange mutuels. Dans leur célèbre « Épître des animaux », les « Frères sincères » de Basra, au début du XIe siècle, mettent en scène diverses nations et communautés religieuses, dont chacune se flatte de ses apports au trésor de savoir et de réflexion de l'humanité. Le Grec se targue des sciences développées par son peuple. On lui fait l'objection que ces sciences viennent, les unes d'Israël, les autres d'Égypte. Le Grec n'a pas de peine à le reconnaître, et généralise :

> Le sage a raison dans ce qu'il dit et, s'il est vrai que nous leur avons pris, c'est que nos sciences, ainsi que les sciences des autres nations, viennent des unes aux autres[1].

Le vrai problème ne se situe pas au départ, si celui-ci existe, mais bien à l'arrivée. Il n'est pas tant dans la recherche assez vaine de la source que dans la lecture à rebours de l'histoire, effectuée comme une recherche de ses ancêtres par celui qui s'en croit le descendant. Les recherches sur la possible

1. *Rasā'il Iḫwān aṣ-Ṣafā'*, II, 8 [22], éd. Bustani, Beyrouth, 1983, t. 2, p. 288.

origine arabe de certains traits de la civilisation européenne sont surdéterminées par des revendications d'originalité en sens inverse, du côté des destinataires comme de celui des sources. Ainsi, quand on cherche à réserver la capacité d'inventer aux Grecs, ce n'est pas pour leurs beaux yeux. C'est parce que nous sentons, ou nous imaginons, plus ou moins consciemment, que les Grecs, c'est au fond nous-mêmes.

La thèse du présent essai est exactement à l'opposé de toute revendication orgueilleuse d'avoir tout inventé, face à des gens qui « n'ont rien inventé ». Dire que nous sommes romains, c'est tout le contraire d'une identification à un ancêtre prestigieux. C'est une dépossession, non une revendication. C'est reconnaître que l'on n'a au fond rien inventé, mais simplement que l'on a su transmettre, sans l'interrompre, mais en s'y replaçant, un courant venu de plus haut.

V

L'appropriation de l'étranger

La culture représente ce qu'un monde a de propre. C'est elle qui permet que l'on puisse aussi appeler ce monde, en un autre sens du même mot, une « culture ». Or, ce qui est propre n'est pas nécessairement présent de la même façon. J'affirme donc que l'Europe se distingue des autres mondes culturels par le mode particulier de son rapport au propre : l'appropriation de ce qui est perçu comme étranger. Le fait devient conscient chez certains. C'est le cas chez Roger Bacon, le célèbre franciscain du XIIIe siècle. Dans la lettre au pape Clément IV accompagnant l'envoi de ses œuvres (1265), il plaide entre autres pour que l'on établisse dans le monde chrétien des écoles de langues. Il argumente ainsi :

> la sagesse des Latins est tirée de langues étrangères ; en effet tout le texte sacré et toute la philosophie sont descendus de langues extérieures (*sapientia latinorum tracta est ex alienis linguis ; nam totus textus sacer et tota philosophia descenderunt a linguis extraneis*) [1].

1. R. Bacon, *Lettera a Clemente IV*, éd. P.E. Bettoni, o.f.M., Milan, 1964, p. 190.

Je traduirai la « sagesse des Latins », en termes modernes, par « la culture européenne ». Celle-ci n'est pas latine, ou européenne, mais étrangère. Bacon, qui s'est donné la peine d'apprendre du grec et de l'hébreu, sait très bien à quoi renvoient ses allusions : la Bible n'est pas en latin, mais en hébreu et en grec; la « philosophie » — qui englobe à l'époque la totalité de la culture profane — est pour lui déposée avant tout dans les œuvres d'un Grec, Aristote, et d'Arabes dont les traductions, aux XIIe et XIIIe siècles, viennent de renouveler le savoir européen. Il est remarquable que Bacon ait exprimé à la fois l'extériorité des sources de la culture européenne et le fait qu'elles sont, irréductiblement, deux.

On peut appuyer et approfondir cette intuition par une comparaison entre la façon dont l'Europe, d'une part, les mondes culturels musulman et à un moindre degré byzantin, d'autre part, ont conçu et pratiqué leur rapport à l'héritage culturel qui les précédait.

Diverses façons de s'approprier

La comparaison des procédés d'assimilation mis en œuvre par le monde latin et par le monde arabe fait apparaître une différence capitale. Elle était déjà implicite dans ce que j'ai dit plus haut sur le genre d'œuvres que traduisait ou ne traduisait pas le monde arabe[1]. En très gros : dans les œuvres qu'ils

1. Cf. *supra*, chap. IV, p. 103. Une comparaison intéressante entre Romains et Arabes est esquissée dans W. von Hum-

traduisent, les Arabes s'attachent au seul contenu, les Romains y joignent l'aspect littéraire. Les Arabes cherchent à s'approprier un contenu scientifique et/ou philosophique, qui peut avoir valeur de vérité. Les Romains sont mus aussi par des critères esthétiques. C'est pourquoi la beauté formelle de la poésie peut faire passer le contenu peu conforme à l'orthodoxie philosophique et morale régnante. Ainsi, Lucrèce l'athée est recopié par des chrétiens; l'*Art d'aimer* d'Ovide est recopié par des gens qui ont fait vœu de chasteté : ce sont des moines, et pas nécessairement des moines pour étiquette de camembert, qui transcrivent scrupuleusement des passages où le poète recommande le synchronisme des orgasmes[1]... Parce que c'était Lucrèce; parce que c'était Ovide. La poésie antique, en revanche, n'est pas parvenue au monde arabe. Ou, si elle l'est, c'est tout au plus sous la forme de florilèges de sentences morales devenues fort prosaïques. Il en est ainsi parce que, comme chacun sait, la poésie est intraduisible. C'est ce qu'a bien vu un auteur arabe du XIe siècle, Al-Sijistânî[2]. Il faut donc, ou ne pas lire la poésie du tout, ou la lire dans l'original, et partant, la conserver dans sa langue d'origine.

---

boldt, *Über die Verschiedenheit des menschlichen Sprachbaues und ihren Einfluß auf die geistige Entwicklung des Menschengeschlechts* (œuvre sur le Kawi), § 34; *Werke*, éd. A. Flitner et K. Giel, Wissenschaftliche Buchgesellschaft, Darmstadt, 1963, t. 3, p. 604.

1. Je me souviens d'une amusante remarque à ce sujet dans un texte d'E. Gilson, mais n'arrive pas à retrouver la référence.

2. Abu Sulayman al-Sijistânî, *The Muntakhab Siwân al-hikmah...* (en arabe), introduction et notes de D.M. Dunlop, Mouton, La Haye, 1979, § 96, p. 68.

Ici se fait jour ce qui me semble être une différence décisive entre la transmission arabe et la transmission européenne de l'héritage antique. Elle se situe sans doute, d'abord, sur le terrain linguistique. Le phénomène fondamental est celui de la présence ou non d'une continuité de langue. Le latin et le grec ont survécu au christianisme, qui s'est exprimé par leur moyen. Dans les régions islamisées, au contraire, l'arabe a fait disparaître le grec et progressivement ramené le syriaque et le copte au rang de langues purement liturgiques ou de dialectes régionaux. Le persan aurait sans doute subi le même sort sans la renaissance politique et culturelle inaugurée au XIe siècle. Quant au turc et aux autres langues des pays islamisés plus tard (Inde, Indonésie, Afrique), ils entrèrent dans la sphère de l'Islam à une époque où celui-ci avait déjà perdu de son élan primitif.

Il y a un auteur qui, même s'il n'a pas su grand-chose de l'islam, a bien vu l'importance de ce facteur linguistique. C'est Machiavel. Il écrit que le christianisme, pour lequel il n'avait guère de sympathie :

> n'a pu réussir à éteindre totalement la connaissance des choses faites par les hommes excellents [de la civilisation païenne], ce qui s'est produit parce que celui-ci a maintenu la langue latine, ce qu'ils [les chrétiens] firent forcément, puisqu'il avaient à écrire cette loi nouvelle avec cette langue. [En revanche,] quand il se trouve que ceux qui instituent la secte nouvelle sont d'une langue différente, il leur est facile de l'éteindre [la mémoire de l'ancienne religion] [1].

1. Machiavel, *Discorsi sopra la prima deca di Tito Livio*, II, 5, dans *Tutte le opere*, éd. Flora et Cordié, Mondadori, 1968 (2e éd.), t. 2, p. 247.

Si, en Europe, la nouvelle religion s'est exprimée dans la langue vulgaire de l'époque, puis dans les langues — germaniques, slaves, celtiques, etc. — des peuples nouvellement convertis, elle n'a pas produit de chef-d'œuvre littéraire particulièrement normatif. On peut porter le jugement que l'on veut sur le message que transmet le Nouveau Testament. On peut souligner l'importance historique qu'a eue le récit de la Passion — la majesté la plus haute dans l'abaissement le plus ignoble — pour faire sauter la barrière qui séparait jusqu'alors le style élevé du style bas[1]. Mais force est de constater que les textes qui le composent sont, en tant que textes littéraires, d'une qualité assez médiocre. Les chrétiens l'ont toujours su, qui parlaient, par allusion au métier initial des apôtres, d'une « langue de pêcheurs » (*sermo piscatorius*), d'un « discours humble[2] ». Et le même phénomène s'observe au niveau profane : les peuplades barbares, païennes, ne possédaient pas de langues suffisamment élaborées et de littératures assez riches pour rivaliser avec celles des territoires sur lesquels elles s'installaient. En conséquence, l'Europe dut attendre plusieurs siècles pour voir apparaître des littératures en langue vulgaire.

En revanche, les Arabes possédaient, dès avant le Coran, une grande poésie lyrique, guerrière, polémique. Ils ont en outre et surtout, depuis l'islam, conscience de posséder avec le Coran le chef-d'œuvre littéraire indépassable, et même inégalable,

1. Cf. E. Auerbach, *Mimésis*, Gallimard, Paris, 1968, chap. II.
2. Cf. ID., « Sacrae scripturae sermo humilis » (en français), dans *Gesammelte Aufsätze zur romanischen Philologie*, Francke, Berne / Munich, 1967, p. 21-26.

puisque cette inimitabilité même constitue le grand miracle, le seul miracle, à vrai dire, censé attester l'origine divine du livre sacré[1]. Et la révélation coranique n'a nullement interrompu, ni même modifié en profondeur, la tradition poétique arabe : les mêmes genres littéraires fleurissent avant comme après, voire les mêmes thèmes, d'ailleurs pas toujours très orthodoxes. Le fait coranique a exercé sur la littérature arabe tout au plus une influence indirecte. On a pu en effet y rattacher l'absence d'une prose d'art en terre d'islam et la division de l'écrit en une poésie, qui seule relève de l'art, et une prose de pure description des faits : une fois le Coran supposé inimitable, il était dangereux de se rapprocher trop de la prose rythmée dans laquelle il est rédigé[2]. Quoi qu'il en soit, il y a donc, outre la discontinuité linguistique, une seconde raison pour laquelle les Arabes n'ont pas cherché à adapter la poésie gréco-latine, et c'est que, tout simplement, ils n'avaient nul besoin de chercher ailleurs ce que leur propre tradition leur fournissait en abondance.

La meilleure des langues ?

Les deux faits, religieux et littéraire, se rejoignent en un seul, tous deux aboutissant à une valorisation ou non de la langue dans laquelle on s'exprime. En Europe, celle-ci n'est pas considérée comme déte-

1. Fondement textuel en Coran, XVII, 90 ; X, 39. Cf. *Encyclopédie de l'Islam*, « I'ǧāz », t. III (1970), p. 1044a-1046b (G.E. von Grünebaum).
2. Cf. A. Miquel, *L'Orient d'une vie*, Payot, Paris, 1990, p. 109 et 120.

nant une valeur particulière[1]. Les Arabes, au contraire, croient qu'ils parlent — ou en tout cas qu'ils lisent et écrivent — la langue de Dieu lui-même. En effet, le Coran a été révélé « en arabe clair », et se présente lui-même comme « un Coran arabe[2] ». Cette origine religieuse est au fond de la valorisation de la langue arabe ; la poésie postérieure au Coran est même supposée écrite en une langue plus belle que la poésie antérieure à celui-ci[3]. De la sorte, l'arabe, s'il n'est pas nécessairement la langue la plus ancienne, est la langue définitive[4], et en tout cas la plus claire, la plus concise et la plus vraie des langues[5]. Une fois, donc, qu'une œuvre est traduite en arabe, elle acquiert une dignité incomparable. Elle est promue plutôt que diluée. La copie, bien loin de « dégénérer de la vivacité de l'original », est pour ainsi dire élevée à un niveau supérieur. C'est ce qu'exprime Al-Biruni, qui, lui-même natif du Khwarezm, ne connaissait l'arabe que comme une langue apprise :

1. Cf. *supra*, chap. II, p. 51.
2. Coran, XII, 2 et *passim*.
3. Cf. Ibn Khaldun, *Muqaddima*, IV ; Q, t. 2, p. 269 *sq.* ; R, t. 2, p. 303 *sq.* et VI ; Q, t. 3, p. 350, 1-8 ; R, t. 3, p. 396 *sq.* ; M, p. 1317.
4. Cf. A. Borst, *Der Turmbau von Babel. Geschichte der Meinungen über Ursprung und Vielfalt der Sprachen und Völker*, A. Hiersemann, Stuttgart, 1957, t. 1 : *Fundamente und Aufbau*, p. 334.
5. Cf. par exemple *Rasā'il Iḫwān aṣ-Ṣafā'*, III, 9 (40), éd. Bustani, Beyrouth, 1983, t. 3, p. 377 et 381, ou Ibn Khaldun, *Muqaddima*, VI ; Q, t. 3, p. 280, 1 ; R, t. 3, p. 321 ; M, p. 1244 et Q, t. 3, p. 300, 1 *sq.* ; R, t. 3, p. 344 ; M, p. 1267 *sq.* Cf. aussi aš-Šāfi'ī, *ar-Risāla*, § 138, p. 42, éd. A. M. Šākir, cité dans J. Langhade, *Du Coran à la philosophie. La langue arabe et la formation du vocabulaire philosophique de Farabi*, Damas, 1994, p. 117.

Les sciences de toutes les régions du monde ont été traduites dans la langue des Arabes, se sont embellies, ont pénétré les cœurs, et la beauté de la langue a circulé dans les veines et les artères[1].

Il n'est donc pas surprenant que les versions originales des œuvres traduites aient été négligées. Ainsi, on ne rencontre que de façon exceptionnelle un intérêt pour la langue et la culture grecques chez des musulmans, et la plupart du temps là où l'arabe ne domine pas exclusivement. C'est le cas chez les Turcs, comme par exemple chez Mehmet le Conquérant[2].

Des faits analogues se rencontrent à Byzance, mais pour des raisons différentes. Byzance a en commun avec l'Europe une continuité linguistique entre la période qui précède et celle qui suit l'arrivée de la religion dominante. C'est ce qui les distingue toutes deux du monde arabe. Cette continuité est bien entendu celle de la langue grecque. Mais, en revanche, Byzance a en commun avec le monde arabe un trait qui la distingue de l'Europe. Elle est en effet, elle aussi, consciente de la présence en elle d'une langue très valorisée, illustrée par les chefs-d'œuvre d'une littérature prestigieuse — le grec

1. Préface au *Livre des drogues*, dans Al-Biruni's, *Book on Pharmacy and Materia Medica*, éd. et trad. angl. Hakim Mohammed Said, Hamdard National Foundation, Karachi, 1973, p. 12, 3 *sq.*; trad. angl., p. 7b-8a. Cf. aussi Abū Ḥātim ar-Rāzī, *Kitāb az-Zīna fī 'l-kalimāt al-islāmiyya al-'arabiyya*, t. I, p. 63, 2-4, Al-Ḥamdānī, cité dans J. Langhade, *op. cit.*, p. 148.

2. Pour une mise au point, cf. J. Raby, « Mehmet the Conqueror's Greek Scriptorium », *Dumbarton Oaks Papers*, 37 (1983), p. 15-34.

d'Homère et de Platon. Ainsi, Théodore Métochite, au XIVe siècle, peut-il s'exclamer fièrement :

> Les États voisins de l'Hellade n'ont pas eu part à une semblable tradition. Ils ne possédèrent pas, en effet, une langue qui s'est triomphalement imposée pour tous les temps, et qui, par son charme esthétique, a attiré dans sa sphère la plupart des hommes[1].

La forme classique de cette langue est restée normative. C'est au point que l'on chercha parfois à élever la dignité de certains textes par une traduction paradoxale qui les fait remonter en amont de l'évolution linguistique, du grec populaire au grec savant. Ainsi, au Xe siècle, Syméon Métaphraste réécrivit en grec distingué toutes les vies de saints que la piété populaire avait écrites dans sa langue[2]. La continuité linguistique assurée par le grec savant a pu maintenir (certes au prix d'un apprentissage scolaire) l'accessibilité des chefs-d'œuvre antiques. Cela fut obtenu au prix d'une fiction, celle de l'unité de la langue grecque. Et peut-être la continuité de l'hellénisme, d'Homère (pour ne pas remonter au linéaire B...) aux Byzantins, n'est-elle elle-même qu'une fiction[3]. En ce qui

1. *Ethikos è peri paideias*, f. 205r, cité dans H. Hunger, « Theodoros Metochites als Vorläufer des Humanismus in Byzanz », *Byzantinische Zeitschrift*, 45 (1952), p. 4-19, cité en note p. 15.
2. Cf. *Dictionnaire de spiritualité*, « Syméon Métaphraste », col. 1383-1386 (M.-H. Congourdeau).
3. Cf. C. Mango, « Byzantinism and Romantic Hellenism », *Journal of the Warburg and Courtauld Institutes*, XXVIII (1965), p. 29-43. En sens contraire, Ap. Vacalopoulos, « Byzantinism and Hellenism. Remarks on the Racial Origin and the Intellectual Continuity of the Greek Nation », *Balkan Studies*, IX (1968), p. 101-126.

concerne la langue, en tout cas, l'écart réel entre une langue « épurée » (*katharevousa*) et une langue « populaire » (*dhimotiki*) ne cessa de s'agrandir, jusqu'à ses dernières retombées, politiquement surdéterminées, dans la Grèce contemporaine[1]. En tout cas, les élites culturelles de Byzance ne se sentirent jamais aliénées par rapport à la Grèce ancienne.

Ainsi, à la différence de Byzance, l'Europe n'a pas pu perdurer, grâce à la continuité d'une langue qui avait été le support d'une très grande littérature, dans la possession paisible d'un héritage classique qui lui assurait le sentiment d'une supériorité culturelle. Elle n'a pas pu non plus, comme le monde musulman, compenser sa dépendance initiale par rapport aux sources extérieures par l'impression d'ennoblir et d'élargir le savoir qu'elle héritait en le faisant accéder à la langue choisie par Dieu pour Son message enfin non adultéré, et en le diffusant dans l'espace que couvrait Sa religion définitive. L'Europe devait donc rester face à la conscience d'avoir emprunté, sans espoir de restitution, à une source qu'elle ne pouvait ni regagner ni surpasser.

Nanisme et nostalgie

La culture européenne est de la sorte marquée par le sentiment mélancolique d'une aliénation ou d'une infériorité par rapport à une source, qui suscitent une nostalgie. On peut trouver des traces de ce sentiment à diverses époques. Ainsi, au Moyen Âge, dans l'image récurrente selon laquelle une

1. Cf. R. Fontaine, « L'Église grecque et la question de la langue en Grèce », *Istina*, 21 (1976), p. 412-429.

époque postérieure se perçoit comme une génération de nains qui ont besoin de se jucher sur les épaules des géants qui l'ont précédée. L'image se trouve sans doute pour la première fois au début du XIIe siècle chez Bernard de Chartres († vers 1125), pour lequel le géant est Aristote[1]. Elle se rencontre ensuite chez les chrétiens de l'époque[2], mais aussi chez les juifs, pour lesquels elle permet d'illustrer le principe juridique selon lequel la *halakhah* se règle sur la décision des plus récents[3]. Elle aboutit, au terme d'une histoire mouvementée, jusqu'à Newton[4]. Mais la comparaison des Anciens avec des géants et des Modernes avec des nains est aussi implicitement chez Swift, qui présente les premiers dans sa description de Brobdingnag et les seconds dans celle de Lilliput. Par ailleurs, il est remarquable de noter que la même image permet de rendre compte de deux rapports au passé, profane, mais aussi religieux : des vitraux de la cathédrale de Chartres représentent les quatre évangélistes perchés sur les épaules des prophètes de l'Ancienne Alliance.

Le même sentiment est présent à l'orée des temps modernes, par exemple chez Montaigne, qui écrit :

1. Cité par Jean de Salisbury, *Metalogicon*, III, 4; PL 199, 900c.

2. Cf. E. Jeauneau, « "Nani gigantum humeris insidentes". Essai d'interprétation de Bernard de Chartres », *Vivarium*, 5 (1967), p. 79-99.

3. Cf. D. Zlotnik, « Sur la source de la comparaison "le nain et le géant" et ses avatars » (en hébreu), *Sinai*, 77 (1975), p. 184-189.

4. Cf. le livre à la fois érudit et humoristique de Robert K. Merton, *On the Shoulders of Giants. A Shandean Postscript*, Free Press, New York, 1965, IX-290 S.

Les productions de ces riches et grandes âmes du temps passé sont bien loin au-delà de l'extrême étendue de mon imagination et souhait. Leurs écrits ne me satisfont pas seulement et me remplissent ; mais ils m'étonnent et transissent d'admiration. Je juge leur beauté ; je la vois, sinon jusqu'au bout, au moins si avant qu'il m'est impossible d'y aspirer[1].

Ce sentiment s'alimente parfois à une conception générale de l'histoire comme d'une décadence par rapport à une vérité primitive. Mais il ne s'y réduit pas. Même après le XVIIe siècle et la querelle des Anciens et des Modernes, qui vit pourtant le triomphe de ces derniers, même après le XVIIIe siècle et l'accession de l'idée de progrès au rang d'une croyance inattaquable, il survit de façon souterraine dans le romantisme et l'idéalisme allemands[2]. Il est encore chez Goethe, qui écrit :

Nous maintenir avec courage à la hauteur de ces avantages barbares, puisque nous ne pourrons sans doute jamais atteindre les avantages antiques, tel est notre devoir[3].

1. Montaigne, *Essais*, II, 17, « De la présomption », éd. P. Villey, Alcan, 1930, t. 2, p. 610. Je dois cette référence, ainsi que le passage de Goethe qui suit, à l'article de P. Meitinger, « De l'Europe considérée en sa littérature », *Cahiers de l'École des sciences philosophiques et religieuses*, Facultés universitaires Saint-Louis, Bruxelles, 14 (1993), p. 49-94, cité p. 51.

2. Cf. J. Taminiaux, *La nostalgie de la Grèce à l'aube de l'idéalisme allemand. Kant et les Grecs dans l'itinéraire de Schiller, de Hölderlin et de Hegel*, Nijhoff, La Haye, 1967, XII-274 p.

3. Goethe, « Notes sur "Le neveu de Rameau" », dans *Sämtliche Werke...*, Münchner Ausgabe, Hanser, Munich, t. 7 (1991), p. 666.

Nietzsche le formule enfin à propos de la philosophie allemande dans son ensemble :

La philosophie allemande en son ensemble [...] est l'espèce la plus sérieuse de romantisme et de nostalgie qui ait jamais existé : elle réclame ce qu'il y a jamais eu de meilleur. Depuis lors, on n'est plus du tout chez soi, on réclame, au fond, de revenir là où l'on peut être chez soi d'une manière ou d'une autre, parce que c'est là seul que l'on voudrait être chez soi, et cela, c'est le monde grec ! Mais c'est justement pour mener là-bas que tous les ponts sont écroulés — à l'exception des arcs-en-ciel des concepts ! Et ils mènent partout, vers toutes les terres natales, toutes les « patries » qu'il y a jamais eu pour des âmes grecques[1] !

Et Leo Strauss, en notre siècle, reconnaîtra encore que « il faut être transporté par une sincère nostalgie envers le passé[2] ».

Entre historicisme et esthétisme

Ce sentiment fait des Européens des « Romains », disais-je. Et en un sens, nous le sommes restés, après et malgré la révolution qui s'est produite dans notre rapport au passé. Il faut commencer par prendre conscience de son ampleur. Elle est silencieuse, mais elle constitue pourtant un des traits fondamentaux de la modernité. C'est la révolution que constitue le rapport historique au passé. Nul

1. Nietzsche, fragment d'août-septembre 1885, 41 [4], KSA, t. 11, p. 678.
2. Leo Strauss, « On Collingwood's Philosophy of History », *Review of Metaphysics*, 5 (1951-1952), p. 576.

sans doute ne l'a mieux vue que Nietzsche, dans la seconde de ses *Considérations inactuelles* (1874)[1], qui reste le point de départ indispensable de toute réflexion à ce sujet. L'historicisation du passé est le fait que l'on conserve celui-ci non plus parce qu'il est beau, ou pertinent, ou comme on voudra dire — ce qui revient à le considérer comme actuel —, mais bien pour l'unique raison qu'il est passé, et donc « intéressant ». On peut signaler plusieurs signes de ce fait. Ainsi le développement fantastique, cancéreux, de la production d'œuvres historiques. Ou le phénomène du musée[2], encore plus visible lorsqu'il ne se contente plus de conserver les chefs-d'œuvre de l'art, dont la beauté les arrache à leur contexte daté et leur confère comme une valeur intemporelle, mais va vers une muséalisation progressive de tout le passé[3]. Ou encore, le monument aux morts, censé faire mémoire de la « der des ders », donc de ce qui devrait ne plus jamais être actuel. Notre rapport aux Anciens est devenu un rapport de conservation : nous éditons ou étudions des textes antiques, même lorsque leur contenu n'a plus rien à voir avec notre savoir ou nos croyances.

Cette attitude envers les textes anciens est liée à une autre, qui la compense et en est peut-être l'an-

1. Nietzsche, « De l'utilité et des inconvénients de l'étude de l'histoire pour la vie ». Cf. aussi ma propre esquisse, « Culture et mémoire », *Grand Larousse annuel,* Le livre de l'année, 1994, p. 29-31.

2. L'essentiel là-dessus est sans doute dans Valéry, « Le problème des musées », *Œuvres,* Bibliothèque de la Pléiade, t. 2, p. 1290-1293.

3. Cf. H. Lübbe, *Zeit-Verhältnisse. Zur Kulturphilosophie des Fortschritts,* Styria, Graz *et al.,* 1983, p. 9-32.

tidote. Il s'agit de l'attitude esthétique, de ce qui fait que l'on apprécie un texte parce qu'il est beau. C'est ce qui explique ce geste paradoxal qui consiste à s'approprier ce dont on sent pourtant qu'on lui est devenu étranger. Or ce qui caractérise l'attitude esthétique devant une réalité est que la séparation du contenu et de la forme perd toute pertinence. Il suffit d'avoir lu, une fois dans sa vie, un poème ou un roman pour le savoir. L'impossibilité de distinguer le contenu de la forme, c'est très évident, permet de sauvegarder la forme. Mais il faut comprendre aussi que cette impossibilité sauvegarde tout aussi bien le contenu. Changer la forme pour garder le contenu (c'est ce qui se passe dans une traduction), c'est réduire le texte à la compréhension qu'en avait le traducteur. C'est du coup empêcher d'autres interprètes de venir y puiser. Le travail herméneutique n'est possible que si la lettre est préservée. Et donc si l'on lit tout texte, même le plus prosaïque, comme un poème dans lequel chaque mot est irremplaçablement lui-même — ou, en un sens, si on lit la prose comme un cas limite de la poésie. L'avantage d'un rapport esthétique au texte est ainsi qu'il postule que le texte est inépuisable. C'est son inépuisabilité, et non sa valeur de modèle, qui fait le caractère « classique » d'un texte. Pour le dire avec Schlegel :

> Il n'est pas nécessaire que l'on puisse comprendre à fond un texte classique. Mais ceux qui sont cultivés et qui se cultivent doivent vouloir en tirer toujours plus de leçons[1].

1. F. Schlegel, *Kritische Fragmente*, n° 20 ; KA, t. 2, p. 149.

Un texte classique est un texte dont on peut toujours extraire des idées nouvelles. Or ce que l'on pourrait appeler le pari culturel de l'Europe est justement que les textes anciens auront toujours quelque chose à nous apprendre — et donc qu'il faut les conserver dans leur littéralité.

Jeter la coquille

Le monde de l'Islam, en revanche, s'il a traduit, et énormément traduit, et s'il a prolongé le contenu de ce qu'il traduisait, n'a pas conservé les originaux. C'est encore Friedrich Schlegel qui le remarque, en un passage d'allure polémique, mais dont l'idée centrale me semble juste :

> Les Arabes sont une nature extrêmement polémique, les annihilants parmi les nations. La manie qu'ils avaient (*Liebhaberei*) d'effacer les originaux, ou de les jeter, lorsque la traduction était terminée, caractérise l'esprit de leur philosophie. C'est bien pour cela qu'ils étaient sans doute infiniment plus cultivés (*kultiviert*), mais, malgré toute leur civilisation (*Kultur*), purement et simplement plus barbares (*barbarisch*) que les Européens du Moyen Âge. Est barbare en effet ce qui est à la fois anticlassique et antiprogressif[1].

On peut mettre de côté le jugement de valeur, qui, en l'occurrence, est défavorable, mais conser-

1. F. Schlegel, *Fragment de l'« Athenäum »*, n° 229 ; KA, t. 2, p. 202. Pour des raisons mystérieuses, je ne m'étais pas souvenu de ce texte, que j'avais pourtant lu, dans la première édition du présent ouvrage. Je ne sais pas d'où Schlegel tient ce renseignement.

ver le fait, qui est attesté par ailleurs. Il a du reste déjà suscité la réflexion d'Ibn Khaldun, lequel dit magnifiquement :

[Les musulmans] regardèrent avec convoitise vers les sciences des nations [païennes]. Ils les transportèrent donc, par traduction, vers leurs propres sciences, et les coulèrent dans le moule de leurs façons de voir. Ils les épluchèrent (*ğarrada*) de ces langues (*luġa*) étrangères [et les firent passer] vers leur idiome (*lisān*) [à eux], et y surpassèrent leurs capacités [?]. Ces cahiers qui étaient dans leur langue étrangère restèrent dans un profond oubli (*nasiyan mansiyan*), traces [d'un campement] d'où l'on a émigré, poussières dispersées. Toutes les sciences eurent un matin dans la langue des Arabes, et les recueils de ces sciences furent tracés dans leur écriture. Ceux qui s'occupaient de sciences durent en connaître les manifestations parlées et écrites dans leur langue, et non dans les autres langues, du fait de l'effacement de celles-ci ou de la disparition de l'intérêt qu'on leur portait[1].

Il faudrait analyser chaque image. On remarquera en particulier celle, implicite, qui est contenue dans le verbe que j'ai traduit très étymologiquement par « éplucher », et qui signifie couramment « dépouiller », voire, en philosophie, « abstraire » : celle d'un fruit dont on consomme la pulpe pour en jeter ensuite la peau. En tout cas, la conséquence de cette disparition des textes originaux et de la négligence des langues originales est que le monde musulman n'a pu revenir sur ce qu'il traduisait et en approfondir l'examen. On a certes des exemples de retraduction d'un même texte grec. Mais tout s'est passé

1. Cf. Ibn Khaldun, *Muqaddima*, VI ; Q, t. 3, p. 276, 11-19 ; trad. angl. R, t. 3, p. 317 ; trad. franç. Monteil, p. 1241.

aux IXe et Xe siècles, alors que, bien entendu, les originaux étaient encore disponibles. Cela vaut pour les musulmans, et aussi, dans leur sillage, des chrétiens de culture syriaque. On a remarqué que ceux-ci, au IXe siècle, se sont mis à réutiliser des manuscrits grecs, qu'ils grattent pour y réécrire, non par désintérêt pour l'héritage hellénique, mais parce que les œuvres qui en provenaient étaient déjà disponibles en traduction[1].

Ce faisant, le monde islamisé a rendu impossible le phénomène des « renaissances », c'est-à-dire du recours aux textes originaux contre les traditions qui s'en sont réclamées. Dans le monde européen, la présence des originaux rend possible un constant procès en appel. Les écoles de pensée peuvent s'affronter avec plus ou moins d'âpreté. Mais elles se disputent alors autour des mêmes sources. Les « renaissances » ne sont autre chose que la contestation par une lecture nouvelle d'une lecture ancienne d'un même corpus de textes. Ainsi, les Italiens, par exemple à Padoue, opposent à l'Aristote de la scolastique celui d'Averroès, lequel est supposé, non d'ailleurs sans raison, plus proche de l'Aristote historique. Ou encore, les humanistes jouent le latin de Cicéron contre le latin médiéval, supposé « barbare ».

1. Cf. S. Brock, « From Antagonism to Assimilation : Syriac Attitudes to Greek Learning », N. Garsoian *et al.* (éd.), *East of Byzantium. Syria and Armenia in the Formative Period* (Dumbarton Oaks Symposium, 1980), Dumbarton Oaks Papers, Washington, 1982, p. 29.

Inclusion et digestion

Le même exemple de la réception d'Aristote peut aider à caractériser le style islamique de la réception de l'héritage antique et à mieux percevoir, par contrecoup, celui qui caractérise l'Europe. On peut en effet distinguer deux types de réception. Je propose de les appeler l'inclusion et la digestion. Enfant, j'étais fasciné par ces colifichets en vente au bord de la mer ou à la montagne et dans lesquels sont noyés dans un solide de plastique diaphane, selon les cas, un hippocampe ou un edelweiss. Cela s'appelle une inclusion. La masse qui enserre l'objet le soustrait à une saisie immédiate. En revanche, elle le maintient aussi dans une certaine position, choisie parce qu'elle permet de le voir le mieux possible. Et déjà, elle le met à l'abri de l'air, au contact duquel il ne manquerait pas de se décomposer. Dans ce modèle, ce qui est intérieur ne cesse pas pour autant d'être autre. C'est bien plutôt le fait même qu'il soit devenu intérieur qui le maintient dans son altérité. J'appellerai donc *inclusion*[1] l'appropriation dans laquelle le corps étranger est maintenu dans son altérité et entouré par le processus d'appropriation dont la présence même fait ressortir son altérité. En revanche, j'appellerai *digestion* l'appropriation dans laquelle l'objet est à ce point assimilé qu'il perd son indépendance. Celle-ci supprime la différence entre le sujet qui

1. Je généralise un concept (*Einsetzung*) emprunté à K. Flasch, *Einführung in die Philosophie des Mittelalters*, Wissenschaftliche Buchgesellschaft, Darmstadt, 1989, p. 2.

s'approprie et l'objet qu'il s'approprie : le lion est fait avec du mouton digéré.

L'inclusion est un procédé hautement artificiel ; la digestion est le plus élémentaire des processus naturels. Si donc le rapport de l'Europe à ses sources est, comme nous aurons à le voir, non pas naturel mais artificiel, il n'y a rien d'étonnant à ce que l'Europe se distingue des autres filles du monde antique, moins par le contenu qu'elle s'est approprié que par la façon dont elle l'a fait. Et il n'y a rien d'étonnant non plus à ce que cette façon soit artificielle et non naturelle. C'est par inclusion que l'art et la littérature antiques sont insérés comme tels, comme *autres*, dans la transparence de la culture européenne.

Donnons-en un exemple précis. Là où ce qu'il faut recevoir est un texte écrit, à chacun de ces types de réception correspondent deux genres littéraires : d'une part, le commentaire, qui reproduit le texte, lemme après lemme, et l'explore, en en maintenant l'altérité ; d'autre part, l'intégration par réécriture à une œuvre dont le texte d'origine ne peut plus être distingué. Ce que l'on appelle paraphrase. Or, si l'on regarde les différentes façons dont on commente Aristote, en les localisant par cultures et en les replaçant dans le temps, on constate les faits suivants : les anciens commentateurs grecs pratiquent aussi bien le commentaire que la paraphrase, comme le faisait Thémistius (IVe siècle de notre ère). Mais les grands commentateurs néoplatoniciens, comme Simplicius (VIe siècle), préfèrent le commentaire. Nous possédons d'Al-Farabi (Xe siècle) aussi bien des commentaires, par exemple au *Traité de l'interprétation*, que des textes plus courts qui reprennent en l'adaptant le contenu de certains traités de l'*Organon*, et sous le même titre.

Avicenne (XIe siècle) représente un tournant décisif. Il pratiqua systématiquement la méthode de la paraphrase, méthode d'inclusion, donc, en réécrivant, notamment dans sa vaste encyclopédie *La guérison* (*Kitāb aš-Šifā'*), l'ensemble du système aristotélicien des sciences. Il importe peu ici de rappeler l'évidence, à savoir, d'une part, qu'il y a ajouté la dose élevée de néo-platonisme qui suivait alors l'aristotélisme comme une ombre, et d'autre part qu'il en a fait, en lui donnant la marque de son génie propre, quelque chose de profondément original. Ce qui importe ici est qu'Avicenne représente parfaitement la méthode islamique d'appropriation par incorporation. On peut repérer comme une affinité entre les styles d'appropriation et les arrière-fonds religieux : Avicenne s'oppose, d'une part, consciemment, à des chrétiens arabes, les aristotélisants de Bagdad. Et d'autre part, rétrospectivement, il se distingue pour nous d'un auteur qui, comme Averroès, ne sera guère reçu que par les juifs et les chrétiens. Or l'entreprise d'Avicenne a pleinement réussi. Tellement bien que, dans l'Orient musulman, l'aristotélisme devint tout simplement l'avicennisme[1]. Le récepteur a absorbé ce qu'il recevait au point de se confondre avec lui, et de le rendre inaccessible pour une réception directe.

Averroès (XIIe siècle), dans une sorte de retour à la méthode d'Al-Farabi, procède des deux façons, selon

1. Cf. D. Gutas, *Avicenna and the Aristotelian Tradition. Introduction to Reading Avicenna's Philosophical Works*, Brill, Leyde, 1988, p. 261.

le genre de commentaire qu'il écrit; il procède par digestion dans ses épitomés (*ǧawāmiʿ*) et ses commentaires dits « moyens » (*šarḥ*), par inclusion dans ses « grands » commentaires (*tafsīr*). Parmi les chrétiens, à la différence de son maître Albert le Grand, qui procède comme Avicenne, Thomas d'Aquin (XIIIe siècle) n'a écrit que des grands commentaires qui reprennent tous la méthode de ceux d'Averroès. À propos des œuvres exégétiques d'Averroès, on observe une très intéressante inversion entre philosophes juifs et chrétiens. Le passage des centres intellectuels juifs du monde musulman au monde chrétien s'accompagne d'une évolution dans les styles d'appropriation : au début, les juifs utilisent les épitomés, et pas les grands commentaires; en revanche, les chrétiens utilisent d'emblée les grands commentaires, et ne connaissent à peu près pas les épitomés avant la Renaissance. Et c'est seulement dans le sillage de la scolastique chrétienne que les juifs vinrent à s'intéresser aux grands commentaires d'Averroès, et donc, au texte même d'Aristote[1].

Pourquoi ce modèle de rapport aux emprunts culturels ? Quant aux textes écrits, on peut penser que la présence et l'accessibilité linguistique d'une grande poésie ont imposé à l'Europe le modèle esthétique du rapport au texte. Du coup, elle a interdit que l'on transvase en une seule fois le contenu de l'œuvre, pour en jeter ensuite le contenant. En ce sens, c'est la poésie qui a sauvé l'Europe. Mais elle n'aurait pu le faire si le christianisme n'avait déjà, dès le niveau du rapport à l'Absolu, imposé le modèle culturel de la secondarité.

1. Cf. Zonta, *op. cit.*, p. 151 et *passim*.

VI

Une identité excentrique

En effet, comme nous l'avons vu [1], dans le monde chrétien, le phénomène de la secondarité se retrouve jusque dans le rapport à l'Absolu (en clair : la religion). Or, il me semble que c'est la présence de la secondarité à ce niveau fondamental qui singularise l'Europe. En effet, même si d'autres civilisations peuvent se reconnaître héritières — comme bien des cultures asiatiques reconnaissent une lourde dette envers l'Inde (Asie du Sud-Est, Tibet) ou la Chine (Japon, Corée) —, l'Europe est peut-être la seule à faire de cette secondarité un principe situé au centre même de son rapport à l'Absolu.

Le fondement religieux de la secondarité

Avoir élevé la secondarité culturelle au niveau du rapport à l'Absolu est le fait de la religion qui a décisivement marqué l'Europe, à savoir le christianisme. Celui-ci se sait en effet second par rapport à l'Ancienne Alliance. Cet ancrage dans l'Absolu

1. Cf. *supra*, chap. III, p. 86.

donne à ladite secondarité un poids unique, non sans la modifier. En effet, la secondarité, dans le domaine religieux, ne relève pas du temps : l'Ancienne Alliance n'est pas un passé dont la Nouvelle s'éloignerait progressivement ; elle est plutôt un fondement permanent. Par suite, elle ne se conçoit pas comme un progrès par rapport au passé, et donc pas non plus comme une historicisation de celui-ci. À l'inverse, le rapport à l'héritage du monde antique est bien un rapport à un passé, et, comme tel, il ne peut se soustraire à ces deux phénomènes. Il faut donc que la secondarité culturelle (envers le « Grec ») soit reprise dans la secondarité religieuse (envers le « juif ») pour pouvoir fournir un modèle permanent.

De la sorte, c'est la secondarité religieuse qui interdit à toute culture héritière du christianisme, comme c'est le cas de l'Europe, de se considérer elle-même comme sa propre source. Le refus du marcionisme est ainsi, peut-être, l'événement fondateur de l'histoire de l'Europe comme civilisation, en ce qu'il fournit la matrice du rapport européen au passé et ancre celui-ci au niveau le plus élevé. Il se peut ainsi que saint Irénée, de par sa polémique contre le marcionisme et son affirmation de l'identité du Dieu de l'Ancien Testament avec celui du Nouveau, soit non seulement un des Pères de l'Église, mais aussi un des Pères de l'Europe. À l'inverse, le repli de l'Europe sur sa propre culture, comprise comme n'étant qu'une culture parmi d'autres, serait quelque chose comme du marcionisme culturel.

Dans le domaine religieux comme dans le domaine culturel, l'Europe a un même rapport à ce qui précède : elle ne s'arrache pas au passé, elle ne le rejette pas. L'Europe ne prétend pas, quant à la culture profane, avoir absorbé en elle tout ce que contenait l'hellénisme ou, en religion, tout ce que contenait l'Ancien Testament — de telle sorte que l'on pourrait jeter la coquille vide. Ce que le christianisme prétend tout au plus posséder (le terme n'est pas juste), c'est la clé permettant d'interpréter ce vers quoi tendait l'Ancienne Alliance. Il prétend que la récapitulation de l'histoire passée est donnée dans l'événement du Christ, plénitude de la divinité (Colossiens 2, 9). Mais l'exploration des richesses qui y sont contenues, et leur réfraction dans la sainteté de l'Église, est une tâche infinie, qui ne requiert pas moins que toute l'histoire à venir.

L'islam, en revanche, se caractérise par une attitude d'absorption. Pour lui, comme on l'a vu[1], les juifs et les chrétiens ont trafiqué les textes de la révélation qui leur avait été transmise. Celle-ci n'est présente dans sa pureté que dans le Coran. Il s'ensuit que, pour l'islam, la vérité du judaïsme comme celle du christianisme se trouve en lui, et en lui seul. Cette vérité se situe donc en dehors des deux religions qui l'ont précédé et qui sont ainsi comme aliénées d'elles-mêmes. En conséquence, leur étude n'a pas d'intérêt intrinsèque. Or tout se passe comme si, dans le monde musulman, le même modèle s'était appliqué aux civilisations antérieures ou extérieures. L'Islam a certes pu s'intéresser à celles-ci, voire les décrire avec un luxe de détails dans des chefs-d'œuvre de géographie physique et humaine[2]. C'est

1. Cf. *ibid.*, p. 81.

2. Sur les géographes arabes, voir la somme d'A. Miquel, *La géographie humaine du monde musulman jusqu'au milieu du XIe siècle*, Mouton, Paris, 4 vol., 1967, 1975, 1980, 1988.

là un trait qu'il partage avec l'Europe[1], et qui, en revanche, le distingue de Byzance[2].

Mais l'Islam, à la différence de l'Europe, n'a guère songé à utiliser son savoir de l'étranger comme instrument lui permettant, par comparaison et distanciation par rapport à soi, de mieux se comprendre soi-même en prenant conscience de ce que ses pratiques culturelles ont de non évident[3]. Il se peut que ses géographes fassent l'éloge de l'Inde et de la Chine pour adresser ainsi une critique discrète à l'Islam de leur temps, souvent compensée en dernière instance par une affirmation de la supériorité religieuse de ce dernier[4]. Les exemples que l'on pourrait trouver d'une telle vision « réfléchie », en miroir, sont exceptionnels et viennent de penseurs marginaux ou hérétiques. Ainsi, le contact avec les brahmanes hindous, dont la religion se passe fort bien de la prophétie, que l'islam déclare au contraire nécessaire au bonheur de l'homme et au bon ordre social, posait un problème aux penseurs musulmans; le dialogue réel ou fictif avec ceux-ci a pu servir à masquer une critique de l'islam chez un libre penseur comme Ibn al-Rawandi[5].

1. Cf. *infra*, chap. VII, p. 177.
2. Cf. C. Mango, *Byzantine Literature as a Distorting Mirror*, Clarendon Press, Oxford, 1975, p. 17.
3. C'est la thèse centrale de B. Lewis, *Comment…*, *op. cit.* Cf. aussi Grünebaum, *Identité…*, p. 33, 37, 258 *sq.*, note 50.
4. Cf. Miquel, *Orient…*, note p. 170.
5. Cf. P. Kraus, « Studien zur islamichen Ketzergeschichte. Das Kitāb az-Zumurruḏ des Ibn ar-Rāwandī » (1933-1934), repris dans *Alchemie, Ketzerei, Apokryphen im frühen Islam. Gesammelte Aufsätze*, Olms, Hildesheim *et al.*, 1994, p. 109-190; S. Stroumsa, « The Blinding Emerald : Ibn ar-Rāwandī's Kitāb az-Zumurruḏ », *Journal of the American Oriental Society*, 114-112 (1994), p. 163-185.

La seule exception incontestable est sans doute l'œuvre étonnante d'Al-Biruni sur l'Inde[1]. Ce savant universel (973-1048), astronome, géographe, historien, minéralogiste, pharmacologiste, etc.[2], s'était donné la peine d'apprendre assez de sanskrit pour pouvoir traduire, dans les deux sens, entre cette langue et l'arabe qui était lui-même une langue qu'il avait apprise. Il présente un tableau de la société et des croyances hindoues d'une parfaite impartialité. L'unique prédécesseur qu'il se reconnaisse, le mystérieux Eranshahri, avait, selon lui, pu donner du christianisme, du judaïsme et du manichéisme une image sans distorsion parce qu'il ne se rattachait lui-même à aucune religion existante[3]. Biruni affirme certes son orthodoxie, mais le fait qu'il ait pris soin de présenter, dans une seule et même œuvre, les bibliographies de ses écrits à lui et de ceux du libre penseur Râzî invite à se poser des questions[4]... En tout cas, cette exception grandiose ne fait malheureusement que confirmer la règle, car Al-Biruni est resté sans postérité intellectuelle.

1. Al-Birūnī, *Taḥqīq mā li-'l-Hind min maqūla maqbūla fī 'l-'aql aw mardūla*, éd. 'Alī Ṣafā, Beyrouth, 1983, 536 p.; trad. angl. E. Sachau, *Alberuni's India*, Londres, 1888; trad. franç. Bîrûnî, *Le Livre de l'Inde*, extraits choisis, traduits de l'arabe, présentés et annotés par V.-M. Monteil, Sindbad, Paris, 1996, 376 p.

2. On se fera une idée de son œuvre grâce à une très bonne anthologie : G. Strohmaier, *In den Gärten der Wissenschaft. Ausgewählte Texte aus den Werken des muslimischen Universalgelehrten*, Reclam, Leipzig, 1991, 318 p.

3. *Taḥqīq..., op. cit.*, p. 15, 12-17; trad. franç. p. 41.

4. *Épître de Berūnī contenant le répertoire des ouvrages de Muḥammad b. Zakarīyā ar-Rāzī*, éd. P. Kraus, Matba'at al-Qalam, Paris, 1936, 51 p.

L'idée de « renaissance »

Ce que j'ai appelé la secondarité culturelle me semble gouverner le rapport à l'autre dans l'histoire culturelle de l'Europe. Ce rapport peut se résumer en un double mouvement, de diastole et de systole. D'une part, on observe une expansion constante vers un domaine supposé « barbare » à assimiler et à intégrer. On peut comprendre de ce point de vue, au tout début de l'histoire européenne, l'intégration des peuples de langue non latine, d'abord germaniques, puis slaves ou scandinaves, et leur accès à l'écriture, et au christianisme. Ou encore, l'expansion qui succéda aux grandes découvertes et aboutit à l'aventure coloniale et au partage entre les nations européennes ou issues de l'Europe de la quasi-totalité du monde habité.

D'autre part, on assiste à un effort constant pour remonter en amont, vers la source classique. On peut ainsi décrire l'histoire intellectuelle de l'Europe comme celle d'une suite à peu près ininterrompue de renaissances. Il me faut ici éclairer quelque peu cette idée. Elle s'insérait d'abord dans un schéma déterminé de l'histoire intellectuelle, hérité de Pétrarque[1], puis repris par l'idéologie des « Lumières ». Ce schéma ternaire, qui est peut-être issu d'une sécularisation de Joachim de Flore, suppose une période brillante qui serait venue interrompre une période d'obscurité, les « âges sombres », les « ténèbres ». Cette période serait close, et il s'agirait de renouer

1. Cf. Th. E. Mommsen, « Petrarch's Conception of the "Dark Ages" », *Speculum*, XVII (1942), p. 226-242.

avec la clarté initiale. Ce faisant, on enjambait un âge censé vide, et qu'il suffisait de définir par sa place intermédiaire, le « Moyen Âge ». La Renaissance devait donc nommer la fin de l'obscurité médiévale.

De leur côté, les historiens ont montré que le phénomène de renaissance, comme retour et recours à l'antique, n'avait en fait jamais cessé. Ils ont élargi le concept de renaissance et en ont décrit la continuité à travers les siècles. On peut ainsi commencer avec la « renaissance carolingienne », poursuivre par la « renaissance du XIIe siècle[1] » et continuer, bien entendu, par la série des renaissances italiennes. Mais ce sera sans s'y arrêter, car on trouve dans la même ligne le cycle allemand de l'hellénisme. On peut le faire commencer avec Winckelmann — à moins que l'on ne tienne à remonter jusqu'à Beatus Rhenanus. Il se poursuit dans le classicisme de Weimar, et débouche dans le rêve de redevenir des Grecs. Ce projet est d'abord caressé par le romantisme d'Iéna, dans les mots de F. Schlegel :

> Vivre de façon classique, et réaliser en soi-même l'Antiquité de façon pratique, voilà le sommet et le but de la philologie[2].

Puis il est repris par Nietzsche dans la suite d'un fragment qu'on vient de citer :

1. Expression lancée par C. H. Haskins, *The Renaissance of the Twelfth Century*, Harvard University Press, Cambridge (Mass.), 1927.

2. F. Schlegel, *Fragments de l'« Athenäum »*, § 147 ; KA, t. 2, p. 188.

De jour en jour nous devenons plus grecs, d'abord, comme de bien entendu, dans nos concepts et nos évaluations, comme des fantômes qui joueraient aux Grecs ; mais un jour, espérons-le, aussi avec nos corps ! C'est là que réside (et a toujours résidé) mon espoir pour ce qui est allemand[1] !

Le rêve d'une nouvelle renaissance est encore présent chez des penseurs de notre siècle. Outre les rêves un peu brumeux d'un « troisième humanisme » chez Werner Jaeger, Heidegger a une attitude ambiguë à ce sujet[2]. Leo Strauss rêvait quant à lui d'une nouvelle renaissance fondée sur l'idée de droit naturel :

Au plus espérait-il qu'il pût y avoir quelque jour une troisième renaissance après celles d'Italie et d'Allemagne, mais qui cette fois ne serait inspirée ni par la beauté visible des statues, des peintures et des constructions des Grecs ni par la grandeur de leur poésie, mais par la vérité de leur philosophie[3].

Humanisme musulman et humanisme européen

Ce fait est-il propre à l'Europe ? Qu'en est-il dans les autres domaines culturels ? Peut-on parler, par

1. Nietzsche, fragment d'août-septembre 1885, 41 [4] ; KSA, t. 11, p. 679, *Wille zur Macht*, § 419 *sq*. Cf. *supra*, note 179.
2. Cf. les références données dans mon essai « La phénoménologie comme accès au monde grec… », J.-L. Marion et G. Planty-Bonjour (éd.), *Phénoménologie et métaphysique*, PUF, Paris, 1984, p. 249, note 9.
3. Allan Bloom, « Un vrai philosophe : Leo Strauss », *Commentaire*, 1 (1978), p. 103a.

exemple, d'un humanisme musulman ? La question est débattue, et d'autant plus que le mot lui-même est loin d'être univoque. Essayons d'y introduire un peu de clarté :

a) On peut entendre par « humanisme » la tentative pour créer un monde fondé sur la seule considération de l'homme et la mise hors circuit de Dieu. C'est ainsi que, en anglais moderne, *humanist* est une formule polie pour « athée ». En ce sens, il est clair qu'un humanisme musulman est contradictoire, tout autant d'ailleurs que le serait un humanisme chrétien.

b) Si l'on entend par là l'amour des belles-lettres, on peut trouver dans le monde arabe des époques où les conditions sociales nécessaires à l'émergence d'un tel humanisme ont été réunies : un public de lettrés raffinés, un goût pour une culture générale avant tout littéraire, etc., et où ces conditions ont porté des fruits tout à fait comparables à ceux de l'Europe. De bons connaisseurs ont pu ainsi proposer de nommer « humanistes » certains traits du monde musulman. C'est le cas, après M. Guidi et A. Badawi, de L. Gardet[1], puis de M. Arkoun[2].

c) On peut appeler « humanisme » la valorisation de l'homme, supposé placé au sommet de la nature ou, pour les religions, de la création. On trouve dans le monde islamique des affirmations de la valeur exceptionnelle de l'homme, à commencer par les

1. L. Gardet, *La cité musulmane*, Vrin, Paris, 1954, p. 271-328.

2. Cf. M. Arkoun, *Contribution à l'étude de l'humanisme arabe au IVe-Xe siècle. Miskawayh philosophe et historien*, Vrin, Paris, 1970, surtout les remarques très nuancées dans « L'attitude humaniste », p. 356-364.

passages du Coran sur le rôle de l'homme comme lieutenant (calife) de Dieu sur terre[1]. On trouve des affirmations analogues dans bien des traditions culturelles antérieures ou parallèles, dans la Bible comme chez les Grecs[2]. On trouve aussi en terre d'islam une théorie de l'« homme parfait », seul digne de la place suprême parmi les vivants[3]. On peut de la sorte parler d'un humanisme dans la pensée arabe.

Mais, d'une part, si ses tenants s'expriment en arabe, il est de source orientale, iranienne ou grecque[4]. Et, d'autre part, peut-on le rattacher à l'islam comme à son inspiration fondamentale ? Peut-on considérer que les auteurs souvent suspects qui le professent, comme les auteurs du corpus alchimique de « Jâbir », ou Râzî, l'ont tiré de la religion musulmane ? Pour prendre un exemple précis, il arrive à Averroès de laisser entendre que les législations religieuses (« divines ») doivent être appréciées selon leur conformité plus ou moins grande aux « lois humaines », c'est-à-dire aux règles définissant quel régime est conforme au but dernier de

1. Coran, II, 27-30. Le texte n'est pas absolument sûr. Blachère, trad. franç., p. 736, soupçonne « créature » (*ḫalīqa*) au lieu de « calife » (*ḫalīfa*). Mais il a été interprété traditionnellement dans le sens que je suppose. Cf. Wadād al-Qāḍī, « The Term "Khalifa" in Early Exegetic Literature », *Welt des Islams*, 28 (1988), p. 392-411.

2. Psaume 8; pour les Grecs, cf. les références données dans mon *Aristote...*, *op. cit.*, § 27-28.

3. Le travail fondamental reste H. H. Schaeder, « Die islamische Lehre vom Vollkommenen Menschen, ihre Herkunft und dichterische Gestaltung », *Zeitschrift der Deutschen Morgenländischen Gesellschaft*, 79 (1925), p. 192-268.

4. Cf. A. Badawi, « L'humanisme dans la pensée arabe », *Studia Islamica*, VI (1956), p. 67-100.

l'homme, tel que le détermine la philosophie et elle seule. Il retourne ainsi de façon spectaculaire le point de vue selon lequel les lois humaines doivent au contraire se laisser normer par la Loi divine[1]. Cet « humanisme » est-il le fait d'un bon musulman ?

d) La question devient ardue, mais aussi intéressante, à deux conditions : il faut, d'une part, que le mot « humanisme » désigne une tentative pour accorder à l'homme, vis-à-vis de ce qui n'est pas lui — y compris Dieu —, un statut de partenaire autonome, une dignité qui lui permet d'entrer dans un rapport libre avec ses « autres » ; il faut d'autre part que l'on entende par « islam » non pas une culture composite, mais une religion telle qu'elle s'exprime dans ses documents normatifs. Or les savants qui nient l'existence de ce genre d'humanisme ailleurs que dans le judaïsme et le christianisme ne sont pas sans autorité, et leurs raisons méritent d'être écoutées[2].

On peut en effet faire valoir des différences au niveau de la représentation des origines de l'humanité et de l'action de Dieu envers celle-ci. Ainsi, une nuance dans l'histoire d'Adam est très révélatrice. Dans l'Ancien Testament, c'est Adam qui nomme

1. Cf. Averroès, Commentary on Plato's *Republic*, éd., introduction, trad. et notes E.I.J. Rosenthal, Cambridge University Press, 1969 (3e édition), I, vii, 11, p. 26, 16 *sq*. et II, iii, 1, p. 63, 1. Sur le renversement de perspective, cf. S. Pinès, « Sur la théorie politique d'Averroès », *Studies in the History of Jewish Philosophy. The transmission of Texts and Ideas* (en hébreu), Mosad Bialiq, Jérusalem, 1977, p. 92.

2. Cf. C. H. Becker, *op. cit.*, p. 34 ; Jörg Kraemer, *Das Problem der islamischen Kulturgeschichte*, Niemeyer, Tübingen, 1959, chap. viii, p. 35-40 ; Grünebaum, *Identité..., op. cit.*, p. 50, 60.

les choses que Dieu n'a pas nommées, en particulier les animaux :

> Yahvé Dieu modela encore du sol toutes les bêtes sauvages et tous les oiseaux du ciel, et il les amena à l'homme pour voir comment celui-ci les appellerait : chacun devait porter le nom que l'homme lui aurait donné[1].

Dieu prend du coup le risque d'avoir à apprendre quelque chose de l'homme, et Il confirme les décisions de celui-ci, le laissant ainsi agir en législateur. Selon le Coran, en revanche, c'est au contraire Dieu qui nomme toutes choses et enseigne leur nom à Adam :

> Et [le Seigneur] apprit à Adam tous les noms, puis il fit défiler devant les Anges [les êtres portant ces noms] et Il dit [aux Anges] : « Avisez-Moi des noms de ces êtres-ci, si vous êtes véridiques[2] ! »

La supériorité de l'homme se définira alors par rapport à l'ange, et elle tiendra à ce savoir conféré par Dieu. L'idée selon laquelle Dieu pourrait laisser à l'homme un espace de liberté, attendre le choix de l'homme, et respecter ce choix, est ainsi écartée. À plus forte raison, l'idée d'incarnation qui, dans le christianisme, confère à l'homme une dignité incomparable.

Sans vouloir approfondir ce vaste débat, il est intéressant de remarquer que la différence peut-

1. Genèse 2, 19; trad. franç. Bible de Jérusalem.
2. Coran, II, 31; trad. franç. Blachère, p. 736 *sq.* et note 29. La source semble être *Bereshit Rabba*, 17, 4, éd. Theodor-Albeck, t. 1, p. 155 *sq.*

être centrale entre l'humanisme européen et ce qui lui ressemble dans le monde arabe est aussi une conséquence de la nature des textes anciens qui ont été transmis à l'un et à l'autre. La littérature antique, en ce qu'elle avait de proprement « littéraire », c'est-à-dire la poésie épique, tragique et lyrique, n'est pas parvenue au monde arabe — à la différence, comme on l'a vu, de la philosophie et des sciences antiques. Or c'est justement cette littérature qui véhiculait quelque chose comme une conception antique de l'homme, avec les modèles de son excellence possible dans son affirmation par rapport aux dieux, à la nature, à la cité, etc. Le monde arabe n'a donc pas eu à affronter de plein fouet la concurrence d'une conception globale de l'homme antérieure à l'islam : l'idée que les Arabes de l'« âge de l'ignorance » païenne (*ǧāhiliyya*) se formaient de l'excellence humaine ne faisait pas le poids face à la gravité du message coranique. Par ailleurs, les textes philosophiques et scientifiques plus tard traduits n'exprimaient la conception païenne de l'homme que sous une forme atténuée. Le monde chrétien, en revanche, dut se mesurer à un paganisme plus vigoureux : celui du néo-platonisme antichrétien de Porphyre ou de Proclus, qui n'avait pas été adapté comme l'avaient été les textes plotiniens ou procliens traduits en arabe, comme la *Théologie d'Aristote*, l'*Épître sur la science divine*, ou le *Discours sur le Bien pur* (*Liber de causis*) ; et surtout, celui des tragiques grecs, « les vrais adversaires de la sainteté chrétienne [1] ». Le christia-

1. Cf. H. U. von Balthasar, *Rechenschaft 1965*, Johannes, Einsiedeln, p. 24 ; Ph. Cormier, *op. cit.*, p. 99.

nisme dut donc sécréter des anticorps plus puissants.

Humanisme avec ou sans renaissance

Dans le monde arabe, un humanisme éventuel n'a en tout cas pas pris la forme de « renaissances ». Autre terme ambigu, qu'il faut clarifier. Rien n'interdit, certes, de classer certaines périodes de l'histoire intellectuelle du monde musulman sous cette étiquette commode. Ainsi, l'époque des émirs bouyides, au xe siècle, a été nommée « renaissance de l'islam » par A. Mez (1869-1927), dans un livre posthume, ce pourquoi il n'a pu s'expliquer sur les raisons de cette appellation. Mez insistait sur l'importance de la pénétration de sources antérieures et extérieures à l'islam, grecques et chrétiennes, pour expliquer l'essor culturel de celui-ci[1]. On entend alors par « renaissance » une reprise des études intellectuelles, rendue possible par une relative paix civile, par le développement et la diversification de l'administration, et l'émergence subséquente d'une classe disposant des loisirs nécessaires pour se consacrer aux soucis de l'esprit. On pourrait encore considérer comme des renaissances, au xie siècle, l'entreprise d'une « reviviscence des sciences religieuses » (*iḥyā' 'ulūm id-dīn*), titre de la grande encyclopédie spirituelle d'al-Ghazâlî. Ou, enfin, l'émergence d'une conscience nationale arabe

1. A. Mez, *Die Renaissance des Islams*, Heidelberg, 1922. Cf. la discussion dans Joël Kraemer, *Humanism in the Renaissance of Islam. The Cultural Revival During the Buyid Age*, Brill, Leyde, 1986, p. 1-5.

(*naḥḍa*) à la fin du XIXe siècle, voire les mouvements qui secouent l'Islam contemporain.

Ne s'agit-il pas, dans certains au moins de ces phénomènes, d'un retour aux sources, donc d'une « renaissance » au sens étymologique du terme ? Il s'agit de fait bien souvent d'un retour aux sources de l'islam lui-même, d'un désir de retrouver une pureté plus ou moins rêvée : celle de la période de Médine, lorsque Muhammad lui-même organisait sa communauté, celle des califes « bien guidés », avant les scissions qui déchirèrent — et divisent encore — l'islam à l'époque d'Ali. Un mouvement de réforme que nous nommerions volontiers « moderniste » pourra même se donner, d'une façon qui pour nous est un paradoxe, le nom de *salafiyya*, c'est-à-dire de fidélité aux usages ancestraux. Ces ressourcements cherchent tous à se replacer, justement, aux sources, aux origines de l'islam. L'Europe peut présenter des faits analogues, comme les réformes successives de l'Église et, avant tout, comme le mouvement franciscain, qui est une tentative pour revivre la vie que menaient les apôtres avec le Christ.

Mais ces faits, en Islam comme en Europe, ne sont pas des « renaissances », au sens conceptuel pour lequel je propose de réserver ce mot. Mieux vaudrait parler à leur propos de réveils ou de reviviscences, au sens de l'anglais *revival*. En effet, il faut noter ici une différence fondamentale. Dans un cas, celui des réveils religieux, il s'agit de remonter à la source en restant à l'intérieur d'une tradition qui s'y origine. Dans l'autre cas, en revanche, celui des renaissances proprement dites, la source à laquelle on se propose de puiser se trouve au-delà d'une solution de continuité, ou même n'a jamais été en continuité avec nous. Il s'agit alors de *s'approprier une origine par rapport à laquelle on se sent étranger, voire aliéné* — et en particulier les sources antiques.

La secondarité culturelle

Cette attitude « romaine » permet de formuler ce qui me semble constituer une particularité de la civilisation européenne. Je veux parler d'un certain rapport à la secondarité culturelle. J'entends par ce dernier terme, en premier lieu, cette évidence banale que toute culture est seconde. Il en est ainsi au niveau de chacun de ceux qui en portent l'empreinte : même si elle est acquise dans la petite enfance, ce qui la fait paraître « toute naturelle », la culture est acquise, et jamais innée. Par ailleurs, au niveau collectif, toute culture est l'héritière de celle ou celles qui l'a ou l'ont précédée(s). En ce sens, toute culture est terre d'immigration. Mais il y a plus : la secondarité culturelle me semble avoir, dans le cas de l'Europe et d'elle seule, une dimension supplémentaire. L'Europe a en effet cette particularité d'être, pour ainsi dire, *immigrée à elle-même*. Je veux dire par là que le caractère secondaire de la culture y est non seulement présenté comme un fait, mais explicitement su et délibérément voulu.

On vient de caractériser l'histoire de la civilisation européenne, depuis la naissance de l'Europe, comme une série quasiment ininterrompue de renaissances. Or, ce qui est remarquable, nous l'avons vu, c'est que l'effort de retour vers l'amont vise autre chose que les regains culturels et les *revivals* religieux que traversent toutes les civilisations. Cet effort ne tend pas vers la période primitive ; il n'est pas un retour vers ce qui est propre à la culture et qui aurait existé dans toute sa pureté aux origines fondatrices. Au contraire, il tend vers une source située *en dehors* de la culture européenne — en l'occurrence, dans l'Antiquité gréco-latine.

Rappelons ici un fait social massif : pendant des siècles, les élites européennes ont été sélectionnées sur leur capacité à assimiler les langues anciennes. On rapproche parfois ce système de la Chine ancienne, et l'argot estudiantin français parle des grands patrons universitaires comme de « mandarins ». L'analogie est tentante : là-bas aussi, les mandarins étaient recrutés par un système de concours littéraires. Mais on oublie la différence, qui est l'essentiel : les lettrés chinois étaient experts en lettres *chinoises*; en Europe, au contraire, on étudiait les classiques de deux civilisations autres, et d'une altérité parfois douloureusement ressentie.

Husserl, dans une conférence célèbre où il est question de l'Europe, parle de ce qui est « gréco-européen [1] ». Le trait d'union me semble poser, ou dissimuler, autant de problèmes que celui par lequel on forme l'adjectif « judéo-chrétien [2] ». Il constitue une revendication implicite de continuité. Comme si l'Européen était le seul héritier du Grec ; comme si, surtout, l'héritage avait paisiblement glissé de l'un à l'autre, sans rupture. Or c'est

1. Husserl, « Die Krisis des europäischen Menschentums und die Philosophie », dans *Die Krisis der europäischen Wissenschaften...*, Husserliana, vol. VI, Nijhoff, La Haye, 1962, p. 314-348, cité p. 329.
2. Cf. *supra*, p. 60.

le contraire qui est vrai. Et c'est la rupture qui s'est révélée féconde.

Deux cultures sans renaissances

On peut s'en faire une idée en regardant le cas de deux grandes civilisations, fort respectables, mais où le phénomène que j'ai appelé, au sens précis que je donne à ce terme, « renaissance » ne s'est pas produit.

Byzance

La situation de secondarité par rapport au passé que visent les « renaissances » est propre à l'Europe au sens étroit, telle que nous l'avons définic. Ainsi, Byzance ne l'a jamais connue. Certes, on n'a pas de mal à repérer, dans l'histoire culturelle du monde byzantin, une tradition « humaniste » ininterrompue. On peut y voir se succéder une suite de « renaissances » qui constituent le pendant, et souvent le modèle ou le moteur plus ou moins direct, des événements analogues survenus en Europe : reprise des études philologiques et littéraires au IXe siècle, avec Photius, ou au XIVe siècle avec Jean Italos et Michel Psellos, voire rêve d'un néo-paganisme chez Georges Gémiste Pléthon, au XVe siècle. Mais la grande différence est que, pour les Grecs byzantins, l'hellénisme est considéré comme leur propre passé. Théodore Métochite peut encore affirmer : « Nous sommes les compatriotes des anciens Hellènes par la race et par la langue[1]. » Il

1. Cité, sans références, par C. Diehl, *Études byzantines...*, Picard, Paris, 1905, p. 398.

ne s'est agi pour les Byzantins que de s'approprier de mieux en mieux ce qui était depuis toujours leur bien.

Je ne pourrais mieux formuler la situation et ses conséquences qu'un historien autrichien de l'art byzantin, qui écrit :

> On a nommé « renaissances » ces époques pendant lesquelles on se tournait de façon intensive vers l'héritage antique, et on les a comparées aux renaissances et aux « regains » de l'Europe de l'Ouest, à tort et à raison. À juste titre, parce que, dans les renaissances à l'Ouest et à Byzance, l'intention et la direction vers laquelle on allait étaient semblables. Mais aussi à tort, parce que les renaissances occidentales étaient de plus courte durée et de moindre intensité, et séparées les unes des autres par des intervalles pendant lesquels la tendance allait tout à fait à l'opposé. Les renaissances byzantines, à l'inverse, se suivaient presque sans solution de continuité, elles n'étaient que des points nodaux où se concentraient des forces et des efforts qui étaient presque toujours là. C'est pourquoi on a eu raison de parler pour Byzance d'une « renaissance permanente ». Mais cela eut aussi pour conséquence qu'il manqua à ces concentrations de tendances qui visaient à des renaissances ce qui caractérise une renaissance authentique : l'Antiquité était pour les Byzantins quelque chose de si proche qu'il ne pouvait s'établir ce sentiment d'estrangement qui pousse à créer (*schöpferisches Fremdheitserlebnis*) et que du coup rien ne pouvait véritablement « renaître[1] ».

1. O. Demus, « Die Rolle der byzantinischen Kunst in Europa », *Jahrbuch der Österreichischen Byzantinischen Gesellschaft*, 14 (1965), p. 139-155, cité p. 141.

Il y eut en terre d'islam des tentatives pour restaurer un savoir perçu comme venu du dehors, et du reste très explicitement et techniquement identifié sous le nom de « sciences extérieures » — à la différence des « sciences traditionnelles » groupées autour du Coran et de ce qui en facilite l'exégèse (grammaire, poésie, etc.). On rencontre justement de telles tentatives à l'époque où l'on traduisait les livres qui traitaient de ces « sciences extérieures ».

Ainsi, Al-Farabi présente de l'histoire de la transmission du savoir philosophique et scientifique un schéma qui suppose cet effort : le savoir passe des Chaldéens, anciens habitants de l'Irak, jusqu'aux Arabes en passant par les Égyptiens, les Grecs et les Syriens (chrétiens). De plus, Farabi associe à la possession des règles internes de la pratique philosophique l'art politique permettant de la restaurer si elle vient à se perdre ou à se corrompre[1]. Tout porte à croire qu'il a conçu sa propre activité comme préparant une restauration de la philosophie après l'éclipse de celle-ci.

On pourrait également citer, là aussi dans le

1. Farabi, *Taḥsīl aṣ-Ṣa'āda*, éd. Yā Sīn, Dār al-Andaloss, Beyrouth, 1983, § 65, p. 97 ou trad. angl. M. Mahdi, *Alfarabi's Philosophy of Plato and Aristotle*, Cornell University Press, 1969, IV, § 63, p. 50. Sur l'origine grecque de la philosophie des Arabes, cf. *Kitāb al-Ḥurūf*, II, § 156, éd. M. Mahdi, Dār al-Machreq, Beyrouth, 1969, p. 159. Cf. mon « Eorum praeclara ingenia. Conscience de la nouveauté et prétention à la continuité chez Farabi et Maïmonide », dans D. Mallet (éd.), *Études de philosophie arabe*, Actes du colloque de Bordeaux, 17-19 juin 1994, *Bulletin d'études orientales*, XLVIII (1996), 1996, p. 87-102.

domaine de la philosophie, l'effort d'Averroès pour restituer la pensée d'Aristote dans ce qu'il croyait être son authenticité en commentant systématiquement l'œuvre de celui-ci. Il considérait que cette œuvre avait été corrompue en un sens néo-platonicien par Avicenne, lequel représentait pourtant une réception antérieure de la même pensée. Mais l'œuvre d'Averroès n'eut guère de postérité dans sa terre d'origine, l'Andalousie et le Maroc, ou en général au sud de la Méditerranée. Rien en tout cas qui mérite d'être comparé à la réception immense qu'elle connut au nord de celle-ci, d'abord dans les communautés juives, puis chez les chrétiens.

Toujours est-il que l'époque de ce genre de tentatives fut assez brève. Elles tournèrent court, et les « sciences traditionnelles » restèrent à peu près seules en lice après la normalisation sunnite du XIe siècle. La vie intellectuelle s'épuisa par refus ou incapacité de s'ouvrir à de nouvelles sources. On pourrait ainsi s'amuser à faire le parallèle avec la théorie de M. Lombard sur l'économie du monde musulman médiéval, entravée selon lui par l'épuisement, ou plutôt le non-renouvellement, des ressources naturelles internes.

À moins qu'il ne faille proposer, au contraire, une hypothèse d'ensemble sur le déclin culturel du monde musulman qui se situerait dans le droit fil de ce que j'essaie de montrer ici. Selon cette hypothèse, la stagnation culturelle de l'Islam (qu'il faudrait d'ailleurs nuancer, selon les temps et les lieux) serait paradoxalement due non à un rejet mais, tout au contraire, à un excès d'assimilation. L'Islam aurait cessé d'avancer faute d'avoir pu maintenir le rapport d'extériorité aux sources auxquelles il empruntait, et précisément parce qu'il les aurait absorbées. Il aurait, si l'on peut se permettre de reprendre l'image un peu baroque de l'âne au-devant duquel on accroche un inaccessible appât, avalé la carotte qui le faisait avancer. Une hypothèse de ce genre a en tout cas été suggérée en ce qui concerne l'histoire des sciences :

> Le résultat final de tout cela est une façon de considérer tout savoir profane et permis dans une optique instrumentaliste et d'orientation religieuse [...]. Le déclin de la science ne se produisit pas dans un contexte d'opposition (comme on le pense à l'accoutumée), mais dans un contexte d'acceptation et d'assimilation [...] — c'est-à-dire qu'il s'installa quand les sciences en vinrent à être acceptées et pratiquées uniquement dans la mesure où elles étaient légitimées par l'optique instrumentaliste[1].

Boursiers et parvenus

La culture européenne, elle, est dans son entier un effort pour remonter vers un passé qui n'a jamais été le sien, mais par rapport auquel il y a eu comme une chute irrécupérable, un « estrangement » douloureusement perçu. Il n'est pas nécessaire de s'arrêter ici à ce que cette vision du passé a de factice. Je n'ignore pas que ce qui nous est parvenu de la culture antique est le résultat d'un travail de sélection effectué dès l'époque alexandrine, et que

1. Cf. A. I. Sabra, « The Appropriation and Subsequent Naturalization of Greek Science in Medieval Islam : a Preliminary Statement », *History of Science*, XXV (1987), p. 223-243, spécialement p. 240.

l'image que nous nous faisons de sa totalité généralise abusivement à partir des chefs-d'œuvre pour supposer un « monde antique » qui serait tout entier à leur hauteur. Je n'ignore pas non plus, en sens inverse, que la présence de monuments et de textes antiques sur l'espace européen, et avant tout en Italie, assurait malgré tout un minimum de continuité. Mais seule est décisive pour moi la conscience prise de la situation. Or elle est chez les Européens celle d'être des tard venus, et d'avoir à remonter à une source que « nous » ne sommes pas et qui n'a jamais été « nous ».

Cette conscience est vive dès le début du projet européen. Elle est même, peut-être, le moteur de son histoire. La figure de Charlemagne, que l'on surnomma « le Père de l'Europe » (*Pater Europae*) [1], peut servir ici de paradigme. Ce parvenu rêvait de rivaliser avec Byzance, à laquelle, même si elle était à l'époque affaiblie, il ne pouvait pas ne pas se sentir inférieur. Byzance possédait tous les signes de la légitimité : la richesse matérielle (« l'or de Byzance », resté proverbial), une dynastie, le nom romain (la seconde Rome), des manuscrits et des érudits pour les lire, de nombreuses reliques des saints, signes de la continuité de l'Église à partir de sa fondation apostolique.

Eginhard raconte dans sa biographie de Charlemagne que l'empereur avait légué par testament trois tables d'argent et l'une d'or. Sur les premières étaient représentés, respectivement, les plans de

1. Dans l'épopée « Karolus et Leo papa », l. 504; MGH Poet. I, 1 (1881), 379. Je cite d'après K.-F. Werner, *Karl der Große oder Charlemagne. Von der Aktualität einer überholten Fragestellung*, Munich, 1995, p. 4.

Constantinople et de Rome, et une carte du monde entier[1]. On remarquera que deux cartes brillent par leur absence : parmi les plans de villes, celui d'Aix-la-Chapelle, capitale de l'Empire carolingien. La première ville devait à l'époque faire piètre figure, à côté des deux cités de référence vers lesquelles l'Europe n'a cessé de loucher, les deux Rome(s), l'antique et la contemporaine. Il manque également la carte de l'Europe, l'empire d'Occident nouvellement fondé. Son fondateur ne pouvait se mirer complaisamment dans l'image de sa création.

L'Europe devait figurer, bien entendu, sur la carte du monde. Mais ce monde était celui d'avant Colomb, sans le Nouveau Monde, à plus forte raison sans l'Océanie. Le centre géographique était quelque part au Moyen-Orient. Le centre religieux était, pour les musulmans, à La Mecque, pour les juifs et les chrétiens à Jérusalem. Le centre de la culture était, pour les Arabes, à Bagdad, pour les chrétiens à Byzance. Il n'était en aucun cas dans ce qui commençait à s'appeler « Europe ». Charlemagne pouvait ainsi voir la place qu'occupait son propre empire d'Occident, loin des centres, loin de Jérusalem, loin de tout — excentrique.

Il tenta de se rattacher à Byzance en rivalisant avec elle, et, déjà, en la singeant — en architecture, par exemple : la basilique d'Aix-la-Chapelle imite celle de Ravenne, seul exemple accessible d'architecture byzantine. Puis en tentant d'intervenir dans ses débats théologiques — sur les icônes, avec les

1. Je cite la commode petite édition Einhard, *Vita Karoli Magni / Das Leben Karls des Grossen*, Lateinisch / Deutsch, éd. E. S. Firchow, Reclam, Stuttgart, 1981, § 33, p. 66 *sq*.

Libri Carolini. Enfin, au grand scandale du basileus, il ose se faire couronner empereur d'Occident. Tout cela repose sur un aveu et une reconnaissance : la légitimité est ailleurs, elle vient d'ailleurs, il faut la faire venir d'ailleurs — éventuellement sous la forme de princesses byzantines dont le sang améliorera celui des héritiers carolingiens. Politiquement, on le sait, le projet carolingien tourna court. Tout au plus put-il alimenter, sans guère de solution de continuité, un rêve persistant de restauration. On peut ainsi résumer l'histoire de l'Europe comme étant celle d'une *translatio imperii*[1].

Plus profondément, le sentiment de légitimité de l'empire d'Occident resta fragile, au point qu'un certain sentiment de bâtardise affleure de temps en temps, même en Occident. C'est le cas, par exemple, chez Luther, qui, faisant flèche de tout bois contre Charles Quint, une fois que celui-ci l'a mis au ban de l'empire, conteste la légitimité de l'empire d'Occident, lequel, selon lui, usurpe des titres qui ne valaient que pour Byzance[2]. Le sentiment d'infériorité culturelle par rapport à Byzance, lui aussi, resta vif au-delà de Charlemagne[3].

En revanche, l'attitude fondamentale qui a rendu possible l'histoire culturelle européenne est bien celle de Charlemagne. Le même biographe, Egin-

1. Cf. P. Sloterdijk, *Falls Europa erwacht. Gedanken zum Programm einer Weltmacht am Ende des Zeitalters ihrer politischen Absence*, Suhrkamp, Francfort, 1994, p. 34 *sq*.

2. *À la noblesse chrétienne de la nation allemande*, n° 26 (ajouté dans la 2e édition, 1520), trad. M. Gravier, Garnier-Flammarion, Paris, 1992, p. 188 *sq*.

3. Cf. M. Rentschler, « Griechische Kultur und Byzanz im Urteil westlicher Autoren des 10. Jahrhunderts », *Saeculum*, 29 (1978), p. 324-355.

hard, raconte que Charlemagne avait sous son oreiller des tablettes et un stylet pour bûcher l'écriture en cas d'insomnie[1]. Le père de l'Europe était un illettré, mais il apprenait à écrire. Celui qui, pour nos images d'Épinal, est le père de l'école était en fait lui-même un écolier, et du genre de ceux qui suivent les cours du soir. L'Europe est ainsi faite : comme son « père », c'est un continent illettré qui a appris à lire ailleurs, qui a appris à lire non le gaulois, le germain, etc., mais le latin et le grec.

On connaît la distinction chère à Charles Maurras entre l'héritier et le boursier, comparaison qui, dans son esprit, était à l'avantage du premier. Le second, tâcheron mal dégrossi, dont les succès ne sont que scolaires, ne pourra jamais rivaliser avec l'héritier. Celui-ci n'a-t-il pas trouvé dès son berceau, voire reçu de la lignée de ses ancêtres, un savoir inné ? Il lui donne d'accomplir avec élégance ce qui coûte mille efforts au boursier, souvent grossier, toujours malgracieux. Si le boursier « arrive », il trahira par mille détails, gestes, tournures de phrases, goûts ses origines modestes, et restera à tout jamais un parvenu. Peut-on se permettre ici d'appliquer au niveau de la civilisation ce qui avait été conçu pour celui des individus ? L'Europe est tout entière un continent de boursiers, de parvenus, de forts en thème (latin !). Ce qui est sa grandeur.

1. Eginhard, *Vie de Charlemagne*, éd. citée, § 25, p. 48 *sq.*

Une adoption inverse

On pourrait de la sorte caractériser l'histoire culturelle de l'Europe comme étant celle d'une adoption inverse. À l'accoutumée, ce sont les parents qui adoptent un enfant, soit par incapacité d'en avoir eux-mêmes, soit parce que ceux qu'ils ont effectivement eus se révèlent inaptes à jouer le rôle que l'on attendait d'eux. C'est ainsi qu'il arrivait aux empereurs romains d'adopter un adulte pour en faire leur successeur. En Europe, le processus a fonctionné dans l'autre sens. Ce sont les plus récents qui se sont choisi des ancêtres. L'héritage européen est l'objet d'une vaste captation. Les Européens ne sont en rien les héritiers de l'Antiquité. À tout le moins, ils ne le sont pas s'il faut entendre par « héritier », comme dans la plupart des cas, quelqu'un qui s'est donné « la peine de naître » et qui a reçu dans son berceau les biens, matériels ou culturels, que ses parents lui ont laissés. Ils le sont, en revanche, si l'on conçoit le fait d'hériter comme n'étant rien d'autre qu'une activité d'appropriation.

Tout un genre littéraire, dans l'Occident contemporain, s'ingénie à reconstituer la généalogie de notre modernité. Cette généalogie étant prise en un sens paradoxal : en effet, il ne s'agit plus de faire la preuve de sa noblesse en exhibant une lignée ininterrompue d'ancêtres glorieux ; il s'agit au contraire de dénoncer une bâtardise, une origine impure. C'est le sens que le terme a pris, au moins depuis Rousseau[1], en tout cas depuis que Nietzsche a

1. Cf. Rousseau, *Lettre à C. de Beaumont* (1763), dans *Œuvres complètes*, Seuil, coll. L'intégrale, Paris, 1971, t. 3, p. 340b.

tenté d'écrire une *Généalogie de la morale*. Ainsi donc, il y a des gens qui, appliquant la méthode généalogique à la réalité historique de l'Europe, s'ingénient à montrer l'illégitimité de sa descendance. Ils le font soit par rapport à telle ou telle civilisation considérée comme source : la Grèce classique, ou Rome ; soit par comparaison avec une autre civilisation considérée comme une héritière tout aussi légitime, comme l'Islam, voire plus légitime encore, comme Byzance.

Ces gens ont certes raison sur les faits, et j'ai donné ailleurs des arguments pour étayer cette idée. Mais il ne voient pas que leur entreprise se détruit elle-même : croyant démasquer la misère de l'Europe, ils mettent au contraire en évidence le secret de sa grandeur. Car, en fin de compte, la pauvreté culturelle de l'Europe a été sa chance. Elle l'obligeait à travailler et à emprunter. Au contraire, la richesse de Byzance la paralysait, l'empêchant, parce qu'elle n'en avait pas besoin, de chercher ailleurs. On l'a constaté quant à l'histoire de l'art[1]. On a fait de même quant à celle de la philosophie :

> Hellénophone, le monde byzantin reste fermé à la culture philosophique de terre d'Islam ; sa richesse intellectuelle, sa tradition, son héritage le dispensent de regarder ailleurs. Le monde latin au contraire est philosophiquement pauvre et sa pauvreté lui tient lieu d'ouverture [...]. La chance du monde occidental latinophone aura ainsi été son inculture philosophique, qui l'aura obligé à

1. Cf. A. Grabar, « L'asymétrie des relations de Byzance et de l'Occident dans le domaine des arts au Moyen Âge », dans I. Hutter (éd.), *Byzanz und der Westen. Studien zur Kunst des europäischen Mittelalters*, Verlag der österreichischen Akademie der Wissenschaften, Vienne, 1984, p. 9-24.

produire du sens avec des problèmes plutôt qu'avec des instruments[1].

Le fait est que Byzance n'a jamais éprouvé le besoin d'emprunter au monde arabe, en tout cas dans le domaine philosophique. Nul « racisme » intellectuel là-derrière : Byzance a traduit des médecins arabes, comme par exemple le traité de Rhazès (Razi) sur la variole — probablement au moment où une épidémie avait réduit à quia les médecins de formation grecque pure[2]. Mais il semble que Byzance n'ait jamais connu Farabi, Avicenne ou Averroès. Ou plutôt, si elle les a connus, c'est, de façon surprenante, par l'intermédiaire du latin, plus précisément à travers les traductions des œuvres de saint Thomas d'Aquin, réalisées au XIVe siècle, et dans lesquelles les doctrines des deux derniers penseurs étaient exposées et critiquées.

La conscience que l'Europe avait d'avoir ses sources en dehors de soi a pour suite un déplacement de son identité culturelle, tel qu'elle n'a d'autre identité qu'une *identité excentrique*.

1. A. de Libera, *La philosophie médiévale*, PUF, Paris, 1993, p. 309 et 262.

2. Cf. M.-H. Congourdeau, « Le traducteur grec du traité de Rhazès sur la variole », A. Garzya (éd.), *Storia e ecdotica dei testi medici greci*, Atti del 2 convegno internazionale, Paris, 24-26 mai 1994, Naples, 1996, p. 99-111.

VII

Pour une hygiène du propre

Chercher le propre de la culture européenne, comme je suis en train de le faire, n'est pas une entreprise que l'on puisse mener sans précautions, de par la nature même de cette recherche. En effet, le mot même de « propre » a des connotations équivoques. Il désigne, en français du moins, à la fois le contraire du malpropre et celui de l'impropre ; et il se peut que ces deux sens aient un lien profond[1]. En tout cas, le renvoi à ce qu'une culture a de propre peut inviter à exclure ce qui n'est pas elle — comme « sale » étranger. Or le modèle de rapport à soi et à l'autre que je propose ici me semble rendre impossible, au niveau des principes, toute attitude de ce genre. Il étouffe également dans l'œuf, me semble-t-il, d'autres perversions culturelles. Avant de le montrer, rappelons d'abord en quoi l'Europe a un rapport spécifique à la culture.

1. J. Derrida, *L'écriture et la différence*, Seuil, Paris, 1967, p. 272.

Ce rapport spécifique est une conséquence du phénomène de la secondarité culturelle, tel qu'il prend en Europe l'acuité qu'on a vue. La culture ne peut être, pour l'Européen, quelque chose qu'il possède et qui constitue son identité. Elle sera au contraire quelque chose de fondamentalement étranger, qui rendra donc nécessaire un effort d'appropriation. Ce n'est que par le détour de l'antérieur et de l'étranger que l'Européen accède à ce qui lui est propre[1].

Du coup, on s'interdira de revenir avec satisfaction sur les trésors culturels grecs, latins ou juifs comme s'il s'agissait là de rentes de situation justifiant la paresse du possédant, comme pour faire « le tour du propriétaire dans le jardin du passé ». On peut admirer, et à juste titre, la rationalité et la démocratie grecques, l'ordre romain, le sens juif de la transcendance, etc. Mais leur énumération, déjà agaçante comme cliché, devient suspecte quand il s'agit de se les attribuer avec autosatisfaction. C'est ainsi qu'on a pu entendre s'attendrir sur les sources de la culture occidentale — « le trésor et l'apanage de notre civilisation chrétienne occidentale [...] ; vous et moi avons été nourris aux mêmes sources [...] la Grèce ! le christianisme ! » — un diplomate soviétique, en quête de justification pour la politique antichinoise de l'URSS[2].

1. Cf. Hölderlin, lettre du 4 décembre 1801 à Böhlendorff ; GSA, VI-1, p. 425 *sq*.
2. S. Leys, *Ombres chinoises*, UGE, Paris, 1974, p. 267.

La culture européenne ne peut en fait jamais, en rigueur de termes, être « la mienne », puisqu'elle n'est rien d'autre que le chemin indéfiniment à parcourir qui mène à une source étrangère. On ne saurait donc parler, avec W. R. Gibbons, de « notre belle civilisation occidentale[1] ». Mais il importe de localiser précisément l'erreur : il est vrai de dire que cette civilisation est « belle », voire « admirable » ; ce qui est faux, en revanche, c'est de croire qu'elle est « nôtre ». La culture n'est pas une origine paisiblement possédée, mais une fin conquise de haute lutte.

Il faut ainsi revenir du sens dérivé du mot « culture », celui que j'ai employé jusqu'ici pour des raisons de commodité, au sens originel, la *cultura animi* des Latins[2]. Il convient même, peut-être, de protester contre l'extension indue de ce sens qui fait désigner par « culture » n'importe quelle façon de se comporter reçue des ancêtres et du milieu ambiant.

Du bon usage de l'authenticité

Pour l'Europe, ce qui est source est extérieur. C'est là une chance. Car il est malsain de se rappeler son propre passé glorieux, de se rappeler un passé glorieux *qui est le sien*. Une rumination de ce genre ne peut pas ne pas fomenter un ressentiment qui se tournera alternativement vers soi-même et vers les autres, et qui aura des effets paralysants. Car si ce qui fut grand était déjà moi-même, il va

1. Hergé, *Le lotus bleu*, Casterman p. 7.
2. Cf. Cicéron, *Tusculanes*, II, 5, 13.

falloir que je me demande pour quelle raison j'ai déchu par rapport à cette grandeur. Pour éviter le retour morose sur soi, on sera tenté de trouver ces raisons au-dehors, dans la malice de tel ou tel « autre ». Accuser l'extérieur permet de se détourner des causes intérieures, que l'on peut pourtant seules traiter. On fait ainsi l'économie du pénible effort sur soi que requerrait un tel traitement.

Ainsi, par exemple, pour ne parler que des civilisations qui ont été abordées ici, le monde arabe a connu, depuis plusieurs siècles, une période de régression, ou à tout le moins de stagnation relative, nettement en retrait par rapport aux splendeurs de la Bagdad du IXe siècle. Souvent, il en rend responsables les Turcs, coupables d'avoir rétabli une orthodoxie sunnite étroite, puis les Mongols, coupables d'avoir détruit Bagdad en 1258, puis la colonisation occidentale — ou même les juifs. Autre exemple : la civilisation byzantine a perdu sa puissance politique, et jusqu'à la capitale qui lui donnait son nom. Ses héritiers accusent l'ennemi héréditaire turc, mais aussi les Latins, coupables du « coup de poignard dans le dos » de la IVe croisade (1204). C'est exactement en vertu de la même logique que fonctionnent bien des sensibilités dans l'Occident d'aujourd'hui : les Français accuseront les Anglo-Saxons de la perte de la domination que leur langue exerçait sur la culture européenne ; les Européens dans leur ensemble rejetteront le chômage ou l'insécurité de leurs banlieues sur la présence d'immigrés allogènes ; les Occidentaux, européens comme américains, chercheront des responsables de la diminution relative de leur part du marché mondial en accusant les Japonais et les « quatre dragons », etc.

Si le modèle à imiter doit être extérieur, la grandeur à rappeler doit être celle de l'autre. L'évocation des grandeurs passées me semble un remède sain ou un poison dangereux, suivant qu'elle est appliquée à soi-même ou à l'autre. Par exemple les savants occidentaux qui chantent les louanges de la civilisation de l'Islam à son apogée, de ses avancées scientifiques, de ce qu'on appelle sa « tolérance », ou encore celles du raffinement intellectuel et artistique de la Byzance médiévale, sont sans doute animés par le sentiment très louable d'une injustice à réparer. Il se peut cependant que le résultat soit le contraire du but souhaité, et qu'ils favorisent par là, chez ceux qui se considèrent comme les héritiers de ces civilisations, des rêves nostalgiques au fond assez débilitants. En revanche, le rappel des grandeurs passées de l'Islam ou de Byzance — pour ne pas parler de l'Inde ou de la Chine — est des plus salutaires pour l'Europe elle-même, qu'il invite à se considérer avec un minimum de modestie.

Pour des manières de table dans le cannibalisme culturel

On peut appliquer les mêmes remarques dans une tonalité négative. Le passé d'une culture n'est jamais entièrement rose. Une civilisation innocente n'existe que dans les rêves de ceux — qu'ils y appartiennent ou non — qui la connaissent mal. Cela vaut aussi pour le passé de l'Europe. Cela vaut même encore plus pour elle, car ses rapports avec le reste du monde, depuis la Renaissance, ont été des rapports de conquête et d'occupation. La question se pose alors de savoir ce qu'il faut faire de ce passé. Ce n'est pas la seule Allemagne contemporaine, c'est l'Europe tout entière qui a un problème pour « venir à bout de son passé » (*Vergangenheitsbewältigung*). Et c'est l'honneur de l'Europe que d'avoir des historiens qui lui rappellent avec toujours plus de précision et moins d'indulgence ce que ce passé a été véritablement.

Il serait par trop facile de se débarrasser de la question en renvoyant les autres aux aspects négatifs que l'on trouvera toujours dans leur passé, pour peu qu'on cherche bien. Le « toi-même ! » reste enfantin, même entre civilisations. Il est aussi enfantin de soupçonner que la malice, voire le complot, est toujours à l'origine des catastrophes. Ainsi, par exemple, l'effondrement démographique des sociétés précolombiennes au moment de la conquête n'a pas été causé par la seule répression des révoltes indiennes. On sera mieux inspiré de faire entrer en ligne de compte des causes objectives plus sobres, qu'elles soient conscientes, comme la supériorité de l'armement, ou involontaires, comme le malentendu... ou des souches microbiennes plus virulentes. Reste cependant à faire face au passé sans laisser contaminer le repentir par une culpabilité paralysante, et qui empêche même de réparer ce qui peut l'être.

Hegel a noté un jour que nous faisons comme les sauvages, qui tuent leurs vieux parents[1]. Franz von Baader a précisé quelque part ce que nous en faisons : « tous les hommes sont naturellement anthro-

1. Hegel, *Jenenser Realphilosophie*, éd. Hoffmeister, Meiner, Hambourg, 1967, p. 202, note 3.

pophages ». Entendons que toute culture se nourrit de celles qui l'ont précédée. Encore faut-il savoir se tenir à table. Or il est de ce point de vue remarquable que l'Europe ait tiré de ce cannibalisme peut-être inévitable, et dans lequel elle ne s'est pas mieux comportée que toute autre civilisation puissante, de quoi susciter une réflexion critique sur soi-même. À l'accoutumée, une culture réfléchit sur elle-même quand elle est contrainte à s'interroger par une situation d'infériorité. On en a des exemples partout où les Européens sont intervenus dans des civilisations extérieures et, sans les modifier par un apport massif de population, les ont contraintes à s'ouvrir. On peut songer aux réformes de l'Empire ottoman après la défaite de sa flotte à Lépante (1571), ou après l'échec du siège de Vienne (1683). Ou encore à celles qui, au Japon, devaient déboucher sur le Meiji après l'ouverture forcée des ports bombardés par le commodore Perry (1854).

L'Europe, en revanche, présente ce cas peut-être unique d'une réflexion sur soi amenée par un rapport à des peuples qu'elle venait justement de vaincre, dont elle venait justement de conquérir les terres. Elle débouche sur une tentative prolongée pour se voir à travers les yeux de l'autre. Les *Lettres persanes* de Montesquieu ou les *Cartas marruecas* de Cadalso sont ainsi un phénomène exclusivement européen. Le genre littéraire que ces œuvres représentent, et auquel on pourrait annexer tout le mythe du « bon sauvage », est en fait la transposition quelque peu abâtardie de réflexions bien plus profondes dont l'occasion première fut sans nul doute la découverte de l'Amérique. On connaît les réflexions de Montaigne sur les Indiens dans le célèbre essai *Des cannibales*[1]. Et les extrapolations des littérateurs se fondent sur l'immense trésor d'observations de première main amassé par les missionnaires. Qu'on songe à l'immense succès des *Lettres édifiantes et curieuses*. La défaite extérieure des « autres » se retournait, aux yeux des penseurs, en une victoire : l'Europe tentait de se voir à travers les yeux de l'étranger, et donc comme n'allant pas de soi, comme ne constituant pas nécessairement la seule possible, encore moins la meilleure possible, des solutions du problème humain. On peut se demander pourquoi l'Europe, et elle seule, s'est engagée dans cette aventure réflexive qui doublait l'épopée coloniale : c'est qu'elle avait déjà en soi-même, dans son rapport constitutif avec les sources classiques, tout ce qu'il lui fallait pour se sentir inférieure.

Identité culturelle ?

La précision de vocabulaire demandée plus haut à propos du mot « culture » n'est pas uniquement du purisme. Elle implique en effet que l'on soumette l'expression répandue d'« identité culturelle » à un examen plus approfondi. Et, en particulier, que l'on se demande en quel sens ce que l'on entend le plus souvent par là mérite le respect.

Si le mot « culture » renvoie, conformément à son sens originel, à l'effort personnel pour s'enno-

1. Montaigne, *Essais*, I, 31 ; cf. Ferran Sáez i Mateu, « Michel de Montaigne. Dels caníbals. Estudi preliminar, traducció i anotació crítica », *Anuari de la Societat catalana de filosofia*, V, Barcelone, 1992-1993, p. 87-143.

blir l'esprit en s'élevant jusqu'à un modèle classique, il indique un enrichissement de l'identité de celui qui accepte de prendre sur soi un tel effort. Dans ce cas, l'identité culturelle mérite que rejaillisse sur elle un peu de ce respect au sens le plus fort dont seule la personne peut bénéficier. Ce sera d'ailleurs parce que la culture aura été intégrée à la personne qu'elle sera devenue personne. En revanche, il arrive souvent que l'on se serve du terme de « culture » pour désigner plutôt le poids de l'appartenance, le lest de tout ce qui n'est pas choisi mais subi. Auquel cas on peut éprouver pour cette « culture » tout au plus de la sympathie polie, mais jamais de vrai respect. On pourra respecter, non la culture elle-même, mais les personnes qui en sont porteuses, et plutôt malgré elle qu'à cause d'elle. En sens inverse, affirmer une « identité culturelle » de ce genre pourra être une réaction excusable, surtout si elle vient d'une minorité qui, perdue au sein d'une masse hétérogène, se sent menacée par elle. Mais aucune culture ne saurait revendiquer la dignité qui est celle de la personne. Et il arrive que cette dignité doive être défendue contre une culture qui la brime, et contre la tentation de retrouver ses « racines » — c'est-à-dire, comme le suggère implicitement l'image, de régresser vers la stupide immobilité du végétal.

En un mot, il faut distinguer ce qui est « à nous » et ce qui est bien. Le propre n'est pas nécessairement le bien. Il est déjà choquant de dire *my country, right or wrong*. La même formule, appliquée à ce que chacun appelle « sa culture », produit des effets tout aussi pervers. En tant que Français, je m'enorgueillis donc d'être le rejeton d'une nation de traîtres : les Gaulois, qui ont été suffisamment intelligents pour se laisser arracher leur « authenticité » — avec entre autres la charmante coutume du sacrifice humain — au profit de la civilisation romaine.

L'intérêt du désintéressement

Les sources de la culture européenne n'étant pas « nous », rien ne nous invite à restreindre leur étude aux « Occidentaux » que nous sommes. Ainsi, la distance entre les anciens Grecs et nous n'est pas en principe moindre que celle qui les sépare des autres cultures modernes. L'approfondissement de la connaissance que l'on en prend mène, aussi bien au niveau de l'individu qu'à celui de la communauté scientifique entière, à prendre en même temps une conscience aiguë de leur étrangeté. Se les approprier conduit l'Européen moderne à une désappropriation de soi au fond tout aussi grande que pour l'Africain ou le Chinois. De la sorte, étudier les classiques n'est en rien s'occidentaliser. Les campus californiens retentissaient naguère de slogans qui visaient à traduire dans les programmes universitaires la revendication politique en faveur des minorités. Il fallait compléter, voire remplacer l'étude des auteurs mâles de race blanche par celle d'écrivains de sexe féminin et/ou de couleur. Cette attitude ne peut pas ne pas être fomentée, comme l'offense appelle la vengeance, par une revendication indue de l'exclusivité de l'héritage antique de la part de l'Occident moderne. Les deux sont l'avers et le revers de la même (fausse) monnaie.

Il ne s'agit donc pas de suggérer aux peuples dits

extra-européens l'étude des œuvres classiques parce que leur compréhension permettrait de mieux comprendre l'Occident — ce qui est, d'ailleurs, tout à fait vrai. Il s'agit plus profondément de leur faire remarquer, à « eux » tout comme à « nous », que ces œuvres sont, tout simplement, susceptibles de les intéresser. La question de savoir quels classiques il faut étudier, ou, déjà, de savoir quels auteurs doivent être considérés comme des classiques, n'a rien à voir avec celle de leur appartenance ou non à la tradition dont nous nous sentons les héritiers. Vaut-il mieux étudier Sophocle ou Kalidâsa, Homère ou l'*Edda*, Platon ou Confucius ? Le mieux, s'il s'agissait de décider entre des auteurs issus de deux traditions différentes, serait peut-être de demander au représentant d'une tierce tradition ce qui lui semble le plus enrichissant pour lui. Mais le seul critère définitif est celui de l'intérêt interne. La question ne devrait jamais être de savoir si un auteur appartient à notre tradition ou non, encore moins s'il avait le même sexe ou la même « race » que nous. La seule question légitime est de savoir si un auteur vaut la peine d'être étudié pour lui-même.

C'est d'ailleurs là justement ce que les Européens eux-mêmes ont fait de par le passé. Ils n'ont pas étudié les classiques grecs et latins parce qu'ils étaient les sources de l'Europe, et donc parce qu'ils étaient au fond eux-mêmes, de sorte que les étudier revenait à mieux se connaître et à mieux s'affirmer en sa particularité. Tout au contraire, ils les étudiaient, comme il étudiaient d'ailleurs les penseurs musulmans et juifs, parce qu'ils trouvaient leurs œuvres vraies, belles, intéressantes, etc. On pourrait ainsi dégager comme une loi culturelle selon laquelle l'appropriation d'une source n'est féconde que si elle est désintéressée. En termes brutaux : seul paie ce qui est gratuit.

De la même façon, dans le domaine religieux, la foi ne produit ses effets que là où elle reste foi, et non calcul. La civilisation de l'Europe chrétienne a été construite par des gens pour lesquels le but n'était nullement de bâtir une « civilisation chrétienne », mais de tirer au maximum les conséquences de leur foi au Christ. Nous la devons à des gens qui croyaient au Christ, non à des gens qui croyaient au christianisme. Ces gens étaient des chrétiens, et non ce que l'on pourrait appeler des « christianistes ». Un bel exemple de cela est fourni par le pape Grégoire le Grand[1]. Sa réforme a jeté les bases du Moyen Âge européen. Or il croyait la fin du monde toute proche. Et celle-ci, dans son esprit, devait de toute façon retirer à toute « civilisation chrétienne » l'espace où se déployer. Ce qu'il échafauda, et qui devait durer un bon millénaire, n'était à ses propres yeux qu'un ordre de marche tout provisoire, une façon de ranger une maison que l'on va quitter. À l'inverse, ceux qui se proposent comme but premier de leur action de « sauver l'Occident chrétien » doivent se garder de déployer une pratique qui, comme on en a des exemples, se situe en dehors de ce qu'autorise l'éthique chrétienne, pour ne pas dire la morale commune la plus élémentaire.

1. Cf. toute la 3e section « Eschatologie », de C. Dagens, *Grégoire le Grand. Culture et expérience chrétienne*, Études augustiniennes, Paris, 1977.

Une parabole

De la sorte, la question de l'identité culturelle de l'Europe ne peut pas se poser de façon indépendante. Elle est indissolublement liée à celle du rapport de l'Europe aux autres civilisations, antérieures et/ou extérieures à elle. Pour l'Europe, le rapport à soi passe par le rapport à l'autre. Rien ne peut mieux l'illustrer, me semble-t-il, qu'une sorte de parabole que j'emprunterai à un auteur antérieur au christianisme, afin de dégager un aspect de l'expérience européenne qui ne s'explique pas par celle-ci. Il s'agit d'Hérodote [1]. Le roi de Perse, Darius, cherchait à montrer que la coutume (*nomos*) règne sur tous les hommes, ou, si l'on veut, que tout est conventionnel, en tirant argument de ce que tous les hommes considèrent leurs propres usages comme les meilleurs qui soient. Or ces usages prennent le contrepied les uns des autres, ce qui est pratiqué par les uns étant en abomination aux autres. Pour le montrer, Darius convoque des Grecs et des représentants d'une peuplade indienne, et interroge tous les deux sur leurs coutumes funéraires et leur disposition à en changer. Les Grecs qui, à l'époque, incinéraient leurs morts expliquent qu'ils ne les mangeraient à aucun prix. Les Indiens, qui dévorent leurs cadavres, crient qu'ils ne les brûleraient pour rien au monde. Les deux groupes semblent sur le même plan. Telle est en tout cas la conclusion de Darius, et, tacitement, celle d'Hérodote.

1. Hérodote, *Enquête*, III, 38, 3. Je m'inspire ici de S. Benardete, *Herodotean Inquiries*, Nijhoff, La Haye, 1969, p. 80 *sq*.

Deux traits, cependant, distinguent les Grecs : d'une part, ils écoutent en silence la question du roi et y répondent avec calme, alors que les Indiens la couvrent de leurs clameurs indignées et demandent à Darius de se taire. D'autre part, les Grecs comprennent, par l'intermédiaire d'un interprète, ce que l'on demande aux Indiens. Les Grecs peuvent de la sorte être aussi attachés à leurs usages particuliers — nous dirions, à leur « authenticité » — que ne le sont les autres peuples. Mais ils acceptent au moins de prendre connaissance de ce qui n'est pas eux, et, de ce fait, de prendre conscience du caractère contingent de leur particularité, de s'ouvrir sur le reste du monde. De la sorte, les autres cultures sont traduisibles, et susceptibles d'être élevées à l'universel par le langage. L'interprète anonyme est ici le symbole de ce qu'Hérodote lui-même ne cesse de faire dans son *Enquête* : interpréter pour les Grecs le reste du monde connu. Au niveau des usages funéraires, cette élévation à l'universel trouve d'ailleurs son image dans l'incinération, par laquelle le corps, qui est ce qui nous singularise, se trouve aboli. En revanche, l'ingestion symbolise un attachement indissoluble à ce qui nous est propre.

L'attitude qu'illustre Hérodote est loin d'être la règle en Grèce ancienne. Mais c'est elle qui a été reprise par l'Europe. Celle-ci l'a lestée de ce que sa religion lui apportait en fait de valeur accordée à la secondarité. Elle reste valable comme programme d'un certain rapport de l'Europe à ce qui lui est propre : un rapport ouvert sur l'universel. On peut le formuler en reprenant, même si c'est pour le nuancer, un jeu de mots célèbre du philosophe espagnol Ortega y Gasset. De retour d'Amérique, il avait répondu à quelqu'un qui lui demandait les raisons de son retour : « *Europa es el único continente que tiene un contenido* ». « L'Europe est un continent / contenant [le castillan ne distingue pas les deux mots] qui a un contenu, et elle est le seul à en avoir un. » La formule semble orgueilleuse. Elle l'était peut-être pour Ortega. Pour moi, si on la comprend bien, elle est tout le contraire. Il faut en effet se rendre compte également qu'« avoir un contenu » suppose, justement, que l'on peut « avoir » un contenu, et donc que l'on n'« est » pas ce contenu, que l'on ne s'identifie pas totalement avec celui-ci. On peut ainsi retourner la formule : le contenu de l'Europe, c'est justement d'être un contenant, d'être ouverte sur l'universel.

Il en est de l'Europe, au niveau de la civilisation, ce qu'il en est, au niveau de l'individu, des noms propres de ceux qui l'habitent. Nos prénoms sont, dans leur écrasante majorité, des noms de personnes. Rares sont les exceptions, par exemple les adjectifs (Constant, Aimable, etc.). On a là, d'ailleurs, un résultat concret de la secondarité culturelle : les noms propres juifs et païens, qui peuvent avoir un sens en hébreu (Jean, etc.), en latin (Marc, etc.) ou en germanique (Bernard, etc.), ont été repris par les chrétiens, mais leur sens primitif a été oublié. Dans la grande majorité des civilisations, les noms ont une signification — évidemment laudative — *a priori*, qui indique d'emblée ce que l'on attend de l'enfant ainsi nommé. L'Européen, lui, ne possède son identité que comme un cadre vide, qu'il aura pour tâche de remplir.

S'il en est ainsi, il faut reposer à nouveaux frais le problème du rapport entre l'Europe et le reste du monde. On le pose la plupart du temps en opposant ces deux termes de façon simple : le premier désigne ce qui est déjà européen, le second ce qui ne l'est pas. Ce qui est non-européen peut soit chercher à le devenir, soit refuser de le faire, soit accepter, soit rejeter ce que l'on appellera alors « européanisation ». Dans tous les cas de figure, on suppose que les autres régions du monde ont à s'adapter à ce qui existe déjà quelque part. S'« européaniser », ce sera donc imiter l'Europe, laquelle, sous-entend-on, est bien sûr déjà européenne. C'est ce que font les philosophes qui utilisent le concept d'« européanisation » et s'interrogent sur lui. Ils sont d'ailleurs assez peu nombreux[1].

Je voudrais soutenir ici une thèse opposée, et qui peut sembler quelque peu paradoxale, même si elle ne fait pourtant, au fond, que prendre au sérieux la caractérisation de l'Europe par Husserl : une « téléologie immanente », une « entéléchie » — et donc, pour le type humain qui y correspond, une tâche infinie, aussi infinie que le projet philosophique[2]. L'Europe, dis-je, n'est autre chose qu'un constant

1. Je pense surtout à Joachim Ritter, dans des réflexions qui portent avant tout sur la Turquie. Cf. « Europäisierung als europäisches Problem » (1956), dans *Metaphysik und Politik. Studien zu Aristoteles und Hegel* (stw 199), Suhrkamp, Francfort, 1988 (2e édition), p. 321-340.

2. Cf. « Die Krisis des europäischen Menschentums und die Philosophie », *op. cit.*, p. 319, 347, 320, 338 *sq.*

mouvement d'auto-européanisation. L'européanisation est un mouvement interne à l'Europe; voire, elle est le mouvement qui constitue l'Europe comme telle. L'Europe ne préexiste pas à l'européanisation; l'Europe est le résultat de l'européanisation, et non sa cause.

Cette thèse résulte directement de ce qui a été montré plus haut[1] : du point de vue de l'historien, l'Europe n'a jamais été un espace défini d'emblée, préexistant, et à l'intérieur duquel se serait développée une certaine culture. C'est le cas de l'Amérique ou de l'Australie, assez faciles à isoler — parce qu'elles sont, justement, de gigantesques îles. Et parce qu'elles se sont pour ainsi dire données d'un seul coup, ou presque, aux découvreurs qui leur ont donné leur nom. L'Europe, en revanche, faute de frontières naturelles convaincantes, n'est pas un espace défini, mais un espace qui **s**'est défini soi-même, en se détachant du reste du monde. Le moment où l'on a commencé à appeler « Europe » une entité culturelle, et non une direction (l'ouest, le couchant) ou une région géographique, est celui où cette région s'est coupée de Byzance et de l'Islam, à la suite, en partie, d'une séparation venue du dehors, en partie, d'un effort plus ou moins conscient pour faire du nouveau. Le sud de la Méditerranée a été séparé du nord par la conquête arabe des rivages méridionaux de celle-ci, par un événement extérieur, donc; mais la résistance à celle-ci est l'effet d'une volonté interne. L'ouest de la Chrétienté a été séparé de l'est d'abord à la suite de facteurs extérieurs : une différence de langues et

1. Cf. *supra*, chap. I, p. 15.

de cultures, puis des délais de communication trop importants, facteurs qui avaient été perçus très tôt. Mais la décision de recréer un empire d'Occident est, de la part de Charlemagne et de la papauté, une décision interne, due en partie au désir de faire pièce à l'empire de Byzance.

La même conséquence se tire de l'examen de l'Europe comme civilisation : ses sources lui sont extérieures. Sa culture profane est, en dernière analyse, d'origine grecque ; sa religion est d'origine juive. Nous avons vu que la conscience de cette extériorité affleure parfois. Selon une image déjà ancienne, ce sont deux villes qui symbolisent classiquement ses racines, « Athènes » et « Jérusalem ». Or, ce que l'on a moins remarqué, c'est que, de ces deux villes, aucune n'appartient à l'espace qui, dans l'histoire, s'est nommé lui-même « européen » et qui a été ainsi appelé par ses voisins. La culture européenne doit aller chercher ailleurs qu'en elle-même ce qui la définit.

Appel aux absents

Je dirai donc aux Européens : « Vous n'existez pas ! » Il n'y a pas d'Européens. L'Europe est une culture. Or la culture est un travail sur soi, une formation de soi par soi, un effort pour s'assimiler ce qui dépasse l'individu. Par suite, elle ne peut pas être héritée. Elle doit au contraire être conquise par chacun. On ne peut pas naître européen, mais on peut travailler à le devenir. On connaît le mot sarcastique de Friedrich Schlegel :

Les Allemands, entend-on dire, sont, quant à la hauteur du sens artistique et de l'esprit scientifique, le premier peuple du monde. Certes; seulement, des Allemands, il y en a très peu[1].

On pourrait appliquer une formule analogue aux prétendus « Européens ». La culture européenne est ce qui définit les Européens. Mais combien de ceux qui vivent en Europe ou ailleurs sont à la hauteur de celle-ci ?

Me tournant à présent vers les non-Européens, je leur dirai : « Vous n'existez pas non plus ! » Il n'y a pas de non-Européens. Le monde entier, pour son bonheur ou pour son malheur, a été parcouru par des Européens, et reste affecté par de l'européen (au neutre), par des phénomènes venus d'Europe. Et devant ceux-ci, le reste du monde — si l'on peut ainsi parler — est logé à la même enseigne que ce qui est « déjà » européen, ou se croit tel. Si l'on entend par « Européens » les habitants actuels d'un certain espace sur une carte, ceux-ci peuvent différer de bien des façons de ceux qui vivent en dehors. Mais il est une chose par rapport à laquelle, au niveau des principes, les deux groupes sont au même niveau. Et c'est justement l'européanité. Si l'européanité est une culture, tous sont à la même distance de ce qu'ils ont à acquérir. L'Europe, au sens géographique ou économique, etc., de ce terme, n'a pas à se présenter soi-même comme un modèle. Elle doit au contraire se proposer à elle-même,

1. F. Schlegel, « Kritische Fragmente », § 116; KA, t. 2, p. 161. Ce bon mot cache une « phrase spéculative » en bonne et due forme : le prédicat fait retour sur le sujet pour le déterminer.

comme elle le propose au reste du monde, l'européanisation comme tâche.

Tous sont à la même distance, mais, pour filer la métaphore, tous ne sont pas nécessairement dans la même direction. En d'autres termes, les obstacles ne sont pas les mêmes, et il importe d'en prendre conscience. Le danger pour les habitants de l'espace qui se nomme « européen » (les prétendus « Européens ») est de considérer leur européanité comme possédée et non plus à conquérir, comme une rente de situation et non plus comme une aventure, comme un particularisme et non plus comme une vocation universelle. De ce point de vue, l'intérêt pour le passé est une activité à surveiller de très près. Il existe en effet un impérialisme rétroactif, par lequel un pays revendique ce qui s'est passé sur son territoire actuel comme lui appartenant. Comme si les biens culturels existaient dans une sorte de coffre-fort, à part du processus par lequel on se les approprie. Mais où ces biens existent-ils ? Là où on en édite les textes ou les partitions, là où on les étudie, les joue, les reproduit ou les représente. Là, en un mot, où on les considère comme encore vivants et susceptibles de nous apprendre quelque chose que nous ne serions pas capables de tirer de notre propre fonds. Et nulle part ailleurs. On ne peut prendre les biens culturels qu'en leur donnant de soi — qu'en se donnant à eux.

Le danger pour les habitants d'autres espaces (les prétendus « non-Européens ») est de ne voir que les traits les plus superficiels du mode de vie, présent ou passé, des habitants de l'espace « européen ». S'ils veulent s'« européaniser », le danger est de singer le *way of life* actuellement de mise à l'intérieur d'un certain espace. On manque par là ce qui l'a rendu possible, le sol nourricier sur lequel il pousse — non, peut-être, sans l'épuiser, voire le détruire. On manque ce qui constitue le ressort de son dynamisme, la dénivellation par rapport à une source supérieure et extérieure. Ainsi, par exemple, peut-on vouloir emprunter la science et la technique modernes et rejeter en même temps la tournure d'esprit qui leur a donné naissance ?

À supposer, au contraire, que les « non-Européens » tentent une autre voie que l'européanisation, le danger est de caricaturer le modèle par rapport auquel ils veulent prendre de la distance. Il est d'autant plus facile de le faire que ni le passé ni le présent de ce qui se prétend l'Europe n'ont quoi que ce soit d'uniformément rose. On n'aura alors pas de mal à condamner l'impérialisme de celle-ci, son « matérialisme », voire le caractère « desséchant » des rapports humains, etc. — toutes fautes que bien des habitants de l'Europe reconnaissent, déplorent eux-mêmes, et auxquelles ils tentent de remédier. On oublie par là que le modèle dont il s'agit de s'inspirer est au-delà de l'Europe, au-dessus d'elle, qu'il est la mesure qui la juge. On rate par là, en tout cas, le dynamisme de l'histoire européenne, le mouvement qui entraîne l'Europe en amont d'elle-même, vers l'universalisation.

Les « non-Européens » ont en tout cas sur les « Européens » un avantage non négligeable, celui d'être conscients de la distance qui les sépare de l'Europe (réelle ou rêvée). De cette distance douloureusement ressentie dont l'acceptation courageuse a été le ressort du dynamisme européen. Du coup, il se pourrait que Rome ne soit plus dans Rome, et que les « non-Européens » soient au fond mieux à même de prendre sur eux l'attitude romaine qui a été la chance de l'Europe, et de devenir plus européens que ceux qui croient l'être déjà.

VIII

L'Église romaine

Nous avons vu en quoi l'Europe est « romaine » dans son rapport à ses deux sources, juive et grecque. Le rapport « romain » à la source juive définit la Chrétienté par rapport à l'Islam (chap. III). Le rapport « romain » à la source grecque définit l'Europe latine vis-à-vis de l'Islam, mais aussi du monde byzantin (chap. IV). Il donne à la culture européenne une relation paradoxale à ce qui lui est propre (chap. V), et la décentre par rapport à son identité (chap. VI), lui imposant du coup une attitude déterminée envers celui-ci (chap. VII). Dans ce dernier chapitre, je me placerai à l'intérieur même de l'expérience européenne. J'y examinerai le rôle qu'y joue la religion qui a marqué l'Europe de la façon la plus décisive, à savoir le christianisme. Je montrerai une nouvelle fois que le christianisme est essentiellement « romain ». Enfin, puisqu'il existe une Église que l'on dit « romaine », à savoir l'Église catholique, je dirai quelques mots de la dernière des dichotomies dont j'ai constaté la présence, à savoir celle qui oppose l'Église catholique au monde issu de la Réformation.

Le fil conducteur sera une fois de plus la romanité. Il existe une Église qui, bien que ce terme ne fasse pas partie des quatre « notes » qu'elle revendique classiquement en son Credo (« une, sainte, catholique, apostolique »), reçoit la dénomination de « romaine ». Les catholiques entendent par là que l'unité de l'Église réside dans la communion des successeurs des apôtres, les évêques, autour du successeur de Pierre, l'évêque de Rome. Or le fait que le pape siège à Rome est-il purement contingent ? Oui, si l'on entend par là l'intersection d'une latitude et d'une longitude. Mais la réponse doit être plus nuancée si l'on prend garde à la symbolique que véhicule le nom de cette ville. Sur l'existence d'un lien objectif, adversaires et défenseurs de l'Église catholique s'accordent, même s'ils placent les accents autrement, relayant ainsi les affects que j'ai évoqués plus haut[1]. Pour les uns, la papauté est l'héritière de la volonté de puissance de l'impérialisme romain[2] ; les autres diront par exemple, en reprenant un vieil argument de saint Augustin, que l'unité de la terre habitée, réalisée par les légions romaines, était une préparation à l'évangélisation de celle-ci[3].

La question que je poserai ici est de savoir dans quelle mesure l'Église catholique mérite l'adjectif « romain ». Mais je prendrai cet adjectif au sens que

1. Cf. chap. II.
2. On peut penser ici à Dostoïevski, et au récit sur le grand inquisiteur dans *Les frères Karamazov*.
3. L'idée est encore chez Dante, *Banquet*, IV, 5, 4.

j'ai essayé d'élaborer. Comme, pour moi, cet adjectif définit l'expérience européenne, ma question reviendra à une sorte d'examen de conscience : demander si les catholiques peuvent être, pour reprendre une formule de Nietzsche, ironiquement reprise par Husserl, de « bons Européens[1] ».

Si l'on se demande maintenant comment caractériser le catholicisme, il faut commencer par une mise en garde qui nous oblige à une correction de vocabulaire : le « catholicisme » n'existe pas. En tout cas, pas au sens où il serait un « -isme » comme on parle du marxisme, du libéralisme, ou du *fulanismo* (« untelisme ») cher à Unamuno. Le catholicisme n'est pas un système de pensée, une école, encore moins une idéologie. « Catholique », c'est d'abord une caractéristique de l'Église, une de ses « notes ». Ce qui est catholique, ce n'est pas un homme, moi, par exemple ; c'est l'Église à laquelle il appartient — et à laquelle son péché lui interdit de s'identifier parfaitement. Je prendrai donc ici « catholicisme » en un sens précis : j'entendrai par là ce qui fait que l'Église est catholique ou, si l'on peut dire, la catholicité de l'Église.

Le problème de la culture

Il ne me semble pas trop audacieux de considérer le catholicisme comme une espèce du genre « christianisme ». Il faudra alors se demander si le catholicisme est « romain » ou bien a) uniquement par

1. Nietzsche, à partir de *Humain, trop humain*, I (1878), 8, § 475 ; KSA, t. 2, p. 309 ; Husserl, *op. cit.*, p. 348.

soi — par exemple parce qu'il serait resté fidèle au pape de Rome au moment où les Églises réformées s'en écartaient —, ou bien b) parce que son genre, le christianisme, l'est déjà lui-même, ou bien enfin c) à la fois parce qu'il est une espèce du christianisme, et parce qu'il ajoute à ce genre une détermination qui lui est propre. Ma thèse sera que le catholicisme ne consiste en rien de plus qu'à accepter jusqu'en ses ultimes conséquences le fait chrétien. S'il est « romain », ce sera donc dans la mesure où il pousse jusqu'au bout la romanité intrinsèque du christianisme. Et non pas, par exemple, pour résumer en la simplifiant une idée qu'on rencontre entre autres chez Maurras, en ce qu'il corrigerait par le sens romain de l'ordre social un mouvement chrétien originellement révolutionnaire. Nous aurons donc à examiner en quoi le christianisme est « romain ». Une telle enquête a déjà été ébauchée plus haut (chap. III). Il me semble cependant opportun de reprendre la question à nouveaux frais.

Je dois donc risquer une caractérisation provisoire du christianisme. Il n'est pas question de prétendre en décrire toutes les dimensions, même de façon sommaire. Je propose de le saisir ici en fonction du problème que je me pose, qui est celui de la culture. Le christianisme me semble représenter une certaine synthèse, une certaine façon de concevoir le rapport entre deux termes. Ces deux termes sont, en gros, le divin et l'humain. Ou, si l'on veut, Dieu et l'homme, le sacré et le profane, le ciel et la terre, le spirituel et le temporel. Chaque culture a affaire à ces deux termes. Chaque culture propose, explicitement ou implicitement, une réponse à la question de leurs rapports. Chaque culture propose de les articuler l'un sur l'autre d'une certaine façon. En ce domaine, le christianisme ne fait pas exception. La question qu'il affronte est la même que celle qu'affrontent toutes les cultures.

Mais, cette question, il la résout d'une façon paradoxale. Je dirai, pour faire bref : *le christianisme unit le divin et l'humain là où il est facile de les distinguer ; il distingue le divin et l'humain là où il est facile de les unir.* Il réunit ce qu'il est difficile de penser ensemble ; il sépare ce qu'il est difficile de penser séparé.

Le divin et l'humain sont faciles à distinguer là où il s'agit de leur assigner un statut ontologique. Pour parler dans le langage du mythe, Dieu est dans son ciel, l'homme est sur la terre. C'est encore au moyen de ces images que s'exprime le psalmiste : « Le ciel, c'est le ciel de YHWH, la terre, il l'a donnée aux fils d'Adam » (Psaume 115, 16). Si l'on veut parler comme les philosophes, on dira : Dieu est en dehors du temps, il est éternel ; l'homme, en revanche, est soumis à l'écoulement du temps, il naît, vieillit et meurt. Ou encore : Dieu est tout-puissant, l'homme est faible. Rien n'est alors plus facile que d'opposer, terme à terme, les attributs de Dieu et les caractéristiques de l'homme. Un Dieu ainsi défini comme Tout autre ne pourra être qu'indifférent au monde des hommes. Ce sera le Premier Moteur immobile d'Aristote, trop parfait pour qu'il puisse même percevoir le monde, moins noble que lui[1]. Ou encore,

1. Aristote, *Métaphysique*, Λ, 9. Cf. mon « Aristotle's God : What Is He Doing ? », dans D. Conway et P. Kerzsberg (éd.), *The Sovereignty of Construction. Studies in the Thought of David R. Lachterman* (Value Inquiry Book Series), Rodopi, Amsterdam (à paraître).

ce seront les dieux d'Épicure, qui vivent dans les intermondes sans que rien vienne troubler leur insouciance[1].

Réciproquement, le divin et l'humain sont faciles à unir là où il s'agit de leur assigner un domaine d'action. Les dimensions fondamentales de l'être humain, comme la sexualité, l'existence politique, etc., possèdent pour l'homme une dimension sacrée : l'Éros entraîne tous les êtres vivants au-delà d'eux-mêmes, en direction de l'avenir, leur progéniture, pour laquelle ils sont prêts à se sacrifier[2]. La cité peut susciter, lorsque son existence même est en jeu, l'enthousiasme de ses habitants, prêts, là aussi, à donner leur vie pour elle. Il y a beau temps que Fustel de Coulanges a souligné la dimension religieuse de la cité antique[3], et les recherches plus récentes, même si elles ont remis en question ses résultats, campent encore sur le terrain conquis. Dans toutes les cultures, les réalités sexuelles et politiques possèdent une dimension sacrée. Elles la possèdent en elles-mêmes, et n'ont nul besoin de la recevoir d'ailleurs. Le spirituel ne se distingue pas du temporel. À tel point qu'il n'est même jamais perçu comme une réalité indépendante. Le roi est en même temps prêtre de la cité, le père de famille est en même temps prêtre de son foyer.

Nous avons donc deux tentations, symétriques : une certaine manière de séparer le divin et l'humain, une certaine manière d'unir le divin et l'humain. Cette tentation est très naturelle. En effet,

1. Épicure, *Lettre à Hérodote*, § 76 *sq*.
2. Platon, *Banquet*, 207ab.
3. N.D. Fustel de Coulanges, *La cité antique* (1864).

elle ne fait, si l'on peut dire, que « découper selon le pointillé », que souligner des divisions qui se présentent d'elles-mêmes dans la réalité ou, à l'inverse, que rapprocher des tenons et des mortaises qui se correspondent et s'appellent. On séparera le divin et l'humain là où ils sont déjà séparés par leur niveau d'être. À l'inverse, on les unira là où ils coopèrent déjà.

Distinction et union paradoxales

Or le christianisme refuse ces deux tentations. Et il leur répond, comme on l'a dit, par un effort inverse dans les deux directions. Commençons par la distinction : le christianisme distingue ce qu'il serait facile d'unir. Il distingue le temporel et le spirituel, le religieux et le politique. On peut ici opposer le christianisme à l'Islam. Le premier refuse d'être, comme le second, « religion et régime politique » (*dîn wa-dawla*). De bons observateurs musulmans, comme Al-Biruni, Averroès ou Ibn Khaldun, ont pris note de ce refus, qui, pour eux, est un défaut, et en ont déduit, entre autres conséquences, l'absence de l'idée de « guerre sainte » (*ǧihād*) et d'une politique que l'on puisse directement tirer de l'Écriture sainte[1]. Ce refus peut s'expliquer par les faits historiques : la foi chrétienne s'est imposée malgré, voire contre l'Empire romain, et n'a pas conquis l'État, mais d'abord la société civile, et l'État

1. Le texte le plus fort là-dessus est sans doute Ibn Khaldun, *Muqaddima*, III, 31 (Q, t. 1, p. 415, 3-18 ; R, t. 1, p. 473 ; M, p. 459 *sq.*). Cf. mon essai « Trois regards musulmans sur la cité chrétienne », *Le Trimestre psychanalytique*, 1996, p. 9-21.

par son intermédiaire et en un second temps. Cependant, il se situe aussi au niveau des principes.

Il provient d'abord de l'héritage juif[1]. Le judaïsme s'était dégagé de la liaison primitive, encore attestée dans l'Ancien Testament (cf. Deutéronome 2, 12), et qui associait chaque peuple à son dieu respectif de telle sorte que l'attachement au dieu constituait un peuple comme entité politique. L'attitude ambiguë vis-à-vis de la royauté, visible dans les récits du choix de Saül par Samuel (1 Samuel 8, etc.), mettait en place un antagonisme durable entre le politique et le religieux. L'exil mit fin à la royauté. Le Temple fut détruit, et avec lui la liaison de la foi d'Israël avec un lieu matériel, situé sur le territoire d'un État déterminé. De la sorte, le pôle politique de l'antagonisme disparut. L'appartenance religieuse au peuple d'Israël cessa du coup de coïncider avec l'appartenance politique à un État. Et la loi civile des États put de la sorte être reconnue comme légitime en son domaine propre, selon l'adage : « La loi du royaume a force de loi » (*dina de-malkuta dina*)[2].

Dans le christianisme, c'est, dès l'origine, dans la prédication de Jésus que la distinction se fonde. Elle se formule dans les paroles du Christ sur la nécessité de rendre à César ce qui est à César, à Dieu ce qui est à Dieu (Matthieu 22, 17 et parallèles). Elle s'enracine, plus profondément, dans l'attitude d'ensemble de Jésus envers un messianisme de nature

1. Cf. mon article « Judaïsme (période classique et médiévale) », dans P. Raynaud et S. Rials (éd.), *Dictionnaire de philosophie politique*, PUF, Paris, 1996, col. 303-306.

2. Sur cet adage, cf. *Jewish Encyclopaedia*, t. 6, col. 51-55 (S. Shilo).

politique ou militaire : refuser de se laisser faire roi (Jean 6, 15), n'accepter comme couronne que la couronne d'épines. La nature purement religieuse de ce que le christianisme prétend apporter a pour conséquence un refus de lester du poids de l'Absolu les détails des règlements qui gouvernent les rapports intrahumains.

On le voit dans l'épisode dans lequel Jésus refuse de se faire l'arbitre d'un problème d'héritage :

> Quelqu'un dans la foule lui dit : « Maître, dis à mon frère de partager avec moi [notre] héritage. » Mais il lui dit : « Mon ami [homme], qui m'a établi sur vous comme juge et chargé du partage ? » Et il leur dit : « Regardez bien et gardez-vous de toute cupidité, car même pour qui est dans l'abondance, sa vie ne dépend pas de ce dont il dispose » (Luc 12, 13-15).

Jésus refuse d'être sur tous les points comme Moïse en s'appliquant la question posée à celui-ci (cf. Exode 2, 14). Le texte n'a pas de parallèles nets dans la littérature rabbinique[1]. Et l'on ne sait pas très bien s'il s'agit d'un *logion* authentique ou d'une attribution de la communauté primitive. Le contenu n'est pas clair : s'agit-il de recommander qu'on reste à l'indivision, etc.[2] ? Cependant, rétrospectivement, et du point de vue de l'histoire de la culture, le passage est très intéressant. Et d'autant plus qu'il s'agit d'un problème d'héritage à partager. On sait que c'est un des domaines les plus délicats du droit reli-

1. Rien dans Strack-Billerbeck, *Kommentar zum Neuen Testament aus Talmud und Midrash*, t. 2, p. 190.
2. Cf. D. Daube, « Inheritance in Two Lucan Pericopes », dans *Zeitschrift der Savigny-Stiftung für Rechtsgeschichte*, Romanistische Abteilung, 72 (1955), p. 326-329.

gieux musulman, un trésor de cas pour les étudiants du *fiqh*. Tout se passe comme si l'on avait ici, avant la lettre, l'exclusion radicale de toute *šarī'a* chrétienne. En conséquence, les règlements interhumains ne seront pas chargés du poids de l'Absolu, mais laissés aux soins des hommes. L'Absolu ne portera que sur l'exigence morale, qui devra normer toutes les règles juridiques.

C'est à cette attitude de principe que le christianisme n'a jamais cessé de faire appel. Il a dû le faire contre toutes les tentations d'absorber le politique dans le religieux ou le religieux dans le politique. Ces tentations sont parfois venues du dehors, lorsque le pouvoir politique a cherché à faire main basse sur le pouvoir religieux. Mais elles peuvent tout aussi bien venir du dedans, lorsque des gens d'Église veulent utiliser une influence spirituelle à des fins temporelles. On le constate en des styles divers : jadis dans le césaro-papisme, naguère dans certains courants de la « théologie de la libération ». Ces tentations ont été plus ou moins bien évitées, et il n'est pas question d'innocenter les membres de l'Église de toute incursion hors du spirituel. Mais lorsqu'on revendique, par exemple avec le mouvement moderne de séparation des Églises et des États (dont la « laïcité » n'est que la version française), que l'Église ne sorte pas de son domaine propre, on ne lui applique pas par là une règle qui lui serait étrangère. Tout au contraire, on la ramène à la fidélité à un principe qui relève de sa propre tradition.

La séparation du temporel et du spirituel, présente au niveau des principes et des origines historiques, s'est trouvée confortée, et l'Évangile pris au mot, par les circonstances historiques de la propagation du christianisme dans l'Empire romain : sa diffusion s'est opérée contre le pouvoir politique. Le passage au christianisme des autorités impériales fut la conséquence politique d'une diffusion qui ne s'était pas effectuée par des moyens politiques. Malgré la traduction politique de la suprématie du christianisme après Constantin, puis Théodose, l'idée selon laquelle le domaine religieux et le domaine politique sont distincts ne devait pas quitter le christianisme en général.

Papes et empereurs

Quant à la version catholique du christianisme, j'ai dit au début (chap. 1) que le catholicisme se comprenait comme l'autre de l'Orient byzantin. On peut ici appuyer cette caractérisation du catholicisme sur une donnée historique. Elle fournit l'illustration concrète du second trait du christianisme, à savoir le refus d'une synthèse indue du divin et de l'humain dans la sphère humaine. Cette illustration est la permanence, dans l'histoire de l'Europe, d'un conflit qui, au Moyen Âge, s'est concrétisé comme celui du pape et de l'empereur. Alors qu'en Orient byzantin l'empereur, qui d'ailleurs recevait à son sacre des prérogatives liturgiques, faisait et défaisait les patriarches, l'Occident suivait un autre cours. Ce peut être pour des raisons que l'on peut considérer comme de pure contingence historique, voire comme carrément mauvaises (le pape était aussi chef d'un État, avait des privilèges à défendre, etc.). Toujours est-il que, dans l'Occident latin, l'union sans conflit du temporel et du spirituel, qui n'y a pas été moins rêvée qu'ailleurs (« union du trône et de l'autel », rêves théocratiques de certains papes, etc.), n'a jamais été une réalité historique. À Byzance, la situation était moins nette. Certes, temporel et spirituel n'étaient nullement confondus. Et chacun des deux principes avait une base sociale et institutionnelle : en face du basileus se trouvaient les moines. Mais le monachisme ne s'opposait pas à l'empereur sur le même plan, comme un pouvoir à un autre pouvoir. Sur ce dernier plan, l'idée d'une « symphonie » (accord harmonieux) des pouvoirs temporel de l'empereur et spirituel du patriarche tendait beaucoup plus à confondre les deux que la théorie occidentale des « deux glaives ». Dans les faits, le clergé orthodoxe russe a été brutalement soumis au tsar à partir de Pierre le Grand. En revanche, le pape a toujours constitué, en Occident, un obstacle aux ambitions des empereurs et des rois.

Ce conflit est peut-être ce qui a permis à l'Europe de se maintenir dans la singularité qui en fait un phénomène historique unique. Son importance a été bien vue par Lord Acton, qui écrit :

> C'est à ce conflit de quatre siècles que nous devons la montée de la liberté civile. Si l'Église avait continué à soutenir les trônes des rois qu'elle oignait, ou si le combat s'était achevé à la va-vite sur une victoire sans partage, toute l'Europe aurait coulé sous un despotisme à la byzantine ou à la moscovite[1].

1. « The History of Freedom in Christianity » (1877), R. Fears (éd.), *Selected Writings of Lord Acton*, I, Indianapolis, 1985, p. 33.

C'est ce conflit qui a empêché l'Europe de se changer en un de ces empires qui se mirent dans une idéologie à leur mesure et à leur image — qu'ils la produisent ou qu'ils prétendent l'incarner. En effet, d'une part, c'est l'indépendance du religieux par rapport au politique qui a permis à l'Europe de s'ouvrir comme un fruit mûr et de transmettre à d'autres domaines culturels son contenu religieux, même une fois rompues les attaches politiques. Et d'autre part, le domaine profane et son ordre en reçoivent à leur tour un espace à l'intérieur duquel ils peuvent se construire selon leurs lois propres.

Cela ne veut pas dire que l'ordre profane pourrait se déployer sans aucune référence à l'éthique. Il faut ici bien comprendre le « rendez à César... ». La formule ne signifie nullement que l'autorité de Dieu serait limitée, voire expulsée d'un domaine que l'homme se réserverait. « Ce qui est à César » n'est en un sens rien, puisque César lui-même tient son pouvoir de plus haut, comme le Christ le rappelle à Pilate (Jean 19, 11). Dire que ce qui est à César doit lui revenir n'est donc pas délier celui-ci de toute obligation de se justifier devant une juridiction qui le transcende, pour le laisser se déployer dans une logique purement machiavélienne. C'est même tout le contraire. César se voit reconnaître le droit de faire ce qu'il peut et sait faire. Mais le pouvoir spirituel, sans disposer de la moindre division blindée, se réserve un droit sur le pouvoir temporel. C'est de lui rappeler le caractère absolu de l'exigence éthique, qui juge les fins et les moyens de celui-ci. L'éthique constitue le cadre de l'ordre profane. Mais, comme tout cadre, elle ne fait que limiter négativement, sans imposer de directives positives.

Union et distinction comme conséquences de la secondarité

Nous avons vu comment le christianisme distingue ce qu'il serait tentant de confondre. Voyons maintenant comment il unit ce qu'il serait tentant de distinguer. Face à la tentation, inverse de la précédente, d'assigner au divin et à l'humain des sphères distinctes et incommunicables, le christianisme professe l'incarnation. Il est seul à le faire, semble-t-il, puisque l'idée indienne d'une divinité connaissant des avatars n'a pas grand-chose à voir avec l'idée chrétienne d'incarnation. Donnons-lui tout son tranchant : un homme, qui a vécu à une époque et à un endroit du globe bien déterminés, à savoir Jésus de Nazareth, cet homme est Dieu. Les oppositions habituelles entre le divin et l'humain ne sont alors plus valables. Dieu est capable de « descendre » du ciel sur la terre, d'entrer dans le temps et d'y mener une vie temporelle, il peut connaître la souffrance et la mort. Les chrétiens vont même jusqu'à dire que Dieu ne se révèle nulle part plus divin que dans cet abaissement même. L'homme n'est désormais plus surplombé par Dieu. Il est plutôt subverti par Lui : Dieu n'est plus « au-dessus », mais « en dessous ». Nous aurons à revenir sur les conséquences de cette doctrine fondamentale.

Ainsi, l'effort du christianisme est d'abord orienté vers une distinction à pratiquer. Il vise également, avons-nous dit, à une union. Je ne lie pas ces deux aspects de façon arbitraire, pour le seul plaisir de la symétrie. Il importe donc de rappeler ici que, si cet effort se déploie dans deux directions, il provient d'une seule et même source. La façon dont s'opère la distinction des domaines fait système avec celle dont s'opère leur union.

Je voudrais maintenant montrer comment les deux, distinction et union, sont les conséquences de ce dont j'essaie de dégager la présence au centre de la culture européenne, à savoir la secondarité. Comme le terme de « romanité » me sert pour désigner cette attitude, il s'agira par là de montrer une nouvelle fois la romanité du christianisme. J'affirme donc : d'une part, *l'idée d'incarnation forme un tout avec la secondarité religieuse*; d'autre part, *l'idée d'une séparation du temporel et du spirituel forme un tout avec la secondarité culturelle.*

L'idée d'incarnation, dans le christianisme, suppose que le Christ n'est pas un « homme divin » quelconque, cas particulier d'une loi stipulant que tout être doit passer par des stades de vie terrestre. La divinité dont il est la version humaine n'est pas prise dans cette loi d'incarnation. Il est le Fils du Dieu d'Israël, tel qu'il se définit comme tout autre que l'homme. Dans le christianisme, l'incarnation n'a de sens que si elle est justement celle du Dieu qui ne peut pas être un homme. Il n'est pas non plus, en style gnostique, un Dieu étranger au monde et qui y surviendrait du dehors. Au contraire, le Fils de Dieu est venu dans le monde comme « chez lui » (Jean 1, 11). Il n'est pas non plus étranger par rapport à l'histoire : il n'y survient pas sans une préparation, mais comme l'aboutissement de l'alliance entre Dieu et les hommes, consignée dans la Loi et rappelée par les prophètes. Il est incompréhensible sans l'histoire d'Israël. Celui qui s'incarne y est singularisé comme étant le Messie d'Israël et le Fils de son Dieu. Professer l'incarnation a donc pour le christianisme deux conséquences : d'une part, la foi en l'incarnation est ce sur quoi judaïsme et christianisme s'opposent le plus radicalement ; d'autre part, elle suppose, dans son affirmation même, que celui qui s'est incarné est bien le Dieu d'Israël. Secondarité et incarnation sont donc à la fois cause et conséquence l'une de l'autre.

Il faut noter ici un paradoxe : la secondarité du christianisme par rapport à Israël ne fait pas de l'Incarnation quelque chose de subalterne, qu'on pourrait dire « secondaire » au sens banal de ce mot. Celle-ci reste un fait unique et indépassable. D'une part, parce que ce qui est second dans le temps ne l'est pas toujours quant à la chose même : en l'occurrence, le Verbe dont les chrétiens confessent qu'il s'est fait chair est celui dans lequel le monde a été créé, « au commencement » (Jean 1, 1). D'autre part, et surtout, c'est la secondarité même du fait de l'Incarnation par rapport à Israël qui en assure le caractère absolu.

En ce qui concerne maintenant la séparation des sphères temporelle et spirituelle, on a déjà fait remarquer qu'elle s'expliquait par la dualité des sources, grecque et juive, « Athènes » et « Jérusalem », de la civilisation occidentale [1]. Cette remarque est juste, mais elle laisse l'essentiel inexpliqué. Elle n'explique pas, en effet, *pourquoi il y a deux sources,* en d'autres termes, pourquoi l'une n'a pas éliminé ou absorbé l'autre. Le christianisme n'a pas éprouvé le besoin de refaire à nouveaux frais ce qui était

1. Cf. par exemple G.E. von Grünebaum, *L'identité culturelle..., op. cit.*, p. 52.

déjà bien fait dans le monde païen, comme le droit ou les institutions politiques. Ni non plus ce qui entra par la suite dans sa sphère d'influence, comme les langues et les cultures des peuples qui se convertissaient. Le christianisme s'est superposé à ce qui existait déjà. Il s'est greffé sur une civilisation déjà organisée selon ses lois propres. En particulier, il n'a pas eu à créer une nouvelle unité politique, par exemple en fédérant des éléments qui étaient jusqu'alors divisés. Cela fournissait d'emblée un modèle de séparation des domaines. La communauté formée, l'Église, n'avait pas à se substituer à ce qui existait déjà. Et, dans le cours de l'histoire, elle n'a eu à assumer des tâches civiles que dans des cas de défaillance des autorités temporelles.

La séparation comme conséquence de l'union

En second lieu, il faut voir comment l'union et la séparation dont on a parlé sont elles-mêmes liées par une logique interne. Je pose ici comme thèse : *l'émergence d'un domaine profane, et ses conséquences dans l'histoire européenne, y compris la possibilité de sociétés « laïques » — voire celle d'un athéisme radical —, est rendue possible par l'idée d'incarnation.* Cette thèse ne prétend pas être entièrement nouvelle. L'idée selon laquelle le « rationalisme » moderne est issu du christianisme se trouve par exemple chez Leopardi, puis, plus d'un demi-siècle après lui, chez Nietzsche. Tous deux insistent sur les habitudes, voire les affects intellectuels hérités du christianisme (amour scrupuleux de la vérité, etc.) et qui, selon eux, se seraient retournés contre lui[1]. Cependant, en ce qui me concerne, je ne cherche pas cette influence au niveau de l'attitude mentale ou morale induite par le fait chrétien, mais en ce fait lui-même, tel qu'il s'exprime de la façon la plus centrale dans l'idée d'incarnation.

Celle-ci est une concentration du divin en une figure singulière, celle du Christ. Tout ce que Dieu a à dire, tout le Verbe, donc, y est donné. Pour reprendre en en changeant quelque peu le sens une formule des Pères grecs, « le Verbe s'est condensé » (*ho logos pachynetai*)[2]. Ou, pour parler avec saint Bernard, le Christ est le « Verbe abrégé » (*Verbum abbreviatum*)[3]. Ce fait a pour conséquence une rupture avec la sacralité diffuse qui caractérisait le monde ancien, « païen » si l'on veut, mais aussi celui de l'Ancienne Alliance. Si le Père a tout donné dans le Fils, il n'a plus rien à nous donner d'autre et, comme le risque saint Jean de la Croix, Dieu reste comme muet[4]. L'Incarnation a donc pour conséquence directe un certain « désenchantement du monde ». Les textes du Nouveau Testament expriment ce fait en disant que les « éléments du monde »

1. Cf. G. Leopardi, *Zibaldone di pensieri*, août 1821 ; pour Nietzsche, cf. par exemple *Le gai savoir*, § 344.

2. La formule se trouve pour la première fois en un sens voisin chez Grégoire de Nazianze, *Sur l'épiphanie* (PG 36, 313b). Sur son évolution, cf. H. U. von Balthasar, *Kosmische Liturgie. Das Weltbild Maximus' des Bekenners*, Johannes, Einsiedeln, 2e édition, 1961, p. 518-520.

3. Cf. entre autres *Sermon pour la vigile de la Nativité*, I, 1 ; PL 183, 87b et III, 8 ; *ibid.*, 98c : « *contraxit se majestas* ».

4. Jean de la Croix, *Subida del monte Carmelo*, I, 22, 5 ; BAC, Madrid, 1989, p. 201. Je commente ce texte dans « L'impuissance du Verbe. Le Dieu qui a *tout* dit », *Diogène*, nº 180, juin 1995, p. 49-74.

ont perdu leurs pouvoirs[1], et des auteurs plus récents ont pu l'exprimer poétiquement[2].

On parle volontiers de « sécularisation », et l'on entend par là le passage de certaines réalités d'une sphère conçue comme sacrée au domaine profane. Mais cette idée n'explique rien. En effet, encore faut-il qu'il existe quelque chose comme un domaine profane, ce qui ne va nullement de soi :

> Sur le point décisif, parler de sécularisation est une bévue irréfléchie. En effet, pour qu'il y ait « sécularisation », « réduction au monde », il faut d'abord qu'il y ait déjà un monde vers lequel on puisse se diriger, et dans lequel on puisse entrer. Mais en fait le *saeculum*, le « monde » au moyen duquel on « sécularise » dans cette « sécularisation » tant chantée, n'existe pas en soi, ou de telle façon qu'il suffirait de sortir du monde chrétien pour le réaliser[3].

La naissance d'un domaine profane, qui rend possible une sécularisation, n'est concevable que sur la plage laissée libre par un retrait divin. Et ce retrait, pour le christianisme, est l'envers d'une concentration en une figure singulière.

On voit le paradoxe : le retrait du sacré ne vient pas de ce qu'il se refuserait en demeurant dans son inaccessible transcendance, comme c'est le cas dans les théologies négatives ébauchées par les philosophies, par exemple dans le néo-platonisme, ou les religions non chrétiennes. Il vient au contraire de

1. Cf. H. Schlier, *Mächte und Gewalten im Neuen Testament* (Quaestiones disputatae, n° 3), Herder, Fribourg-en-Brisgau *et al.*, 1958.
2. Je pense ici au thème du départ des Elfes chez Tolkien, *The Lord of the Rings*.
3. Heidegger, *Nietzsche*, Neske, Pfullingen, 1961, t. 2, p. 146.

ce qu'il est pleinement donné. C'est ce que les Pères exprimment par la formule célèbre : « C'est en se montrant qu'Il se cache » (*phainomenos kruptetai*) [1].

S'il en est ainsi, on peut se demander si l'attitude d'un « laïcisme » militant, désireux de fonder l'histoire humaine en dehors de toute référence à Dieu, est tenable à la longue. Je ferais pour ma part l'hypothèse que ce « laïcisme » est engagé dans une dialectique menant de façon tendancielle à son autodestruction. Il n'est pas sûr que l'on puisse prétendre à la fois, d'une part, séparer le domaine public du domaine privé, pour confiner dans ce dernier le religieux, et d'autre part nier la présence du divin en une figure singulière. Ne risque-t-on pas par là de favoriser la résurgence de la présence diffuse d'un « sacré » impersonnel ?

Quoi qu'il en soit, en ce qui concerne le christianisme, on peut examiner ici trois aspects de l'union paradoxale : la nature de l'objet révélé, la présence historique de Dieu dans l'Église ; la présence charnelle de Dieu dans les sacrements.

La nature de l'objet révélé

Ce qui est révélé, dans le christianisme, n'est pas un texte. En particulier, ce n'est pas un texte qui serait par principe intraduisible, parce que inimitable. Cela implique une distance prise par rapport à d'autres pensées. Ainsi, par rapport à l'islam, sur-

1. Cf. Denys, *Lettre 3* ; PG 3, 1069b ; commentaire dans Maxime le Confesseur, *Ambigua* ; PG 91, 1048d-1049a ; application à l'intellect chez Jean Scot Erigène, *De divisione naturae*, III ; PG 122, 633c.

tout depuis la solution de la crise mu'tazilite par l'affirmation du caractère incréé du Coran[1]. Ou encore, certaines interprétations fondamentalistes du principe *scriptura sola* dans le protestantisme. Il faut le redire ici, contre une habitude paresseuse et trop répandue : le christianisme n'est pas une « religion du livre ». Il est, certes, une religion qui a un livre, en l'occurrence LE Livre, à savoir la Bible. Celle-ci rassemble en une unité indissoluble l'Ancien Testament et le Nouveau. Ce dernier constitue une réinterprétation de l'expérience vétéro-testamentaire à partir de l'événement du Christ.

Malgré tout cela, l'objet révélé n'est en aucun cas le Nouveau Testament. Il n'est même pas un « message », qui serait les paroles de Jésus. Cet objet est sa personne tout entière : une personnalité humaine, la liberté qui l'anime, l'action dans laquelle elle se déploie et dont la totalité forme une vie. Celle-ci se concentre dans l'événement pascal, qui se perpétue dans les sacrements de l'Église.

La Bible est certes parole de Dieu, mais elle n'est pas LA Parole de Dieu. Celle-ci est le Verbe incarné et lui seul. Dans le christianisme, il n'y a pas de « livre de Dieu ». Par suite, il n'y a pas de langue sacrée. Et, à plus forte raison, il n'y a pas de culture sacrée. Ce qui est rendu sacré par l'incarnation n'est autre que l'humanité même. Le Christ se présente comme un mode singulier, unique de vivre la vie humaine. La seule « langue » qu'il sacralise, c'est l'humanité de tout homme, à laquelle l'incarnation confère une dignité inouïe.

1. Cf. *Encyclopédie de l'Islam*, « Al-Kur'ân », t. V, 428b (A.T. Welch).

La conséquence de cela est toute une façon de comprendre la culture, et d'abord son véhicule premier, les langues. Celles-ci ne sont pas rabotées et réduites à l'une d'entre elles, supposée normative. Elles sont ouvertes ensemble sur un Verbe qui n'est aucune d'entre elles. L'incarnation du Verbe le fait se traduire en une infinité de cultures : les possibilités restent ouvertes de nouvelles cultures et de nouvelles traductions, jusqu'à la fin du monde.

Historiquement parlant, la naissance de l'Europe est directement liée à cette possibilité : lorsque, après les grandes invasions, les peuples nouvellement arrivés demandèrent le baptême, il n'a pas été question de leur demander d'adopter une langue nouvelle, sauf pour la liturgie. Et encore, les missionnaires venus de Byzance composèrent pour les Slaves une liturgie en vernaculaire. Les langues des « barbares » ont été respectées, et jugées dignes d'accueillir l'Évangile. Cela ne s'est pas passé sans résistance de la part des tenants du latin, mais le conflit se termina avec la légitimation officielle des langues vulgaires par des décisions prises au plus haut niveau[1]. Elle se manifesta dans un effort de traduction des Saintes Écritures en langue vernaculaire, surtout là où celle-ci était très éloignée du latin. Ainsi, pour le vieil allemand, l'harmonie des Évangiles d'Otfrid, après la traduction gothique de Wulfila, aujourd'hui perdue. Pour le vieil anglais, les traductions du roi Alfred le Grand. Ou enfin, pour le slavon, celles de Cyrille et Méthode. La

1. Cf. P. Wolff, *Les origines linguistiques de l'Europe occidentale*, Hachette, Paris, 1970, chap. IV, « La tour de Babel », surtout p. 118.

diversité des langues, et donc des cultures, qui fait l'Europe, provient de là. On peut noter ici que cette politique linguistique s'est poursuivie hors des frontières de l'Europe, lorsque les missionnaires qui en provenaient s'attachèrent à rédiger grammaires et dictionnaires des langues dont ils voulaient évangéliser les locuteurs.

Réciproquement, il n'a jamais été longtemps, ou sérieusement, question pour les chrétiens de rejeter les littératures antiques, qui véhiculaient pourtant des représentations païennes. Leurs chefs-d'œuvre ont été conservés, ce qui a, comme on l'a vu, permis cette série ininterrompue de « renaissances » qui constitue l'histoire de la culture européenne.

La présence de Dieu dans l'histoire

Pour le christianisme, Dieu entre dans l'histoire. Il y entre, ce qui implique qu'il y est présent, mais qu'il n'en provient pas. Il y a une histoire du salut, une économie du salut — ce qui ne va pas de soi puisque l'islam, par exemple, ne connaît pas cette notion[1]. L'histoire est lourde de divin, mais elle n'est pas le divin lui-même. L'histoire n'est pas sacralisée, revêtue d'un « sens » que pourraient lire certains hommes, déchiffrement qui légitimerait leur pouvoir. Mais l'histoire n'est pas non plus un lieu indifférent à ce qui se passe en elle. Elle est encore moins, en style gnostique, « un cauchemar dont je tente de m'éveiller[2] ». L'histoire est assu-

1. Cf. *supra*, chap. III, p. 80.
2. Stephen Dedalus, dans Joyce, *Ulysse*, 1.

mée dans le divin, sans pour autant se confondre avec lui.

Pour le christianisme, la source de tout sens est, en dernière analyse, le Verbe, tel qu'il « était au commencement auprès de Dieu », et tel qu'il s'est « fait chair » (Jean 1, 1. 14). Ce Verbe existe d'une part comme la raison et le sens qui précèdent tous les caprices du hasard ou de l'arbitraire humain. Mais il existe tout aussi décidément comme aboutissement ultime d'une histoire du salut qui se concentre progressivement sur l'élection d'Israël, puis sur l'un de ses fils. L'Église catholique est fidèle à cet enracinement dans l'Ancienne Alliance. Depuis le moment où, au IIe siècle, elle rejeta l'hérésie de Marcion, elle refuse toute tentative de « larguer les amarres » par rapport à celui-ci[1].

L'événement pascal, avons-nous dit plus haut, se perpétue dans les sacrements de l'Église. De la sorte, l'histoire du christianisme n'est pas celle des interprétations données à un texte fondateur. Elle est l'histoire des saints. En deux sens : elle est l'histoire des *sancta* (au neutre), des « choses saintes », des sacrements et de leurs effets ; elle est aussi l'histoire des *sancti* et des *sanctae*, des hommes et des femmes en lesquels culmine l'effort de l'Église pour s'assimiler au Christ.

C'est pourquoi le christianisme fait passer l'histoire de Dieu par celle des hommes : il est fondé sur le témoignage d'hommes, les douze apôtres, et seulement en un second temps sur les textes du Nouveau Testament, qui en consignent le témoignage autorisé.

1. Cf. *supra*, chap. III, p. 78.

L'idée de création par un Dieu bon a pour conséquence une thèse sur la nature et la dignité du sensible : les réalités sensibles sont, en soi, bonnes. Elles sont dignes d'admiration et de respect. C'est leur dignité même, et non une prétendue vilenie de leur nature, qui impose le devoir d'en faire bon usage. La culture européenne porte la marque de ce que l'on pourrait appeler, en exagérant un peu, la sainteté du sensible. Cela se voit dans l'histoire des premiers siècles, lorsque le christianisme dut définir sa position par rapport aux autres courants de pensée de l'Antiquité finissante. Il se plaça, contre la gnose et le manichéisme, du même côté que les rabbins du Talmud[1], et du même côté aussi que le courant dominant de la philosophie païenne, représenté par Alexandre de Lycopolis[2] et surtout par Plotin[3].

Cependant, Plotin refuse l'incarnation et le salut du corps : une résurrection avec le corps serait vaine, la vraie « résurrection » doit être, au contraire, une délivrance par rapport au corps[4]. Les philosophes de l'Antiquité tardive reprocheront ainsi aux chrétiens leur « passion pour le corps[5] ». En conséquence, ils

1. Cf. G. Stroumsa, « La proximité cachée : les Pères de l'Église et le judaïsme » (en hébreu), *Mehqarey Yerushalayim be-Makhsheveth Israel*, 2 (1982), p. 170-175.

2. Cf. Alexandre de Lycopolis, *Contre la doctrine de Mani*, éd. A. Villey, Cerf, Paris, 1985, 364 p.

3. Plotin, *Ennéades*, II, 9 [33]. Cf. Endre von Ivánka, *Plato christianus. La réception critique du platonisme chez les Pères de l'Église*, PUF, Paris, 1990, p. 115-123.

4. Plotin, *Ennéades*, III, 6 [26], 6, 71 *sq*.

5. Celse dans Origène, *Contre Celse*, V, 14 ; SC nº 147, p. 48 ; VII, 36, 42, 45 et VIII, 49 ; *ibid*., nº 150, p. 96, 112, 122, 280.

se fondent surtout, pour affirmer la bonté du monde, sur la beauté et l'ordre du cosmos. Le christianisme, en revanche, se fonde sur la venue du Verbe de Dieu dans la chair de Jésus. Ce dont la bonté est affirmée est donc moins la nature comme telle que ce qui, dans la nature, est personnalisé dans le corps humain. L'Église encore indivise appliqua cette façon de voir en affirmant, par exemple contre le catharisme, la bonté fondamentale de la créature, et de la créature corporelle en particulier.

Pour le christianisme, en général, l'incarnation donne à l'humanité une dignité qui est celle même de Dieu. Elle précise en effet l'idée de création à l'image de Dieu, telle qu'elle est affirmée dans la Genèse (1, 26) : ce qui, en l'homme, est image de Dieu n'est pas une de ses facultés. Si c'était le cas, ce serait la plus haute, l'intelligence, par exemple. Ce qui mènerait à faire varier l'humanité de l'homme en raison directe de son intelligence, et à la refuser à l'homme stupide[1]. Pour le christianisme, l'image de Dieu en l'homme est son humanité, dans son intégralité. Ce qui, en l'homme, est assumé par la divinité va jusqu'à la dimension charnelle de la personne : l'Incarnation va jusqu'au bout, jusqu'au plus bas, jusqu'au corps. Dieu a pris corps, et il s'adresse au corps. Le corps humain entre de la sorte dans un destin inouï, puisqu'il est appelé à ressusciter. Ce destin fait du corps l'objet d'un grand respect, le respect qui s'attache à ce à quoi Dieu s'est lié de façon irrévocable.

1. Cf. mon essai « Le déni d'humanité. Sur le jugement "ces gens ne sont pas des hommes" dans quelques textes antiques et médiévaux », *Lignes*, n° 12, p. 217-232.

Le propre du catholicisme

En un sens, l'Église catholique ne se considère pas comme pouvant avoir quelque chose en propre. L'admettre serait renoncer du fait même à la prétention à l'universalité que contient jusqu'à son nom. Je ne me situe ici qu'au niveau des principes affirmés et formulés dans le dogme. Et je ne distingue pas ce qui me semble, à ce niveau, ne pas se distinguer, à savoir l'Église catholique latine et les Églises orthodoxes grecques — qui, d'ailleurs, revendiquent elles aussi la note « catholique ».

Quant à ce que j'ai appelé la distinction paradoxale, celle des pouvoirs spirituel et temporel, la Réformation a provoqué, dans le monde réformé comme dans le monde catholique, une dérive vers la prise en main des Églises nationales par les autorités politiques. C'est avant tout le cas là où la Réformation a été imposée par les armes au peuple réfractaire, comme en Suède. Mais déjà Luther avait dévolu les tâches d'organisation ecclésiale à l'autorité mondaine des princes allemands. Et Henri VIII les avait confisquées au profit du prince anglican. Il est intéressant de noter que, même dans des pays restés catholiques, la possibilité de passer à la Réformation servit aux souverains de moyen de chantage pour obtenir du pape qu'il leur cède de son pouvoir — et en particulier de son contrôle sur les biens d'Église. On le constate en Autriche avec le joséphisme. On le constate aussi dans la France du « roi très chrétien », avec le mouvement gallican. La France révolutionnaire cherchait au fond la même subordination de l'Église nationale au pouvoir politique avec sa tentative d'une « Constitution civile du clergé ». De son côté, l'Église catholique a maintenu au niveau de ses affirmations de principe la nécessité d'une séparation. Son histoire concrète coïncide pour une large part avec celle des efforts déployés par la papauté contre les tentations de confiscation par le pouvoir temporel des moyens permettant de faire pression sur le spirituel.

Quant à l'union paradoxale, l'Église catholique pousse à l'extrême l'idée selon laquelle Dieu est entré dans l'histoire : l'incarnation est irréversible. Elle n'est pas une aventure (ou un avatar) du Verbe qui se retirerait de l'histoire pour ne plus figurer dans celle-ci que comme un exemple. Le Verbe y laisse des traces indélébiles. L'histoire contient en elle un lieu où se perpétuent ces traces. C'est l'Église, lieu de salut, temple de l'Esprit, qui ne cesse d'y faire mémoire du Christ. Cela se voit sur deux points, qui sont d'ailleurs étroitement liés :

a) Quant à la structure de l'Église, l'Église catholique continue à se regrouper autour des évêques, les successeurs des apôtres. Elle se concrétise autour d'hommes singuliers, qui portent un nom propre, et qui sont singularisés du fait de leur choix par d'autres hommes singuliers. L'Église n'a pas d'existence en dehors des personnes concrètes. Ce caractère personnel lui interdit de se définir par rapport à une idéologie, comme une « ligne ».

b) Quant à la doctrine des sacrements, le dogme de l'Église catholique confesse que la présence, dans l'eucharistie, du corps du Christ ressuscité est bien réelle. Et en ce sens qu'elle ne dépend pas de la subjectivité du croyant qui affirme cette présence au moment où il consomme le pain consacré, mais qu'elle se donne comme objet d'adoration, en une présence qui perdure aussi longtemps que les espèces eucharistiques sont susceptibles d'être consommées.

Voilà donc ce qu'il en est du dogme de la religion qui a marqué de la façon la plus décisive la culture européenne. Qu'en est-il, maintenant, de sa concrétisation historique, et des incidences de celle-ci sur ladite culture ? Le catholicisme a-t-il joué un rôle particulier dans l'affirmation de la bonté du sensible ? L'Église catholique n'a pas en ce domaine de doctrine qui lui serait particulière. Et pour elle, les résultats qui comptent vraiment sont enfouis dans le secret des cœurs. Quant aux phénomènes culturels qui sont accessibles à la vérification historique, ils ne permettent pas d'affirmer un lien de causalité incontestable. On peut tout au plus constater certaines affinités, certaines convergences. Par exemple une certaine convergence entre les pays catholiques et la grande peinture. Il se pourrait ainsi que celui qui a parlé de la *Reddition de Breda* de Velázquez comme d'un « sacrement militaire[1] » ait eu encore plus raison qu'il ne le pensait. Mais cette affinité est du même ordre, non nécessaire, et infirmée par mille exceptions, que celle que l'on connaît entre les pays réformés et la musique. Des convergences de ce genre posent de toute façon un problème de méthode : dans quelle mesure une certaine sensibilité, qu'on peut repérer dans les pays latins et danubiens, ou en Irlande, provient-elle de leur catholicisme ? Dans quelle mesure, au contraire, lui

1. Carl Justi, *Diego Velázquez und sein Jahrhundert*, I (1888), p. 366.

préexiste-t-elle, communiquant à ce catholicisme une certaine teinte qui n'a rien à voir avec la dogmatique, qui lui est même parfois contraire ? Il est difficile en cette matière de sortir d'un certain cercle, qui est d'ailleurs peut-être nécessaire. La liaison avec le catholicisme est peut-être plus solide en architecture : le fait baroque, comme art de la Contre-Réforme, se laisse facilement interpréter comme une affirmation de la bonté intrinsèque d'un monde pourtant périssable et blessé.

Si donc on tient à isoler ce que le catholicisme a de propre et le récapituler dans l'unité, on pourrait peut-être le chercher du côté d'une certaine prise au sérieux de l'incarnation, de la carnalité transfigurée par le Verbe[1]. La chair est indissolublement tissu historique dans la succession apostolique, espèces sacramentelles, corps vivant, réalité sensible. Si l'on veut chercher des illustrations littéraires à cette attitude de respect de la chair et du sensible, on peut penser à Hopkins, à Claudel, voire, au niveau réflexif, à tout ce que dit Péguy sur le « charnel[2] ».

1. Sur le concept médiéval de la chair, cf. mon essai « Un modèle médiéval de la subjectivité : la chair », *Le Colloque de Cordoue. Ibn Rochd, Maïmonide, saint Thomas, ou la filiation entre foi et raison*, Association freudienne internationale / Climats, 1994, p. 36-62 ; trad. angl. dans R. Lilly (éd.), *The Ancients and the Moderns*, Indiana University Press, 1996, p. 230-247.

2. Cf. par exemple, dans *Œuvres en prose*, Bibliothèque de la Pléiade, t. 2, « À nos amis... », p. 42 ; « Clio... », p. 249 ; « Note sur M. Bergson... », p. 1340 *sq.* ; « Note conjointe sur M. Descartes... », p. 1418.

Le christianisme comme forme de la culture européenne

On peut tirer de ces réflexions des conclusions invitant à repenser la place du christianisme dans la culture européenne. Tout le monde admet cette évidence qu'il y est largement présent. Et on le fait remarquer pour de bonnes ou de mauvaises raisons, pour s'en féliciter comme pour s'en plaindre. On le considère alors comme faisant partie du contenu de la culture européenne ; il en constitue une partie, à côté d'autres éléments, comme, principalement, l'héritage antique ou juif.

Or, à l'inverse, j'ai essayé de montrer comment le christianisme, plus profondément, constitue la forme même du rapport européen à l'héritage culturel. Selon moi, le modèle chrétien de l'attitude envers le passé, tel qu'il se fonde au niveau religieux dans la secondarité du christianisme vis-à-vis de l'Ancienne Alliance, structure l'ensemble de ce rapport.

J'aimerais donc souligner quel sens peut prendre, dans ce contexte, l'effort pour maintenir, voire accentuer, la présence chrétienne en Europe. Si cette présence relevait du seul contenu de la culture européenne, comme un élément parmi d'autres, on aurait à se demander pourquoi lui assurer plus de poids qu'à un autre. Il faudrait choisir, par exemple, de privilégier le christianisme par rapport au judaïsme ou au paganisme. Les raisons qu'on allèguerait à cet effet seraient plus ou moins convaincantes. Car on pourrait faire remarquer, au niveau des principes, que tout choix est mutilant, et, à celui de l'histoire, que le développement du christianisme s'est opéré au prix du refoulement d'autres modèles de culture, restés purement virtuels. On peut souligner ce point dans un cadre polémique, et rappeler que ce refoulement a été parfois violent[1]. Mais même l'esprit le mieux disposé envers le christianisme ne saurait échapper à la nostalgie qui se fait jour partout où il a fallu choisir entre plusieurs possibilités, et donc n'en garder qu'une.

En réalité, si la thèse de cet essai doit se révéler juste, il faut poser le problème d'une tout autre façon. Pour moi, le christianisme est, par rapport à la culture européenne, moins son contenu que sa forme. Par suite, loin qu'on ait à choisir entre diverses composantes de celle-ci, dont parmi d'autres le christianisme, c'est la présence de ce dernier qui a permis aux autres de subsister. Dans certains cas, on peut toucher le phénomène du doigt. Ainsi, on peut le reconnaître pour sa gloire comme pour le critiquer (ce qui se fait du côté protestant), l'Église catholique a fonctionné historiquement comme conservatoire du paganisme dans la culture européenne. C'est l'art de la Renaissance, lui-même rendu possible par l'allégorisme patristique et médiéval, qui a assuré la « survie des anciens dieux » (J. Seznec). Mais le paganisme y est neutralisé, plus exactement conservé dans sa neutralité morale, « démonique ». Une tentative pour ressusciter le paganisme en dehors du catholicisme prend vite des traits suspects, voire carrément démoniaques. On s'en assurera de façon presque sensible en comparant les statues grecques authentiques ou imitées

1. Cf. Nietzsche, *Der Antichrist*, § 59 ; KSA, t. 6, p. 247-249.

par les Renaissants avec leurs copies du Foro Italico (ex-Forum Mussolini), à Rome, ou avec celles d'Arno Breker...

S'il en est ainsi, un effort en faveur du christianisme n'a rien de partisan ou d'intéressé. Avec lui, c'est l'ensemble de la culture européenne qui se trouve défendu.

IX

Conclusion :
l'Europe est-elle encore romaine ?

L'essai qui précède s'est proposé, avec la liberté que permet ce genre littéraire, d'effectuer une lecture de l'histoire culturelle de l'Europe. Il ne s'agissait pourtant pas d'inventorier une fois de plus le contenu de celle-ci, ni même de raconter quelque histoire que ce soit, mais de réfléchir sur le sens d'une aventure ou d'une expérience. Mon but n'est pas d'inviter l'Européen à jeter un regard satisfait sur les résultats acquis. Je souhaite plutôt lui proposer, avec le concept de « romanité » que j'ai tenté de dégager, un modèle de pratique culturelle qui ne me semble avoir rien perdu de son actualité, voire de son urgence.

J'aimerais me demander ici pour finir dans quelle mesure le modèle que je propose peut encore valoir comme une norme. Et d'abord, ce qui pourrait empêcher la poursuite de l'aventure. Je demanderai donc quelles sont les menaces qui pèsent sur l'Europe. Non pas les divers problèmes qui peuvent se présenter à la communauté des Quinze ou plus : ces problèmes externes, comme la concurrence économique de l'Extrême-Orient, l'effondrement d'une partie du monde léniniste, la misère du tiers monde, ou internes, comme la faiblesse démographique, l'assimilation des immigrés, la dégradation des systèmes éducatifs, etc., sont (peut-être) des menaces pour l'Europe comme réalité géopolitique.

Or, dans cet essai, je ne m'occupe que de l'Europe entendue comme réalité culturelle. Je sais que celle-ci ne flotte pas dans l'éther des idées pures, et qu'elle requiert une base concrète saine, en particulier là où la culture interfère avec le domaine politique — l'éducation. Mais je préfère laisser le souci de cette fondation à de plus compétents, pour me demander seulement ce qui pourrait empêcher l'Europe de rester ou de redevenir elle-même, ce qui menace, si l'on peut dire, l'européanité de l'Europe — selon moi, sa « romanité ». Je ne donnerai ici qu'une esquisse, sur laquelle je reviendrai peut-être un jour.

Marcionisme et modernité

On aura remarqué que les références historiques du présent essai sont empruntées avant tout à l'Antiquité et au Moyen Âge. C'est d'abord, bien sûr, parce que c'est le domaine que je connais le moins mal. Mais il y a aussi une raison de fond : c'est au Moyen Âge que l'Europe s'est constituée, en se distinguant de ses différents « autres ». Je n'ai nullement l'intention de faire rêver d'un Moyen Âge mythique pendant lequel Europe et Chrétienté auraient été unies en une société organique et sans conflits. Il y a là une légende fomentée par la nostalgie romantique d'une société prérévolutionnaire[1]. Les historiens en ont depuis longtemps fait justice.

Mais, même si on l'a exorcisée, une question reste inévitable : si l'Europe s'est constituée au Moyen Âge, et à supposer que la modernité soit bien une sortie du Moyen Âge, la modernité est-elle un danger pour l'Europe ? Il faudrait se poser ici toute une série de questions : la modernité est-elle une rupture avec le Moyen Âge ? Est-elle au contraire en continuité avec celui-ci, et donc son héritière légitime ? Et déjà, qu'est-ce que la modernité ? On comprendra que je ne puisse prétendre résoudre ces questions, ni même les poser correctement, dans le cadre de cet essai[2].

On peut aborder le problème sous l'angle d'un concept que j'ai utilisé plus haut, celui de marcionisme[3]. Assisterions-nous à un retour de la gnose, et en particulier du marcionisme ? Je signale l'existence d'un débat, dans lequel je ne puis entrer ici[4]. Éric Voegelin a cherché à considérer, non seulement certaines tendances de la modernité, mais l'ensemble du projet de celle-ci, comme une résurgence de la gnose. Il ne nomme d'ailleurs guère les

1. Novalis, *La chrétienté ou l'Europe* (1799). Pour le contexte, cf. l'esquisse de P. Kluckhohn, *Das Ideengut der deutschen Romantik*, Niemeyer, Tübingen, 1966 (5e édition), p. 126 *sq*.

2. Cf., en attendant mieux, mon essai « Le problème de l'homme moderne », dans G. Laforest et P. de Lara (éd.), *Charles Taylor et l'interprétation de l'identité moderne*, Entretiens de Cerisy, juin 1995, Cerf, Paris, PUL, Québec, 1998, p. 217-229.

3. Cf. *supra*, chap. III, p. 64 *sq*.

4. Cf. J. Taubes, « Das stahlerne Gehäuse und der Exodus daraus oder ein Streit um Marcion, einst und heute » (1984), dans *Vom Kult zur Kultur. Bausteine zu einer Kritik der historischen Vernunft*, Fink, Munich, 1996, p. 173-181.

gnostiques concrets contre lesquels luttèrent les Pères, et en particulier ne dit rien sur Marcion[1]. Hans Blumenberg, au contraire, a caractérisé le Moyen Âge comme un effort pour dépasser la gnose, mais un effort qui aurait tourné court. C'est son échec qui expliquerait en grande partie la nécessité du passage à la modernité, partant, selon le titre d'un ouvrage fondamental, la « légitimité des temps modernes[2] ».

On peut distinguer deux traits marcioniens de la modernité : par rapport à l'histoire, par rapport à la nature.

Marcionisme historique

J'ai caractérisé plus haut l'attitude d'une rupture totale avec le passé, considéré comme n'ayant plus rien à nous apprendre, comme étant du marcionisme culturel[3]. Or on peut se demander si la modernité ne serait pas tout spécialement menacée par cette hérésie. C'est en tout cas ce qui doit se produire si la modernité est inséparable de l'idée d'un progrès qui permettrait de donner un congé définitif à un passé supposé obscur. Cette idée de progrès forme système avec l'historicisation du

1. E. Voegelin, *The New Science of Politics. An Introduction*, University of Chicago Press, 1952, XIII-193 p., surtout le chap. IV, « Gnosticism — The nature of Modernity », et p. 126, « Le progrès du gnosticisme est l'essence même de la modernité ».

2. H. Blumenberg, « Theologischer Absolutismus und humane Selbstbehauptung », IIe partie de *Die Legitimität der Neuzeit*, dans *Säkularisierung und Selbstbehauptung*, Suhrkamp, Francfort, 1974, p. 143 *sq*. Cf. mon article « La galaxie Blumenberg », *Le Débat*, 83 (1995), p. 173-186.

3. Cf. *supra*, p. 143.

passé qui a déjà été rapidement évoquée[1]. Il faut en effet que l'on ne laisse pas le passé révolu glisser dans l'oubli, mais qu'on l'immobilise dans une mémoire, pour que le progrès puisse éprouver sa propre réalité en mesurant la distance parcourue.

Si la romanité de l'Europe tient à son rapport à l'hellénisme, il semble que ce rapport soit sur le point de se perdre. Nous imaginons souvent n'avoir plus rien à apprendre d'une source classique, et en conséquence plus rien à enseigner à une barbarie. Certes, les études anciennes peuvent continuer à nourrir une assez nombreuse corporation de philologues et d'historiens. Mais, d'une part, la référence classique ne va plus de soi pour le public, même cultivé ; d'autre part, à l'intérieur même des milieux spécialisés dans les études dites « classiques », c'est l'idée même que certains textes puissent avoir une valeur « classique » qui a reculé, au profit de l'objectivité, réelle ou prétendue, d'un regard purement historique. Que les Anciens puissent avoir quelque chose à nous apprendre, presque personne n'ose plus le soutenir. Les sources de la culture européenne sont mises sur le même plan que les autres civilisations. Cet abandon peut s'expliquer par le même phénomène de compensation que celui qu'on a vu plus haut[2] : la fin du privilège reconnu aux études classiques est contemporaine de la décolonisation. S'entendre implicitement seriner que l'on n'est qu'un barbare à dégrossir sans pouvoir se rattraper sur les indigènes, cela n'était peut-être plus supportable...

1. Cf. *supra*, chap. v, p. 133.
2. Cf. *supra*, chap. ii, p. 57 *sq*.

Or tout se passe comme si un certain équilibre entre sentiment de supériorité et sentiment d'infériorité se reformait bien à un autre niveau; mais sans plus constituer, désormais, une tension capable d'engendrer un dynamisme. Il n'est plus qu'un mélange de non-supériorité et de non-infériorité. On y voit se côtoyer un sentiment de culpabilité devant un leadership que rien ne vient plus justifier et un mépris plus ou moins avoué envers les prétendus « sous-développés ». Le rêve de la philologie était de nous faire redevenir des Grecs. Ce rêve s'est réalisé. Mais de façon ironique. Nous avons voulu sauter par-dessus les Romains pour devenir nous-mêmes les modèles de la culture. Ce faisant, nous avons supprimé la distance entre le Grec et le « barbare » qui constituait la romanité même, distance qui permettait l'acculturation. Nous sommes ainsi devenus des barbares, non plus des barbares hellénisés, mais des Grecs barbarisés, seulement à demi conscients de leur propre barbarie. L'expansion européenne a pu entraîner, de par le passé, la diffusion d'une culture à vocation universelle. Celle-ci a pu se détacher des conquérants européens, voire se retourner contre eux. Mais si l'impérialisme, aujourd'hui, ne consiste plus qu'à imposer à autrui son propre mode de vie, le mode de vie particulier d'une région géographique et économique déterminée, il n'a plus aucune légitimité.

Marcionisme technique

La technique moderne repose sur le postulat selon lequel il faut refaire le monde. C'est donc qu'il est mal fait. De la sorte, la modernité a accepté une prémisse fondamentale de la gnose : le monde naturel est mauvais, ou en tout cas il n'est pas bon. La science galiléenne et newtonienne a rendu impossible de voir l'univers physique comme gouverné par des principes analogues à ceux qui norment notre action[1]. Nous sommes une exception — et peut-être seulement apparente — dans un univers gouverné par de purs rapports de force. La science moderne de la nature nous oblige à admettre la neutralité morale de son objet. Mais elle guérit la blessure qu'elle ouvre dans la mesure où elle permet en même temps de corriger, par la technique, ce que la nature a d'imparfait.

Il est intéressant de noter que cette vision du monde coexiste avec le marcionisme chez certains de ses représentants les plus conséquents. Ainsi Spinoza, qui résorbe dans les lois de la nature en général l'exception que l'homme semble constituer, est aussi l'auteur du *Traité théologico-politique*, qui implique un rejet de l'Ancien Testament au profit de ce qu'il appelle le Christ. Schopenhauer, qui a installé dans la pensée européenne de la fin du XIXe siècle la conviction selon laquelle l'univers est mauvais, défend les gnostiques et approuve l'entreprise marcionite d'une séparation des deux Testaments au profit du seul Nouveau — lui-même tiré vers le bouddhisme[2].

1. Pour le contexte, cf. mon essai *La sagesse du monde. Histoire de l'expérience humaine de l'univers*, Fayard, Paris, 1999, 333 p.
2. Cf. *Die Welt als Wille und Vorstellung*, II, addition à IV, 48, p. 791, 796 *sq*.

Rapport à l'histoire

La perte d'un contact explicitement recherché avec les sources antiques me semble réelle. Elle me semble même regrettable. Un monde dans lequel l'accès direct à Homère ou à Virgile serait le seul fait de spécialistes me semblerait singulièrement appauvri, et je m'associe aux efforts déployés en faveur des études classiques.

Mais cette perte ne me semble pas non plus le plus grave. Ce rapport aux sources antiques n'est au fond que le paradigme de quelque chose de plus général, à savoir la secondarité culturelle, l'attitude « romaine ». Plus grave serait la perte de cette différence de potentiel entre un classicisme et une barbarie qui me semble constituer le moteur de l'Europe. Le classicisme (le pôle « hellénique ») peut se situer ailleurs que dans l'entretien de l'héritage grec; la barbarie, de même, peut être intérieure[1], et sa conquête n'a nul besoin de se déployer en un impérialisme ou une colonisation. La question la plus grave me semble donc être de savoir si la dénivellation fondatrice se rencontre encore.

Le danger pour l'Europe ne peut pas venir du dehors. Pour la simple raison qu'elle ne peut pas se concevoir comme un « dedans ». Le danger réside justement dans une telle façon de voir : une fois que l'on se considère comme un espace fermé, séparé des autres, ce qui est à l'extérieur ne peut plus apparaître que comme une menace. On voit

1. Cf. M. Henry, *La barbarie*, Grasset, Paris, 1987.

un écho de cela dans les problèmes liés à l'immigration : l'importation de main-d'œuvre donne lieu à un fantasme d'invasion d'un « intérieur » par un « extérieur » supposé en troubler la pureté. Tant que l'Europe se conçoit de la sorte, elle montre qu'elle ne croit plus que ce qu'elle a à proposer soit susceptible d'intéresser ceux que le hasard a fait naître en dehors de ses frontières.

Ainsi, le danger pour l'Europe serait de cesser de renvoyer au modèle par rapport auquel elle se sait étrangère et inférieure, pour se prêcher soi-même, pour se donner soi-même comme exemple dans sa particularité. Ce qui serait grave, ce serait que l'Europe considère l'universel dont elle est porteuse (le « Grec » dont nous sommes les « Romains ») comme une particularité locale ne valant que pour elle, et qui n'a pas à s'étendre à d'autres cultures. Or on entend parfois dire, par exemple, que la liberté, l'État de droit, le droit à l'intégrité corporelle, etc., ne seraient pas bons pour certains peuples, dont la tradition, censée mériter un respect infini, est au despotisme, au mensonge officiel ou à la mutilation. Comme si la liberté et la vérité étaient des bizarreries locales, à mettre sur le même plan que le port du kilt ou la consommation d'escargots.

Il se peut que la tentation ne puisse être exorcisée que si l'Église chrétienne continue à lui opposer un refus aussi ferme au niveau le plus fondamental, en gardant, dans son rapport avec l'Ancienne Alliance, la conscience de sa secondarité. On a vu, en effet, que la secondarité dans le domaine religieux ne relève pas du temps : l'Ancienne Alliance n'est pas un passé dont on s'éloignerait, mais un fondement permanent[1]. Elle n'entre donc pas dans la dialectique du progrès et de l'historicisation, à laquelle le rapport au passé « classique » ne peut en revanche pas échapper. C'est donc à ce niveau qu'il importe d'en sauvegarder la conscience la plus vive.

Rapport à la nature et au corps

Nous ne pouvons plus être païens, en ce sens que la nature a perdu pour nous l'évidence de sa bonté. La conviction de la bonté de l'univers et de son bon ordre a duré sans guère de contestation de l'Antiquité à la fin du Moyen Âge. On ne peut plus réaffirmer celle-ci à l'âge technique. Malgré la façon inadéquate dont il comprenait les dieux grecs, Marx a raison au moins sur ce point : nous ne pouvons plus croire aux Olympiens, maintenant que nous pouvons produire les effets qui leur étaient jadis attribués[2].

Mais, bien avant que la technique nous empêche de croire aux dieux du paganisme, Israël recevait l'interdiction de leur rendre un culte. Les prophètes se livrèrent à une démythisation des puissances naturelles en refusant de plier le genou devant celles-ci, qu'il s'agisse des corps célestes ou des éléments de la fécondité végétale et animale (sources, phénomènes atmosphériques, organes sexuels, etc.). Elles sont réduites à l'état de ce qui a été créé en fonction de l'homme. On le voit dès le récit de la création qui ouvre nos Bibles : le soleil et

1. Cf. *supra*, p. 143.
2. Marx, *Introduction générale à la critique de l'économie politique*, *Œuvres*, Bibliothèque de la Pléiade, t. 1, p. 265 *sq.*

la lune n'y sont même pas nommés, mais réduits au statut de lampes et de mesures du temps. Le christianisme ne revient pas sur cette radicale démythisation.

Elle entraîne une attitude déterminée devant la nature. Une nature qui n'est plus considérée comme sacrée devient accessible à l'homme. Celui-ci a pour fonction de la dominer. Il ne s'agit pas de la soumettre à ses caprices en l'épuisant, mais de s'en servir comme instrument des actes de liberté que l'homme est seul à pouvoir poser. Il faut donc revendiquer une légitimité chrétienne de l'utilisation technique de la nature[1]. Il se peut même que la démythisation dont le christianisme a été le porteur ait joué un rôle non seulement dans l'émergence de la technique, mais dans celui de la science moderne qui la rend possible. En contraignant à sortir de l'univers du paganisme ancien, le christianisme a en effet contribué à rendre nécessaire une physique nouvelle, reposant sur d'autres concepts que la physique grecque, d'inspiration aristotélicienne. C'est peut-être ce que l'on peut repérer dans la polémique de Jean Philopon contre celle-ci[2].

Mais il convient ensuite de réaffirmer la bonté du corps. D'abord comme réalité biologique — à supposer que l'optique de la biologie suffise à épuiser, voire à saisir le phénomène du corps. Et surtout comme réalité personnelle. Et le christianisme a ici

1. Cf. J.-M. Garrigues, *Dieu sans idée du mal. La liberté de l'homme au cœur de Dieu*, Desclée, Paris, 1990 (2e édition), p. 27 *sq*.

2. On reconnaîtra ici la thèse centrale de P. Duhem exposée dans son œuvre monumentale, *Le système du monde*, et prolongée dans l'œuvre de S. Jaki.

quelque chose à dire. Il se pourrait d'ailleurs que l'Église catholique possède, en cette affirmation de la bonté du corps, un secret précieux, et d'une actualité brûlante, à une époque où le corps humain, une fois considéré comme une pure machine, risque d'être menacé, à la suite des progrès de la génétique, d'une agression sans précédent, non plus de l'extérieur, mais de l'intérieur, d'une attaque visant non plus à le détruire, mais prétendant le reconstruire selon un plan déterminé.

Le christianisme possède dans sa tradition un adage sur la grâce qui ne supprime pas la nature, mais la rend plus parfaite (*gratia non tollit, sed perficit naturam*). On pourrait appliquer ce principe au rapport technique à la nature. Il ne s'agit pas d'adorer une nature divinisée, ni de rêver de s'arracher à une nature démonisée, mais d'instituer un rapport souple à celle-ci. La technique peut certes perfectionner la nature, mais il n'est pas question pour elle de supprimer ce dans quoi celle-ci parvient à son sommet : le corps humain comme lieu de l'incarnation et comme support de la personne.

Peut-être faudrait-il ici faire appel à quelque chose que l'on pourrait appeler une troisième romanité. Elle ne se situerait plus par rapport à l'héritage religieux « juif » ou à l'héritage culturel « grec », mais bien par rapport à la nature. Il s'agirait, là aussi, de se savoir héritiers et débiteurs d'une sagesse et d'une révélation qui nous précèdent : la « sagesse du corps » (Nietzsche), et l'apparition dans la chair d'un visage personnel.

Le christianisme, et sa version catholique, a pu jouer dans les débuts de la construction européenne un certain rôle, à travers la foi de certains de ses protagonistes. On l'a rappelé bien des fois : Konrad Adenauer, Robert Schuman, Alcide de Gasperi étaient, comme chrétiens, convaincus à la fois de l'unité profonde de la civilisation qui était la leur, et de la malice radicale de rapports internationaux fondés sur la violence. Mais la foi chrétienne n'a pas à intervenir dans la construction européenne au sens où elle pourrait fournir des recettes permettant de résoudre de façon plus satisfaisante tel ou tel problème technique. Non que cette dimension soit vile, ou subalterne. Elle est au contraire essentielle, et il me semble même que c'est bien plutôt une marque de l'esprit catholique que de refuser un spiritualisme éthéré. Il est très souhaitable que des chrétiens s'attachent à résoudre les problèmes concrets de la société moderne. Mais sur l'analyse de ces problèmes, leur foi ne leur fournit aucune lumière particulière.

En revanche, il se pourrait que le christianisme puisse aider à donner à la construction européenne quelque chose d'inapparent, et qui, pour cette raison, n'est guère examiné. Cette chose n'est rien de moins que l'objet même de cette construction. Car sommes-nous bien sûrs que ce qui se construit est vraiment l'Europe ? Et non pas simplement une zone de libre-échange, ou un centre de force, qui ne se définirait que par sa position géographique, et par le nom qu'a reçu, de façon accidentelle, un « petit cap du continent asiatique » (Valéry) ?

Pour que l'Europe reste elle-même, il n'est pas nécessaire que tous ceux qui la peuplent se reconnaissent explicitement comme chrétiens, encore moins comme « militants ». Le « rêve de Compostelle », celui d'une reconquête — effectuée avec quels moyens ? — ne me semble exister que dans la tête de ceux qui le dénoncent. Il reste toutefois à se demander si l'Europe peut se passer des éléments que nous avons tenté de dégager plus haut, sans se dénaturer.

L'Europe doit rester, ou redevenir, le lieu de la séparation du temporel et du spirituel, bien plus, de la paix entre eux — chacun reconnaissant à l'autre sa légitimité dans son domaine propre. Elle doit rester, ou redevenir, celui où l'on reconnaît une liaison intime de l'homme avec Dieu, une alliance qui va jusqu'aux dimensions les plus charnelles de l'humanité, qui doivent être l'objet d'un respect sans faille. Elle doit rester, ou redevenir, celui où l'unité entre les hommes ne peut se faire autour d'une idéologie, mais dans les rapports entre des personnes et des groupes concrets. Si ces éléments devaient s'effacer totalement, on aurait peut-être construit quelque chose, éventuellement quelque chose de durable. Mais serait-ce encore l'Europe ?

Je ne sais pas si l'Europe a un avenir. Je crois en revanche savoir comment elle pourrait s'interdire d'en avoir un : une Europe qui se mettrait à croire que ce dont elle est porteuse ne vaut que pour elle, une Europe qui chercherait son identité dans le repli sur ce qu'elle a de particulier (par exemple dans un « indo-européen » de pacotille) cesserait de mériter d'avoir un avenir. La tâche culturelle qui attend l'Europe d'aujourd'hui pourrait donc consister, au sens que j'ai dit, à redevenir romaine. Si l'Europe doit reprendre conscience d'elle-même, elle devra faire preuve à la fois — si je puis mobiliser deux langues en un jeu de mots pour le coup vraiment européen — de *Selbstbewußtsein* et de *selfconsciousness*. Ces deux apparents synonymes désignent en fait des contraires. Traduisons-les en les appliquant à l'Europe : elle devra être consciente à la fois de sa valeur et de son indignité. De sa valeur face à la barbarie interne et externe dont il lui faut se rendre maîtresse; de son indignité par rapport à ce dont elle n'est que la messagère et la servante.

POSTFACE

Si, au lieu d'un « prologue casqué », j'offre ici toute une armure, on verra qu'elle n'est guère faite que de quelques clés et de beaucoup de bémols.

L'idée d'écrire cet essai m'a été donnée, bien sûr, par la perspective de l'unification européenne. Elle a déjà provoqué une réflexion qui ne s'est pas bornée à montrer que chacun y trouve son profit. Elle a invité également à s'interroger sur le passé de l'Europe et à le relire du point de vue de sa proche unité. Plusieurs bons travaux récents (par exemple l'ouvrage de K. Pomian) ont tenté une histoire de l'Europe, ou de l'idée européenne. Je ne puis qu'y renvoyer pour ce qui est du soubassement historique que je présuppose.

Mon propos est autre, et 1992 n'en est que l'occasion. J'essaie en effet de m'interroger ici sur l'essence de l'Europe, sur ce qu'elle est en son fond. Mais, pour ce faire, je ne me propose pas de dresser l'inventaire du contenu de la culture européenne, d'en faire l'« analyse spectrale » à la manière de Keyserling. Je ne cherche pas à mesurer l'apport de chaque tradition religieuse ou nationale, encore moins la contribution des individus. Ceux qu'il m'arrive de citer n'interviennent que là où ils peuvent éclairer mon objet unique.

Celui-ci n'est pas le *contenu* de la culture européenne, dont je ne traite que de façon oblique, mais uniquement la *forme* de celle-ci. Il s'agit pour moi, à propos de la transmission de ce contenu, de tirer au clair le dynamisme interne qui rend possible l'aventure culturelle de l'Europe. Ce ressort, je l'ai qualifié ici de « romain ». Comme on le voit, il s'agit moins de la Rome républicaine ou impériale que d'un aspect de l'histoire, voire du mythe culturel de celle-ci, que j'ai isolé et généralisé.

J'en constate d'une part la fécondité passée. Mais je souhaite aussi aider à ce qu'il ne se tarisse pas. Il ne s'agit donc pas seulement de décrire un passé, mais aussi de projeter un avenir en (re)proposant à l'Europe un modèle de rapport à ce qui lui est propre.

Je ne m'imagine pas parler de nulle part, et le lecteur a le droit de savoir qui s'adresse à lui, quel est mon point de vue, où se situe ce que je sais plus ou moins mal. Je suis donc français, catholique, philosophe de formation, universitaire de métier. Mon domaine de recherche, parti de la pensée grecque classique, s'oriente actuellement vers le Moyen Âge, surtout juif et musulman.

Mes origines expliquent certains accents et certains silences. Et tout d'abord l'intention même d'écrire cet essai. Européen, écrivant sur l'Europe, je suis partie prenante de ce dont je parle. Malgré le souci d'objectivité que m'impose l'éthique commune à tout écrivain, je ne puis rêver de m'être totalement dégagé de ces attaches.

Ma nationalité et ma formation expliquent la

place qu'occupent les références françaises, ou une certaine prépondérance des domaines culturels germanique et anglo-saxon sur les domaines latin et slave. Mon métier explique le pas donné à la transmission de l'héritage philosophique sur d'autres dimensions de la culture (chap. IV). Mon appartenance religieuse explique mon insistance sur le rôle du christianisme dans la formation de l'Europe (chap. VIII), et mon essai pour mettre en valeur la contribution de l'Église catholique (p. 219 *sq.*).

Mes origines expliquent aussi certaines pudeurs : j'ai hésité à parler longuement des mondes orthodoxe et protestant, que ce soit pour évaluer leur apport positif à l'histoire européenne ou pour mesurer leur responsabilité dans les dimensions plus sombres de celle-ci. J'ai préféré laisser à chacun le souci de revendiquer son passé ou de battre sa coulpe. Mon sujet m'obligeait en revanche à parler du judaïsme et de l'islam, envisagés sous l'angle de leur influence culturelle. Je l'ai fait avec le maximum de respect, mais, inévitablement, du dehors.

Je ne veux pourtant pas réduire ce que je dis à l'expression d'une vague « sensibilité ». Je prétends fournir des arguments, que l'on jugera pour ce qu'ils valent.

*

On peut être surpris de trouver dans un ouvrage qui se présente comme un essai un apparat qui le fait s'écarter des règles de légèreté propres à ce genre littéraire : une annotation abondante et remplie de références bibliographiques, un index. Je ne cherche nullement à faire étalage de mon érudition : les connaisseurs n'auront pas de peine à deviner que, sur bien des points, elle est de seconde main. Au contraire, je voudrais mettre à la disposition du lecteur, chaque fois que je signale un fait peu connu, de quoi se méfier de moi, et lui indiquer le vrai savant qui pourra lui en apprendre plus long.

En revanche, je n'ai pas cité tout ce que j'ai lu, et encore moins tout ce que j'aurais dû lire. De même, j'ai pris la liberté de citer les livres dans les éditions que j'avais sous la main — tantôt dans l'original, tantôt en traduction.

Plusieurs des idées que je développe ici ont été esquissées une première fois dans des textes parus ailleurs, en particulier :

« L'avenir romain de l'Europe », *Communio*, IX-2 (mars-avril 1984), p. 123-130. Trad. italienne dans *Identità culturale dell'Europa. Le vie della pace*, Aic, Turin, 1984, p. 147-153.

« Christianisme et culture. Quelques remarques de circonstance », *Communio*, XI-2 (mars-avril 1986), p. 46-63.

« L'Europe et le défi chrétien », *Communio*, XV-3 (mai-août 1990), p. 6-17. Trad. castillane dans *Catolicismo y cultura*, EDICE, Madrid, 1990, p. 73-86.

« Les intermédiaires invisibles : entre les Grecs et nous, Romains et Arabes », dans R.-P. Droit (éd.), *Les Grecs, les Romains et nous. L'Antiquité est-elle moderne ?*, Le Monde Édition, Paris, 1991, p. 18-35.

« Le fondamenti dell'Europa. Il cristianesimo come forma della cultura europea » (trad. E. Tartagni), dans *Cristianesimo e cultura in Europa. Memoria, cos-*

cienza, progetto, Atti del Simposio presinodale (Vatican, 28-31 octobre 1991), CSEO, 1991, p. 25-36.

À l'inverse, j'ai eu l'occasion, après les deux premières éditions, d'être appelé à présenter ma thèse oralement ou par écrit. Ont été publiés :

« Christ, Culture, and the New Europe », *First Things* (New York), nº 25, août-septembre 1992, p. 36-40.

Le Nouvel Observateur, Dossiers, nº 13, novembre 1992, « Les trente capitales culturelles de l'Europe », p. 12.

« Europe, tous les chemins passent par Rome », *Esprit*, nº 189, février 1993, p. 32-40 ; trad. allemande G. Reisecker : « Europa : alle Wege führen über Rom », H. Gsöllpointner (éd.), *Netz Europa*, Linz, 1994, p. 9-15 ; trad. hongroise J. Török : « Európa : minden út Rómaba vezet », *Communio*, Nemzetközi katolikus folyóirat, 1993, p. 42-52.

L'Arche, Mensuel du judaïsme français, nº 428, avril 1993, p. 88.

« A Europa das racionalidades », *Communio*, Revista Internacional Catolica (Lisbonne), XI (1994), p. 358-364 (original français inédit).

« Grandeur et humilité des cultures », *Face à la création la responsabilité de l'homme*. Rencontre entre l'Est et l'Ouest, Novgorod-Saint-Pétersbourg, Mame / ACCE, 1996, p. 150-154.

« L'incendie et l'aqueduc », *Le Banquet*, Revue du CERAP, nº 8, 1er semestre 1996, p. 38-49.

« Orient und Okzident. Modelle "römischer" Christenheit » (trad. A. Marenzeller), dans O. Kallscheuer (éd.), *Das Europa der Religionen. Ein Kontinent zwischen Säkularisierung und Fundamen-*

talismus, Fischer, Francfort, 1996, p. 45-65 et 325-327 (original anglais inédit).

« Die Geschichte der europäischen Kultur als Selbsteuropäisierung » (trad. W. Seitter), *Tumult. Schriften zur Verkehrswissenschaft* (Vienne), « Europas Grenzen », 22 (1996), p. 94-100.

« Sohnland Europa », P. Koslowski / R. Brague, *Vaterland Europa ? Europäische und nationale Identität im Konflikt* (Passagen forum), Passagen Verlag, Vienne, 1997, p. 19-42.

Si je n'ai ni voulu ni pu faire œuvre d'historien, il m'a pourtant fallu survoler de larges blocs d'histoire. Des amis compétents ont accepté de relire le manuscrit, m'évitant certaines bourdes, réparant certaines omissions, et m'engageant à clarifier plus d'un point que j'avais traité de façon trop allusive.

C'est le cas de Marie-Hélène Congourdeau (CNRS, histoire byzantine) et du P. Guy Bedouelle, o.p. (Fribourg, histoire de l'Église). Ma collègue Françoise Micheau (Paris-I, histoire du Moyen-Orient médiéval) m'a généreusement donné de son temps pour effectuer un soigneux brossage de l'ensemble, et me communiquer beaucoup de précieux documents. Dans les notes, j'ai signalé par leurs initiales ce que je leur dois directement. Philippe Cormier (Nantes, philosophie) et Guy Stroumsa (Jérusalem, religion comparée) ont lu le manuscrit à différents stades de son élaboration. Thierry Bert a lu mon texte en théoricien et en praticien des affaires européennes. Corinne Marion, par qui j'ai l'honneur d'être édité, a fait son métier avec conscience et gentillesse.

Tous m'ont signalé de précieuses corrections et

précisions. Je leur dis ma très vive reconnaissance. Mais je les innocente tous des incongruités qui demeurent dans cet essai, et les absous de toute complicité dans la thèse centrale de celui-ci.

Le titre de cet ouvrage est excellent. Je suis donc bien penaud de ne pas l'avoir trouvé moi-même, mais heureux de trouver ici une occasion de plus pour remercier Jean-Luc Marion.

Ma femme, enfin, ayant corrigé l'auteur et supporté l'œuvre — à moins que ce ne soit le contraire —, lui dédier ce travail n'est que lui rendre son bien.

Une seconde version, élargie et (j'espère) améliorée, a été publiée en février 1993. C'est elle qui est la base des traductions catalane, allemande, tchèque, hongroise, espagnole, russe et turque. La présente version a été encore élargie et, je l'espère à nouveau, améliorée. J'y ai intégré les remarques qui m'ont été faites par oral ou par écrit de la part de divers recenseurs, ainsi que mes propres réflexions ultérieures, parfois publiées dans les articles dont j'ai donné la liste ci-dessus. Ma traductrice italienne, A. Soldati, m'a permis de corriger plusieurs erreurs de référence. La présente version a été confiée en outre aux traducteurs grec, slovène, roumain et polonais.

Paris, août 1998

INDEX

DANS LA COLLECTION FOLIO / ESSAIS

250 René Guénon : *La crise du monde moderne.*
251 Jean Toussaint Desanti : *Introduction à la phénoménologie.*
252 Jean-Marie Donegani et Marc Sadoun : *La démocratie imparfaite (Essai sur le parti politique).*
253 Pierre Cabanne : *André Derain.*
254 Antoni Tàpies : *La pratique de l'art.*
255 George Steiner : *Réelles présences (Les arts du sens).*
256 Roland Omnès : *Philosophie de la science contemporaine.*
258 Michel Tournier : *Le vol du vampire.*
259 Benedetto Croce : *Histoire de l'Europe au XIXe siècle.*
260 Nicolas Malebranche : *Conversations chrétiennes* suivi de *Entretiens sur la métaphysique, sur la religion et sur la mort.*
261 Régis Debray : *Vie et mort de l'image.*
262 Alain : *Mars ou La guerre jugée (1921).*
263 Alice Becker-Ho : *Les Princes du Jargon.*
264 Hegel : *Morceaux choisis.*
265 Spinoza : *Traité de la réforme de l'entendement.*
266 Gaëtan Picon : *Lecture de Proust.*
267 Bruno Latour : *La science en action.*
268 Denis Hollier : *Le Collège de Sociologie 1937-1939.*
269 Jean Giono : *Le poids du ciel.*
270 Mircea Eliade : *Méphistophélès et l'androgyne.*
271 Ananda K. Coomaraswamy : *Hindouisme et Bouddhisme.*
272 Yves Bonnefoy : *La Vérité de parole* et autres essais.
274 Georges Bernanos : *La liberté, pour quoi faire ?*
275 Montesquieu : *De l'Esprit des lois, I.*
276 Montesquieu : *De l'Esprit des lois, II.*
277 Sous la direction de Denis Kambouchner : *Notions de philosophie, I.*

278 Sous la direction de Denis Kambouchner : *Notions de philosophie, II.*
279 Sous la direction de Denis Kambouchner : *Notions de philosophie, III.*
280 Pierre Hadot : *Qu'est-ce que la philosophie antique ?*
281 Jean-Jacques Rousseau : *Émile ou De l'éducation.*
282 Jean Bastaire : *Péguy tel qu'on l'ignore.*
283 Pascal Engel : *Philosophie et psychologie.*
284 Jean-Paul Sartre : *L'existentialisme est un humanisme.*
285 Jean Prévost : *La création chez Stendhal.*
286 Carlos Castaneda : *Le second anneau de pouvoir.*
287 André Breton : *Les Vases communicants.*
288 Jean-Noël Schifano : *Désir d'Italie.*
289 Francis Bacon : *Entretiens avec Michel Archimbaud.*
290 Roger Caillois : *Babel* précédé de *Vocabulaire esthétique.*
291 C. G. Jung : *Un mythe moderne.*
292 Paul Valéry : *Tel quel.*
293 Jorge Luis Borges et Alicia Jurado : *Qu'est-ce que le bouddhisme ?*
294 Witold Gombrowicz : *Testament.*
295 Gaëtan Picon : *1863. Naissance de la peinture moderne.*
296 Thomas Pavel : *L'art de l'éloignement (Essai sur l'imagination classique).*
297 Stendhal : *Histoire de la peinture en Italie.*
298 André Malraux : *La politique, la culture.*
299 Gérard Mairet : *Le principe de souveraineté (Histoires et fondements du pouvoir moderne).*
300 André Malraux : *Le Musée Imaginaire.*
301 Jean-Marc Lévy-Leblond : *La pierre de touche (La science à l'épreuve...).*
302 Pierre Hadot : *Plotin ou la simplicité du regard.*
303 Marc Jimenez : *Qu'est-ce que l'esthétique ?*
304 Jean-Jacques Rousseau : *Discours sur les sciences et les arts.*
305 Albert Camus : *Actuelles (Écrits politiques).*
306 Miguel de Unamuno : *Le sentiment tragique de la vie.*
307 Benjamin Constant : *Écrits politiques.*
308 Platon : *Les Lois.*

309 Fernand Léger : *Fonctions de la peinture.*
310 Carlos Castaneda : *Le don de l'Aigle.*
311 Bertrand Vergely : *La souffrance.*
312 Régis Debray : *L'État séducteur.*
313 Édouard Glissant : *Le discours antillais.*
315 Françoise Dolto : *Les étapes majeures de l'enfance.*
316 Simone Weil : *Réflexions sur les causes de la liberté et de l'oppression sociale.*
317 Bruno Bettelheim : *La Forteresse vide.*
318 Sigmund Freud : *La question de l'analyse profane.*
319 Raymond Aron : *Marxismes imaginaires (D'une sainte famille à l'autre).*
320 Antonin Artaud : *Messages révolutionnaires.*
322 Paul Klee : *Théorie de l'art moderne.*
323 Paul Valéry : *Degas Danse Dessin.*
324 Carlos Castaneda : *Le feu du dedans.*
325 Georges Bernanos : *Français, si vous saviez...*
326 Édouard Glissant : *Faulkner, Mississippi.*
327 Paul Valéry : *Variété I et II.*
328 Paul Bénichou : *Selon Mallarmé.*
329 Alain : *Entretiens au bord de la mer (Recherche de l'entendement).*
330 Sous la direction d'Henri-Charles Puech : *Histoire des religions I*.*
331 Sous la direction d'Henri-Charles Puech : *Histoire des religions I**.*
332 Sous la direction d'Henri-Charles Puech : *Histoire des religions II*.*
333 Sous la direction d'Henri-Charles Puech : *Histoire des religions II**.*
334 Sous la direction d'Henri-Charles Puech : *Histoire des religions III*.*
335 Sous la direction d'Henri-Charles Puech : *Histoire des religions III**.*
336 Didier Anzieu : *Beckett.*
337 Sous la direction de Brice Parain : *Histoire de la philosophie I, vol. 1.*
338 Sous la direction de Brice Parain : *Histoire de la philosophie I, vol. 2.*

339 Sous la direction d'Yvon Belaval : *Histoire de la philosophie II, vol. 1.*
340 Sous la direction d'Yvon Belaval : *Histoire de la philosophie II, vol. 2.*
341 Sous la direction d'Yvon Belaval : *Histoire de la philosophie III, vol. 1.*
342 Sous la direction d'Yvon Belaval : *Histoire de la philosophie III, vol. 2.*
343 Rémi Brague : *Europe, la voie romaine.*
344 Julien Offroy de La Mettrie : *L'Homme-Machine.*
345 Yves Bonnefoy : *Le nuage rouge.*
346 Carlos Castaneda : *La force du silence (Nouvelles leçons de don Juan).*
347 Platon : *Gorgias* suivi de *Ménon.*
348 Danilo Martuccelli : *Sociologies de la modernité (L'itinéraire du XXe siècle).*
349 Robert Castel : *Les métamorphoses de la question sociale (Une chronique du salariat).*
350 Gabriel Marcel : *Essai de philosophie concrète.*
351 J.-B. Pontalis : *Perdre de vue.*
352 Patrick Chamoiseau, Raphaël Confiant : *Lettres créoles.*
353 Annie Cohen-Solal : *Sartre 1905-1980.*
354 Pierre Guenancia : *Lire Descartes.*
355 Julia Kristeva : *Le temps sensible (Proust et l'expérience littéraire).*
357 Claude Lefort : *Les formes de l'histoire (Essais d'anthropologie politique).*
358 Collectif : *Narcisses.*
359 Collectif : *Bisexualité et différence des sexes.*
360 Werner Heisenberg : *La nature dans la physique contemporaine.*
361 Gilles Lipovetsky : *Le crépuscule du devoir (L'éthique indolore des nouveaux temps démocratiques).*
362 Alain Besançon : *L'image interdite (Une histoire intellectuelle de l'iconoclasme).*
363 Wolfgang Köhler : *Psychologie de la forme (Introduction à de nouveaux concepts en psychologie).*
364 Maurice Merleau-Ponty : *Les aventures de la dialectique.*
365 Eugenio d'Ors : *Du Baroque.*

366 Trinh Xuan Thuan : *Le chaos et l'harmonie (La fabrication du Réel).*
367 Jean Sulivan : *Itinéraire spirituel.*
368 Françoise Dolto : *Les chemins de l'éducation.*
369 Collectif : *Un siècle de philosophie 1900-2000.*
370 Collectif : *Genre et politique (Débats et perspectives).*
371 Denys Riout : *Qu'est-ce que l'art moderne ?*
372 Walter Benjamin : *Œuvres I.*
373 Walter Benjamin : *Œuvres II.*
374 Walter Benjamin : *Œuvres III.*
375 Thomas Hobbes : *Léviathan (ou Matière, forme et puissance de l'État chrétien et civil).*
376 Martin Luther : *Du serf arbitre.*
377 Régis Debray : *Cours de médiologie générale.*
378 Collectif : *L'enfant.*
379 Schmuel Trigano : *Le récit de la disparue (Essai sur l'identité juive).*
380 Collectif : *Quelle philosophie pour le XXIe siècle ?*
381 Maurice Merleau-Ponty : *Signes.*
382 Collectif : *L'amour de la haine.*
383 Collectif : *L'espace du rêve.*
384 Ludwig Wittgenstein : *Grammaire philosophique.*
385 George Steiner : *Passions impunies.*
386 Sous la direction de Roland-Manuel : *Histoire de la musique I, vol. 1. Des origines à Jean-Sébastien Bach.*
387 Sous la direction de Roland-Manuel : *Histoire de la musique I, vol. 2. Des origines à Jean-Sébastien Bach.*
388 Sous la direction de Roland-Manuel : *Histoire de la musique II, vol. 1. Du XVIIIe siècle à nos jours.*
389 Sous la direction de Roland-Manuel : *Histoire de la musique II, vol. 2. Du XVIIIe siècle à nos jours.*
390 Geneviève Fraisse : *Les deux gouvernements : la famille et la Cité.*
392 J.-B. Pontalis : *Ce temps qui ne passe pas* suivi de *Le compartiment de chemin de fer.*
393 Françoise Dolto : *Solitude.*
394 Marcel Gauchet : *La religion dans la démocratie. Parcours de la laïcité.*
395 Theodor W. Adorno : *Sur Walter Benjamin.*

423 Eugène Enriquez : *De la horde à l'État (Essai de psychanalyse du lien social).*
424 André Green : *La folie privée (Psychanalyse des cas-limites).*
425 Pierre Lory : *Alchimie et mystique en terre d'Islam.*
426 Gershom Scholem : *La Kabbale (Une introduction. Origines, thèmes et biographies).*
427 Dominique Schnapper : *La communauté des citoyens.*
428 Alain : *Propos sur la nature.*
429 Joyce McDougall : *Théâtre du corps.*
430 Stephen Hawking et Roger Penrose : *La nature de l'espace et du temps.*
431 Georges Roque : *Qu'est-ce que l'art abstrait ?*
432 Julia Kristeva : *Le génie féminin, I. Hannah Arendt.*
433 Julia Kristeva : *Le génie féminin, II. Melanie Klein.*
434 Jacques Rancière : *Aux bords du politique.*
435 Herbert A. Simon : *Les sciences de l'artificiel.*
436 Vincent Descombes : *L'inconscient malgré lui.*
437 Jean-Yves et Marc Tadié : *Le sens de la mémoire.*
438 D. W Winnicott : *Conversations ordinaires.*
439 Patrick Pharo : *Morale et sociologie (Le sens et les valeurs entre nature et culture).*
440 Joyce McDougall : *Théâtres du je.*
441 André Gorz : *Les métamorphoses du travail.*
442 Julia Kristeva : *Le génie féminin, III. Colette.*
443 Michel Foucault : *Philosophie (Anthologie).*
444 Annie Lebrun : *Du trop de réalité.*
445 Christian Morel : *Les décisions absurdes.*
446 C. B. Macpherson : *La theorie politique de l'individualisme possessif.*
447 Frederic Nef : *Qu'est-ce que la métaphysique ?*
448 Aristote : *De l'âme.*
449 Jean-Pierre Luminet : *L'Univers chiffonné.*
450 André Rouillé : *La photographie.*
451 Brian Greene : *L'Univers élégant.*
452 Marc Jimenez : *La querelle de l'art contemporain.*
453 Charles Melman : *L'Homme sans gravité.*
454 Nûruddîn Abdurrahmân Isfarâyinî : *Le Révélateur des Mystères.*

455 Harold Searles : *Le contre-transfert.*
456 Le Talmud : *Traité Moed Katan.*
457 Annie Lebrun : *De l'éperdu.*
458 Pierre Fédida : *L'absence.*
459 Paul Ricœur : *Parcours de la reconnaissance.*
460 Pierre Bouvier : *Le lien social.*
461 Régis Debray : *Le feu sacré.*
462 Joëlle Proust : *La nature de la volonté.*
463 André Gorz : *Le traître* suivi de *Le vieillissement.*
464 Henry de Montherlant : *Service inutile.*
465 Marcel Gauchet : *La condition historique.*
466 Marcel Gauchet : *Le désenchantement du monde.*
467 Christian Biet et Christophe Triau : *Qu'est-ce que le théâtre ?*
468 Trinh Xuan Thuan : *Origines (La nostalgie des commencements).*
469 Daniel Arasse : *Histoires de peintures.*
470 Jacqueline Delange : *Arts et peuple de l'Afrique noire (Introduction à une analyse des créations plastiques).*
471 Nicole Lapierre : *Changer de nom.*
472 Gilles Lipovetsky : *La troisième femme (Permanence et révolution du féminin).*
473 Michael Walzer : *Guerres justes et injustes (Argumentation morale avec exemples historiques).*
474 Henri Meschonnic : *La rime et la vie.*
475 Denys Riout : *La peinture monochrome (Histoire et archéologie d'un genre).*
476 Peter Galison : *L'Empire du temps (Les horloges d'Einstein et les cartes de Poincaré).*
477 George Steiner : *Maîtres et disciples.*
479 Henri Godard : *Le roman modes d'emploi.*
480 Theodor W. Adorno/Walter Benjamin : *Correspondance 1928-1940.*
481 Stéphane Mosès : *L'ange de l'histoire (Rosenzweig, Benjamin, Scholem).*
482 Nicole Lapierre : *Pensons ailleurs.*
483 Nelson Goodman : *Manières de faire des mondes.*
484 Michel Lallement : *Le travail (Une sociologie contemporaine).*

485 Ruwen Ogien : *L'Éthique aujourd'hui (Maximalistes et minimalistes).*
486 Sous la direction d'Anne Cheng, avec la collaboration de Jean-Philippe de Tonnac : *La pensée en Chine aujourd'hui.*
487 Merritt Ruhlen : *L'origine des langues (Sur les traces de la langue mère).*
488 Luc Boltanski : *La souffrance à distance (Morale humanitaire, médias et politique)* suivi de *La présence des absents.*
489 Jean-Marie Donegani et Marc Sadoun : *Qu'est-ce que la politique ?*
490 G. W. F. Hegel : *Leçons sur l'histoire de la philosophie.*
491 Collectif : *Le royaume intermédiaire* (*Psychanalyse, littérature, autour de J.-B. Pontalis*).
492 Brian Greene : *La magie du Cosmos* (*L'espace, le temps, la réalité : tout est à repenser*).
493 Jared Diamond : *De l'inégalité parmi les sociétés* (*Essai sur l'homme et l'environnement dans l'histoire*).
494 Hans Belting : *L'histoire de l'art est-elle finie ?* (*Histoire et archéologie d'un genre*).
495 J. Cerquiglini-Toulet, F. Lestringant, G. Forestier et E. Bury (sous la direction de J.-Y. Tadié) : *La littérature française : dynamique et histoire I.*
496 M. Delon, F. Mélonio, B. Marchal et J. Noiray, A. Compagnon (sous la direction de J.-Y. Tadié) : *La littérature française : dynamique et histoire II.*
497 Catherine Darbo-Peschanski : *L'*Historia (*Commencements grecs*).
498 Laurent Barry : *La parenté.*
499 Louis Van Delft : *Les moralistes. Une apologie.*
500 Karl Marx : *Le Capital* (*Livre I*).
501 Karl Marx : *Le Capital* (*Livres II et III*).
502 Pierre Hadot : *Le voile d'Isis* (*Essai sur l'histoire de l'idée de Nature*).
503 Isabelle Queval : *Le corps aujourd'hui.*
504 Rémi Brague : *La loi de Dieu* (*Histoire philosophique d'une alliance*).
505 George Steiner : *Grammaires de la création.*

Composition Interligne.
Impression CPI Bussière
à Saint-Amand (Cher), le 3 avril 2009.
Dépôt légal : avril 2009.
1er dépôt légal dans la collection : mars 1999.
Numéro d'imprimeur : 091161/1.
ISBN 978-2-07-040877-1./Imprimé en France.

169622